À PROPOS DE L'AUTEUR

Nicole Locke a découvert la romance dans la bibliothèque secrète de sa grand-mère et a tout de suite apprécié leur goût d'interdit. C'est tout naturellement qu'elle a elle-même commencé à écrire. Curieuse et passionnée d'histoire, le Moyen Âge est son époque de prédilection, et elle aime entrelacer la grande Histoire avec celle de ses personnages.

Le retour d'un chevalier

NICOLE LOCKE

Le retour d'un chevalier

Traduction française de
EMMANUELLE SANDER

Les Historiques

HARLEQUIN

Collection : LES HISTORIQUES

Titre original :
RECLAIMED BY THE KNIGHT

HARPERCOLLINS FRANCE
83-85, boulevard Vincent-Auriol, 75646 PARIS CEDEX 13
Service Lectrices — Tél. : 01 45 82 47 47

www.harlequin.fr

ISBN 978-2-2804-3006-7 — ISSN 1159-5981

Chapitre 1

Septembre 1295

Le bébé donna des coups de pied dans le bas de son ventre et Matilda poussa un petit cri.

— Que se passe-t-il ?

Matilda contempla Bess, toujours occupée à glaner les champs à la recherche du moindre grain oublié au cours de la dernière récolte. Elles n'avaient pas le droit de garder pour elles la nourriture mais même ainsi, Matilda éprouvait toujours une profonde satisfaction lorsque son sac était plein. Comme si elle participait à une chasse au trésor et qu'elle pouvait à présent nourrir sa famille et ses amis.

— Elle me donne encore des coups de pied.

— C'est une fille aujourd'hui ?

Matilda songea à la douleur aiguë qu'elle avait ressentie en descendant de son lit, ce matin même. Le bébé n'avait cessé de se tourner et se retourner dans son ventre, à tel point qu'elle avait été à peine capable d'avaler son morceau de pain au petit déjeuner. Et maintenant, elle devait supporter ces grands coups, aussi vifs qu'un lapin détalant dans les bois.

— Cela ne fait aucun doute, ce bébé est une fille, déclara-t-elle avec conviction.

Elle se redressa et posa une main dans le creux de ses reins.

Ce n'était pas la première fois qu'elle ressentait ces coups de pied et ce ne serait sans doute pas la dernière. La glanure l'obligeait à rester longtemps dans la même position, et son ventre rond exigeait qu'elle se redresse pour s'étirer. Subir ces coups de pied était un compromis qu'elle faisait avec joie, même si ce répit ne durerait pas longtemps.

Il restait encore beaucoup de travail à abattre, et les champs étaient envahis par les familles qui remplissaient leurs sacs. Tout près d'elles, Agnes, la fille unique du cordonnier, rampait au sol.

Contrairement aux autres enfants, elle aimait s'emparer de brins de paille pour construire des petites maisons. Matilda se demanda lequel de ses frères allait venir le premier pour détruire ses œuvres.

Bess se redressa et frappa le sol avec ses pieds.

— Si ton raisonnement est juste, le bébé sera une fille, répondit-elle.

— Tu penses que je suis ridicule de nourrir de telles certitudes ? demanda Matilda.

— Contrairement à toi, je me fie à Rohesia, notre guérisseuse, qui affirme que tu portes cet enfant trop bas pour que ce soit une fille. De plus, la seule raison qui te pousse à croire cela, c'est ton passé d'enfant rebelle et le caractère de Roger…

Consciente d'en avoir trop dit, Bess s'interrompit brusquement.

— Ce n'est pas grave, dit Matilda.

Bess ne prenait cet air inquiet que si elle croyait avoir blessé une personne. En effet, Matilda souffrait, non pas à cause de la remarque de son amie sur son mari, mais parce que ce dernier venait de disparaître.

— Pardonne-moi, l'implora Bess en posant les mains sur ses joues. Je n'arrive pas à m'y faire.

Matilda vit le désarroi peindre les traits de son amie et sentit de nouveau les émotions la bouleverser. Elle avait pris l'habitude de ressentir ce chagrin auquel elle n'avait pas encore osé donner libre cours.

— Je n'ai rien à te pardonner, dit Matilda.

— Cela fait à peine deux mois.

Matilda aurait davantage souffert de constater que plus personne ne parlait de Roger. Cet homme, qui avait été son ami d'enfance puis son époux, méritait que l'on se souvienne de lui. Il aurait certainement mérité aussi d'avoir une meilleure femme qu'elle.

Mais l'heure des regrets était révolue.

Bess souffla en secouant la tête.

— Je ne fais qu'empirer les choses.

Le moins que Matilda pouvait faire était de transmettre à sa fille l'humeur égale de son père. Pour ce faire, elle avait fermement décidé d'épargner à sa fille le moindre chagrin, y compris celui de sa mère.

Matilda déglutit péniblement.

— Comme d'habitude. Maintenant, tout ce qu'il te reste à faire, c'est dire quelque chose de réellement cruel.

Bess esquissa un sourire narquois.

— Laisse-moi quelques secondes.

Matilda s'empara de la main de son amie.

— Je suis heureuse que tu aies oublié qu'il était parti. Cela le gardera en vie lorsque le bébé naîtra.

Le regard de son amie s'adoucit lorsqu'il se posa sur le ventre arrondi de Matilda.

— Comme tu voudras.

— Parfait, soupira Matilda. J'ai beau essayer de rester calme, je pense qu'elle va avoir besoin d'autant de douceur que possible. Cela lui fera aussi du bien de se souvenir de son père.

Roger, son plus proche ami et époux, avait un caractère à l'opposé du sien. Dans sa jeunesse, Matilda passait son temps à se mettre en danger et à faire des farces. De son côté, Roger était serviable et protecteur. Jamais avare de ses sourires ou de ses attentions, Roger était l'antithèse de ce qu'elle était. Cela ne l'avait pas empêchée d'accueillir son calme dans sa vie et lui l'avait voulue, elle.

D'un instant à l'autre, elle allait fondre en larmes et son amie finirait par penser qu'elle l'avait blessée pour de bon.

Elle battit rapidement des paupières et aperçut une silhouette familière à l'horizon.

— Je vois Louve qui vient à notre rencontre.

Bess se tourna.

— Il est trop tôt pour que les hommes s'arrêtent de moissonner.

Matilda leva la tête vers le soleil.

— Manifestement, non.

— Alors, c'est que quelque chose ne va pas.

Ressentant cette même urgence, Matilda posa une main sur son ventre et serra les jambes. Elle ne pourrait pas courir.

— Si quelque chose n'allait pas, il viendrait accompagné, constata Matilda.

Même après tout ce temps, il fallait qu'elle lutte contre sa nature pour rester calme. Mais à la mort de Roger, et pour le bien de son enfant, elle avait fait la promesse d'essayer de lui ressembler. D'être un exemple pour son enfant, qui ne devrait jamais au grand jamais devenir comme sa mère. Inconsciente. Le cœur brisé. Seule. Pour la seconde fois.

Bess souleva ses jupes. Malgré sa corpulence, elle serait capable de trotter en cas de réelle urgence.

— Peut-être que les hommes n'ont pas pu abandonner leurs tâches, avança son amie.

— Mais Louve, oui, répondit Matilda. Pourtant, à cette heure de la journée, il a certainement besoin de régler les questions courantes. Une dispute ou un différent d'argent.

— Vous en faites trop. Vous n'êtes que deux pour tout superviser. Ce n'est pas tenable.

— Nous trouverons bien assez tôt un remplaçant.

Jusqu'à la mort de Roger, ils étaient trois pour s'occuper du domaine. Maintenant, ils n'étaient plus que deux – Louve et elle. Louve faisait à la fois office d'intendant et de bailli pour superviser les récoltes. De son côté, elle s'occupait de la gestion de Mi Sol et participait aussi à régler les disputes.

Mais depuis que Roger était parti…

Non, se morigéna-t-elle. À force de passer tout son temps dans les champs, elle pensait beaucoup trop à son défunt mari.

Capitulant, elle s'avança vers Louve tout en espérant que ses jupes alourdies par la boue donneraient à sa démarche une impression de sérénité.

— Que se passe-t-il ? demanda-t-elle.

Louve désigna un point derrière lui.

— Je suis venu vous prévenir. Un orage est en vue juste derrière cette colline.

Elle regarda par-dessus l'épaule de Louve en direction des champs, où les hommes étaient occupés à faucher le blé.

Si un orage s'annonçait, la colline devait le masquer. Tout autour d'elle, le ciel était d'un bleu uni. Mais même en cas de tempête, Louve n'aurait pas dû se trouver là.

Leur arrangement n'était pas conventionnel, mais il fonctionnait. Lorsque Nicholas, Lord de Mi Sol, était parti gagner l'argent dont son domaine avait désespérément besoin, il lui avait paru raisonnable d'en confier la gestion à ses amis d'enfance ainsi qu'à Matilda, sa fiancée. Il prévoyait de revenir deux ans plus tard.

Mais il s'était écoulé quatre longues années depuis son départ, et entre-temps Nicholas avait rompu leurs fiançailles. Malgré tout, Louve, Roger et Matilda avaient continué à s'occuper du domaine, et le manoir, les familles et les amis avaient prospéré. Matilda avait épousé Roger et même si sa réputation avait été remise en question, son autorité pour régler les disputes et s'assurer que Roger et Louve puissent s'entendre ne l'avait jamais été.

— Dis-moi pourquoi tu es vraiment là, demanda-t-elle à Louve.

Peut-être que Bess avait raison et que quelque chose n'allait pas. Un jour comme celui-ci, tous les bras étaient nécessaires pour ramasser les dernières récoltes. Et Louve était l'un des hommes les plus forts et les plus rapides pour manier la faucille.

— Je ne vois pas d'orage, ajouta-t-elle, et même

s'il y en avait un, tu aurais pu envoyer un garçon pour nous prévenir.

Louve haussa les épaules.

— Aucun des garçons n'a voulu protéger ses mains contre les ampoules. De mon côté, j'ai de nombreuses raisons de les soigner.

— Pour les hordes de femmes qui te convoitent, sans aucun doute, lança Bess.

Matilda faillit s'étrangler.

— Exactement, convint Louve. Je ne servirais plus à rien pour les femmes si mes mains étaient bandées, dit-il en faisant la moue.

Même dans les circonstances les plus extrêmes, tout en Louve tendait à être irrévérencieux. Cela faisait partie de son charme désarmant. Avec ses prunelles exceptionnellement bleues et ses cheveux noirs, il était l'homme le plus convoité qu'elle avait connu. Mais dernièrement, les attentions de Louve semblaient essentiellement tournées vers la veuve Mary.

— Je sais exactement ce que les femmes penseraient de ton incapacité, plaisanta Bess. Elles seraient plus que ravies de ne plus être poursuivies par des hommes comme toi.

— Ah Bess, je vois que tu te languis de moi, comme toujours.

Bess et Louve s'amusaient ainsi depuis des années. Bess, qui était plus âgée qu'eux, était déjà mariée et son enfant était déjà grand.

— C'est tout moi, toujours à vouloir te faire entendre raison. On dirait que je vais devoir encore attendre.

— Eh bien, tu sais où me trouver.

Bess acquiesça.

— Paresseusement occupé à bavarder avec nous alors que tu devrais être en train de moissonner le blé avec les autres hommes.

Louve avait réussi à s'emparer du sac de Matilda pour y amasser encore plus de grains. C'est alors que ses intentions devinrent claires, au point d'irriter Matilda.

— Tu es ici à cause de moi ? s'indigna-t-elle.

Louve esquissa un sourire.

— Je suis ici pour sauver le blé. L'orage approche.

Louve était en train de faire son travail. Mais le ciel était toujours bleu. Aucun orage n'était en vue.

— Tu ne peux pas faire cela.

Louve la regarda tristement.

— Tu travailles trop dur maintenant.

— Et le bébé bouge beaucoup, ajouta Bess.

— Tu es de son côté maintenant ? s'étonna Matilda. Je travaille parce qu'il y a beaucoup à faire. Les récoltes sont meilleures cette année, il y a donc plus de moissons.

Tous avaient soupiré de soulagement face à cette bonne année.

— Ce sac devient trop lourd pour toi, affirma Louve.

Matilda fixa le sol et visualisa des chevaux au galop pour essayer de se calmer. Voyant que cela ne fonctionnait pas, elle contempla Louve d'un air de défi.

— Je vais te le dire autrement. Je ne veux pas que tu fasses mon travail à ma place.

— Roger aurait…

Matilda leva une main et secoua vigoureusement la tête.

— Oh ! Seigneur, murmura Bess.

Mais Matilda préféra ignorer son amie, ainsi que toutes les allusions à son mari. À cet instant, elle refusait que quiconque lui rappelle le tempérament protecteur de Roger, alors qu'il ne pouvait plus rien faire pour elle.

— C'est peut-être vrai que..., bafouilla Matilda, il aurait voulu que... mais je suis ici maintenant, et il est de mon devoir de fouiller ce sol. Je ne suis pas en train de manier la faux. Je suis ici, avec les enfants, en train de glaner.

— Toujours aussi têtue, répliqua Louve. Qu'en sera-t-il de ma réputation si je suis incapable de faire entendre raison à une femme enceinte ? Je risque d'en entendre parler jusqu'à la fin des temps.

— Ta réputation est ruinée depuis que tu as quatre ans, Louve, et tu le sais, intervint Bess. Et on dirait que...

Des cris retentirent derrière eux. Un jeune garçon dévalait la colline. Sa voix était portée par la brise d'automne.

— Est-il venu nous dire que nous avions de la compagnie ? demanda Bess.

Matilda se tourna pour écouter ce que disait le garçon, mais ses appels étaient trop faibles. Personne ne venait jamais leur rendre visite au domaine. Jusqu'à cette année, c'était eux qui se rendaient dans les villages et sur les marchés voisins pour vendre leurs denrées. Toutefois, si les récoltes demeuraient aussi bonnes, cela pouvait changer. En attendant...

Le garçon s'arrêta devant eux, haletant.

— Nous avons de la visite ? demanda Matilda en soutenant son ventre de la main, ventre dans lequel, heureusement, le bébé se tenait tranquille depuis qu'elle s'était redressée.

— Un visiteur, précisa le garçon. Avec deux énormes chevaux !

Le monde… Le sol sous les pieds de Matilda se mit à tanguer.

— Du calme, murmura Bess en lui tenant le coude.

— Il est loin ? demanda Louve.

— Juste au-delà des terres en jachère.

Si un cavalier arrivait de cette direction, il devait venir de l'est.

Louve regarda tour à tour Bess et Matilda.

— Je suis plus près que les autres hommes. Je vais aller chercher un cheval pour partir à sa rencontre avant qu'il atteigne les arbres.

Il n'y avait rien d'autre à ajouter. C'était la seule possibilité, étant donné que les hommes se trouvaient dans la direction opposée et que Matilda ne pouvait pas bouger ses jambes.

Elle suivit du regard les longues enjambées de Louve qui se dirigeait vers les écuries.

— Je vais bien, murmura-t-elle. Laisse-moi juste quelques instants.

Bess ne bougea pas.

— Tu savais que ce jour finirait par arriver, dit son amie d'une voix calme.

Matilda posa la main sur la sienne.

Elle disait vrai. Elle avait toujours su que ce jour viendrait. Comme la succession des orages ou les changements de saison. Comme le lever du soleil et le coucher de la lune. Comme la certitude du temps qui passe. Au fond de son cœur, elle savait qu'elle reverrait Nicholas un jour.

— Oui, je l'ai toujours su.

Chapitre 2

Nicholas chevauchait prudemment vers sa demeure, ce lieu qui avait été la prison de son père et qui avait fini par le tuer. Le manoir de Mi Sol. Quel nom ridicule : *Mon Soleil.*

C'était un grand geste qu'avait fait un chevalier sans le sou à sa nouvelle femme, Helena de Catalogne, la sixième fille d'une famille qui avait fait fortune dans le commerce maritime mais qui n'avait pas de titre. Le père de Nicholas, un simple chevalier propriétaire d'un manoir en ruine, avait des relations à la cour d'Angleterre. Il avait donc réussi à épouser une femme avec quelques moyens.

Son père était revenu avec cette bonne nouvelle.

Il souriait de fierté, sachant qu'avec un peu d'argent, le sol fertile de son domaine allait prospérer grâce à une bonne gestion et du matériel approprié.

Nicholas, qui avait six ans à l'époque, se souvenait encore du jour où Helena était arrivée. Son père s'était durement préparé depuis des mois et le domaine n'avait jamais été aussi bien tenu. Lorsque le carrosse s'était arrêté, son père, dérogeant à toutes les règles, avait aidé sa nouvelle épouse à descendre de la voiture.

Le menton dressé, un sourire pincé aux lèvres,

elle s'était tenue à côté de son père. Sa robe, presque blanche, brillait d'une lueur éclatante. Jamais il n'avait vu un tel tissu auparavant. Mais la lumière du soleil ne brillait pas éternellement, avait-il alors pensé en voyant sa nouvelle mère.

Il ne s'était pas trompé. Helena ne percevait qu'un modeste revenu de sa chère famille, et elle avait partagé une grande partie de sa dot avec son nouvel époux et son domaine. Le reste avait servi à financer son retour à Londres et à la Cour, où elle était restée, malgré les messages implorants de son père et ses nombreux efforts pour rendre le manoir plus hospitalier pour elle. Et en dépit de la courte lettre que Nicholas lui avait adressée pour l'informer du décès brutal de son époux, Helena n'était pas revenue.

Après la mort de son père, Nicholas avait vu Helena quelques rares fois à la Cour. Elle n'était jamais seule mais ils avaient échangé quelques mots polis par égard pour l'accord qu'ils avaient scellé. Après tout, son père avait payé de sa vie pour entretenir le domaine, et Nicholas avait continué d'envoyer de l'argent à Helena même après la disparition de ce dernier afin qu'elle puisse continuer à s'acheter de belles robes.

Depuis ce jour, il avait perpétué cet arrangement passé entre eux. C'était sa sentence mais aussi sa prison. Tant qu'il continuerait à payer Helena, il n'y aurait jamais assez d'argent pour Mi Sol.

Il avait quitté Londres pour revenir dans son foyer, sous un ciel bleu et sans nuages, mais le beau temps et le voyage n'avaient en rien apaisé le tumulte de ses souvenirs. Il lui avait fallu quatre longues années pour amasser assez d'argent. Quatre années au cours desquelles il avait gagné une horrible balafre et perdu ce qui lui était le plus cher. Ses amis, et son seul amour.

À cette distance, il distingua une forme se détacher contre les sommets et les vallées désolés. Au début, elle était trop petite pour qu'il puisse l'identifier mais tandis qu'il approchait, il reconnut le cavalier isolé. Un ami était venu l'accueillir.

Non qu'il soit prêt à recevoir ses salutations. Il n'avait jamais eu l'intention de revenir ici. Il ne serait pas là s'il n'avait pas promis à l'un de ses compagnons mercenaires de venir panser les blessures du passé.

Pourtant, la seule envie qui l'animait était de se venger des trois personnes qui l'avaient trahi. Jusqu'à présent, malgré toutes les souffrances qu'il avait endurées, il avait été incapable de s'y résoudre.

Pourtant, il était là, seul sur une route qu'il n'avait jamais voulu prendre, uniquement parce que son ami mercenaire avait réussi à réparer son passé, trouvé le bonheur, et avait demandé à Nicholas d'en faire de même.

Il était donc revenu dans l'intention de passer l'hiver dans son ancienne demeure au nom ridicule, d'obtenir justice pour les personnes qui l'avaient défiguré, puis de partir loin d'ici. Avec un peu d'espoir, il abandonnerait derrière lui les souvenirs douloureux de la trahison et réussirait à se tourner vers un nouvel avenir.

Il devait donc se venger. Aucun dédommagement, aucune excuse, ne pouvait réparer les actes qui avaient été commis à son encontre.

Il détestait constater qu'au cours de ces deux dernières années, il n'avait été porté que par ce désir. Or il n'y avait plus rien à réparer ni à revendiquer. Tout ce qui avait de l'importance pour lui dans son passé était perdu. Il ne gagnerait plus rien. Mi Sol, son soleil, n'était pour lui qu'un vaste domaine désolé et sans âme.

Reconnaître Louve, son ami d'enfance, ne suffit pas à le réjouir. Pas même quand il le vit tirer d'un geste ferme sur les rênes, au point de faire reculer son cheval. Louve était un cavalier hors pair mais il avait apparemment été déstabilisé et choqué en le reconnaissant.

Sa cicatrice. Cela faisait des années qu'il l'avait. Un coup d'épée, qui commençait au ventre et remontait le long de son torse. Un petit coup de poignet de l'ennemi avait projeté la pointe de son épée vers son visage et balafré sa joue gauche.

La plaie avait été merveilleusement bien recousue et avait cicatrisé, ne laissant derrière elle qu'une ombre argentée en souvenir de l'horreur qu'elle avait été autrefois.

Cette blessure l'avait poussé à s'entraîner avec plus de vigueur et à se battre avec plus de fougue. Dans le milieu des mercenaires, une cicatrice était à son avantage. Mais ici, en tant que lord d'un manoir distingué, elle était un handicap. Il allait devoir répondre aux questions, éluder la vérité ou mentir sur les circonstances de son entaille. Il entendrait des cris d'effroi et d'horreur, et pire encore, de pitié.

Il le savait et si, depuis son accident, il n'avait rien fait pour cacher l'horrible balafre, sur le chemin du retour, il avait essayé de la dissimuler du mieux qu'il pouvait derrière ses longs cheveux. Malgré tout, le cheval de Louve s'était agité en sentant son maître tirer brusquement sur les rênes.

Nicholas venait tout juste de poser le pied sur ses

terres. Il ne lui restait plus qu'une courte distance à parcourir avant d'arriver au manoir. Il espérait bénéficier d'un bref sursit pour pouvoir regarder comment se portait son domaine. À la place, l'un de ses plus vieux amis, l'un de ceux qui l'avaient trahi, était venu l'accueillir, et avait failli tomber de sa selle.

Ce n'était pas ce qu'il espérait.

Nicholas maintint son cheval d'une main ferme tandis que Louve calmait le sien. Aucun d'eux ne baissa le regard. Lorsque Louve descendit de selle, il l'imita. Cette fois seulement, Nicholas laissa Louve détailler sa cicatrice.

Il lança vers son ami un regard en biais et remarqua de minuscules changements. Ses cheveux noirs étaient plus longs, et son corps paraissait plus fort. Mais son regard irrévérencieux, sa posture désinvolte lui étaient douloureusement familiers.

Quelques secondes de plus s'écoulèrent, puis Louve esquissa une moue désapprobatrice en sifflant doucement.

— Espèce de salopard. Tu es revenu, mais en piteux état.

Nicholas était un menteur. Il était résolument heureux de voir Louve, mais cela ne voulait pas dire qu'il accueillait avec plaisir ce sentiment. L'amitié qu'ils avaient autrefois partagée était réduite en lambeaux.

Mais que faire ? Le frapper ? Le passer par le fil de son épée ? Non, il ne ferait rien.

Pas tout de suite. L'excitation qui s'était emparée de lui en venant ici s'était évanouie, remplacée par une sourde frustration face à l'injustice que lui avaient fait subir les menteurs et les voleurs.

— Je ne peux rien y faire, dit Nicholas en guettant la réaction de Louve.

Louve n'était pas Roger, ni Matilda, mais il avait joué un rôle dans cette histoire. Il aurait dû faire quelque chose.

— Je suppose que nous allons devoir te prendre comme tu es ? lança Louve.

C'était bien là le problème. Il était le lord de ce manoir, il avait envoyé de l'argent pour rendre à Mi Sol sa prospérité. Sauf qu'il avait donné le contrôle de son domaine à deux hommes et une femme. Et en dépit de la loi, cet homme avait son mot à dire quant à son retour. C'était l'une des raisons pour lesquelles Nicholas n'avait pas écrit pour les informer de son intention de rentrer.

Nicholas haussa les épaules et Louve s'avança vers lui pour taper dans son dos douloureux et l'étreindre, brièvement et beaucoup trop brusquement.

Ce geste était inattendu. Et malvenu. Nicholas s'éloigna pour échapper à son contact.

Louve abandonna son air décontracté et rassembla ses rênes.

Refusant de rassurer Louve, Nicholas s'empara de celles de son cheval et lui emboîta le pas.

— Tu ne pouvais pas revenir en plus mauvais état ? demanda Louve.

Une plaisanterie. Ce traître croyait-il qu'ils allaient converser comme si de rien n'était, après ces quatre années d'éloignement ? À quel jeu jouait-il ?

— J'ai demandé à ce salopard de balafrer mon autre joue, répliqua-t-il, mais il n'a pas eu le temps de le faire parce que je l'ai tué avant.

Louve haussa les sourcils.

— Tu as donc décidé de porter des vêtements sales et misérables pour parfaire ton apparence ?

Si Nicholas avait voyagé avec des vêtements luxueux, il se serait fait tuer.

— Je viens de très loin.

— Tu as voyagé seul ? s'étonna Louve en lorgnant vers les autres chevaux qui transportaient de grandes sacoches.

Louve avait sans doute compris qu'il arrivait avec de l'argent, et il avait raison.

— Depuis Londres seulement. Veux-tu que nous marchions jusqu'au manoir ?

Il leur restait quelques kilomètres à parcourir et il avait chevauché sans repos depuis Londres.

— À cheval, nous arriverons dans quelques minutes. Mais marcher nous laissera le temps de parler.

Louve voulait mener une conversation, entre amis ?

Une partie de lui rêvait de le jeter au sol et de lui demander pourquoi il n'avait pas empêché le mariage de Matilda. Pourquoi il ne lui avait même pas écrit pour le prévenir. Mais il était trop tôt. Il préférait les laisser abattre leurs cartes les premiers avant de dévoiler les siennes.

— Je t'ai écrit presque tous les mois ces quatre dernières années, objecta Nicholas.

— C'est vrai, mais je n'ai rien reçu concernant ton retour. La cuisinière va nous le reprocher longtemps. Mais je dois reconnaître que ton argent nous a beaucoup aidés.

— Vraiment ?

Ils étaient encore trop loin pour voir le village ou sa

demeure. Mi Sol était un domaine de champs ouverts. Au centre se dressait le manoir, avec une petite cour et des bâtiments destinés à son usage privé, comme ses écuries. Une simple barrière séparait sa propriété du village et des métayers qui entouraient le manoir pour se protéger. Tout autour s'étendaient les champs destinés à la pâture et aux cultures. Jusqu'à présent, il n'avait vu que cette route, étroite et chaotique, et des jachères sans intérêt.

Cela lui faisait mal de revenir ici et de se retrouver brutalement confronté à ses erreurs passées. Il était peut-être revenu avec une cicatrice, mais pendant son absence il avait gagné en équilibre. Il avait eu le sentiment de sa valeur en tant que mercenaire. Il s'était fait des amis, et s'était également enrichi. Pourtant le poids du passé venait de s'abattre de nouveau sur ses épaules.

— Ton argent nous a été très utile. Je serai heureux de te montrer comment nous l'avons utilisé, l'informa Louve. Tu vas rester, je suppose.

Pourquoi Louve jouait-il à être son ami ? Il cherchait peut-être à le mettre à l'aise afin qu'il s'en aille.

Une pensée sombre et insidieuse s'insinua alors dans son esprit. Matilda avait épousé Roger, mais peut-être avait-elle aussi consommé avec Louve. Qu'en savait-il ? Il avait cru qu'elle était sincère avec lui, comme lui avec elle. Mais en épousant Roger, elle avait prouvé être aussi déloyale que la belle-mère de Nicholas. Et l'absence de lettres de la part de Roger et de Louve montrait bien qu'ils étaient des hommes sans honneur. Comme tout ce qui s'était passé.

À ce titre, il ne ménagerait personne et ne dévoilerait pas ses intentions.

— Je sens à peine mes jambes, déclara-t-il. Je vais rester ici jusqu'à ce qu'elles puissent me porter de nouveau.

Louve se tourna vers lui mais Nicholas feignit de ne pas le voir.

— J'ai d'autres nouvelles que celles que je t'ai données par le passé, dit Louve après quelques instants.

— Ce ne sont pas de bonnes nouvelles ? demanda Nicholas.

— Tu es aux abois, comme un loup en hiver, mais je comprends pourquoi.

Il ne croyait pas si bien dire, songea Nicholas.

— Elle se trouve dans les champs à cette heure, souligna Louve.

Elle. *Matilda*. C'était la fin de la journée pour les moissons, et il l'imaginait très bien, avec ses cheveux soyeux et cuivrés. Ses prunelles noisette qui s'illuminaient de plus de couleurs qu'une prairie. Matilda qui, à un moment de sa vie, représentait tout pour lui.

Ensuite, elle avait rompu sa promesse et l'avait trahi de la plus cruelle des manières. Il était revenu à Mi Sol pour réparer le passé. Il avait la ferme intention de le prendre de front et de l'enterrer à tout jamais.

Mais il se garda de regarder Louve, même s'il sentait que son ancien ami l'observait.

— Amenons les chevaux au manoir, proposa Nicholas.

Matilda aurait dû entendre leurs voix ou l'agitation inhabituelle qui régnait dans la cour. Elle aurait dû entendre *sa* voix. Mais le bourdonnement dans ses tempes l'en empêchait. Son esprit était vide.

Elle s'aperçut que Bess, qui marchait à ses côtés,

n'était pas aussi affectée qu'elle. Son amie avait compris que Nicholas n'était qu'à quelques pas devant elles, et elle ne l'avait pas entraînée dans une autre direction.

Mais il était déjà trop tard, car Nicholas se dressa soudain devant elle. Il tendait déjà les rênes de son cheval à un garçon d'écurie, avec lequel il échangea quelques mots.

Il lui tournait le dos, ce qui lui laissa quelques instants pour pouvoir l'observer. Il salua ici et là quelques personnes tout en essayant de calmer l'un de ses chevaux qui martelait nerveusement le sol à mesure que l'on déchargeait les sacoches.

Nicholas. Comment avait-elle pu oublier à quel point il était grand et imposant ? Ses cheveux bruns étaient beaucoup plus longs, retenus en une queue-de-cheval qui mettait en valeur ses épaules, bien plus larges que lorsqu'il était parti, quatre ans plus tôt. Une carrure qu'il avait acquise en devenant mercenaire, à force de brandir son épée et de tuer.

Cette profession dangereuse et peu scrupuleuse lui avait conféré la force qu'elle voyait dans ses bras, dans la minceur de sa taille et dans le galbe de ses cuisses qui avaient parcouru les nombreuses contrées dont il lui avait parlé dans ses lettres.

Les chevaux qu'il avait choisis étaient immenses, mais ne faisaient pas d'ombre au géant qu'il était. Comment avait-elle pu oublier sa taille imposante ?

Bess s'immobilisa à ses côtés. Elle ne l'invita ni à avancer ni à se détourner, tandis que les autres venaient à l'assaut pour le saluer. Toutes les voix n'étaient pas joyeuses mais contenaient une consternation qu'elle ne comprenait pas.

Tant de désarroi n'avait aucun sens maintenant que le lord prodigue du manoir était de retour. L'heure était aux réjouissances. Si Nicholas était revenu, cela voulait dire qu'il avait honoré sa promesse envers ses gens, et qu'il avait gagné assez d'argent pour faire de Mi Sol le domaine dont il rêvait.

Mais peut-être était-il revenu sans le sou ? Comment pouvait-elle le savoir ? Autrefois, il était fidèle à ses promesses… avant de rompre celle qu'il lui avait faite. La promesse de faire d'elle sa femme.

Nicholas se tourna à cet instant, délibérément, comme si ses accusations l'avaient frappé dans le dos. Une fois qu'il lui fit face, même la main de Bess sur son coude ne put l'empêcher de chanceler.

Elle étouffa un cri en voyant la balafre qui barrait sa joue. Mais à part cela, ses traits étaient les mêmes. Sa mâchoire était toujours aussi dure, adoucie par la courbe de ses lèvres pleines. Son nez était toujours aussi fort. Il se vantait d'ailleurs auprès de qui voulait l'entendre que personne ne pouvait le lui briser. Jamais elle n'oublierait non plus ses prunelles noisette et son regard dur braqué sur elle.

Elle se souvenait de leurs baisers. De son odeur et du réconfort de ses bras. De l'intensité de son regard. Mais elle avait oublié combien il lui coupait le souffle. C'était ce qui l'avait tant fascinée quand ils n'étaient encore qu'amis. Elle avait l'impression que ses yeux pouvaient sonder son âme à mesure qu'ils tombaient amoureux l'un de l'autre.

Que voyait-il dans ses yeux, maintenant ? Une femme enceinte de presque huit mois, avec ses jupes pleines de boues et des brins de paille dans les cheveux. Son air choqué, ses membres tremblants et son souffle court.

Encore plus court depuis qu'elle avait compris pourquoi son cœur battait si fort. Pourquoi ses nerfs étaient à vif.

Nicholas était revenu avec une cicatrice, qui formait une ligne mince sur le visage. Elle partait de sa tempe gauche et barrait sa joue. Sous son col béant, elle aperçut une entaille plus profonde qui disparaissait sous sa tunique. Il essayait de cacher sa cicatrice derrière ses cheveux mais cela ne suffisait pas. Comme dans un cauchemar, elle ne la voyait que trop bien.

Pendant toutes ces années, elle avait imaginé une épée le fendre en deux. Elle l'avait imaginé se vidant de son sang dans un champ, beaucoup trop loin d'elle pour qu'elle puisse lui venir en aide. Et il était là, bien vivant, mais portant les traces de ses blessures. Comme il avait dû souffrir…

Elle n'en avait jamais rien su. Il ne lui avait jamais rien dit. Une rage sourde la gagna. Puis sa première et unique envie fut de se jeter sur lui et de le frapper sans jamais s'arrêter. Comment avait-il pu s'infliger une chose pareille ? Comment avait-il pu lui faire cela à elle ?

Il haussa les sourcils et esquissa un sourire carnassier. Son regard, aussi écarquillé que le sien, devint froid. Que voyait-il dans ses yeux ?

Beaucoup trop de choses. Elle avait volontairement oublié cette faculté qu'il avait. À quel point il la connaissait bien. Elle avait cru aussi le connaître. Jusqu'à ce jour où il avait quitté Mi Sol. Jusqu'au moment où il avait cessé de lui écrire pour l'oublier complètement.

Jusqu'au décès de sa mère, elle avait accusé le coup. Elle avait alors compris à quel point la vie était courte, à quel point elle ne pouvait plus attendre. Elle avait donc accepté d'épouser Roger dont elle portait à présent l'enfant. Une fille qui importait plus que tout pour elle.

Elle ferma brièvement les yeux et entendit le bruit des chevaux que l'on emmenait ainsi que les bavardages de Louve à propos du temps. Elle se concentra sur la main de Bess agrippée à son coude, sur les cris des enfants et des animaux, et sur l'odeur du blé fraîchement coupé.

Elle était ici, à Mi Sol, l'endroit qui était resté sa demeure et dont elle avait tiré sa force.

Nicholas attendait debout face à elle. C'était comme si toutes les personnes rassemblées dans la cour retenaient leur souffle.

Qu'espéraient-ils ? Qu'elle lui lance quelque chose ? Qu'elle se mette à crier ? Qu'elle fasse une crise d'hystérie ou qu'elle le tance vertement pour avoir été abandonnée ?

Dans leur jeunesse, elle avait été espiègle, et lui intrépide et impétueux. Ils étaient faits l'un pour l'autre. Ils s'étaient fait ouvertement la cour car ils ne voyaient pas l'intérêt de se montrer prudent. Puis la fébrilité de Nicholas et ses idéaux de grandeur l'avaient poussé à partir, même si Matilda l'avait supplié de rester.

Quatre longues années s'étaient écoulées et maintenant, non seulement elle mais toute l'assemblée retenaient leur souffle face à leurs retrouvailles.

Pourtant, Matilda n'était pas décidée à s'énerver ou à le frapper, même si c'était la première chose qui lui était venue à l'esprit. Entre le moment de son départ et aujourd'hui, elle avait puisé sa force dans ce domaine. Elle s'était efforcée de changer ces dernières années. Elle n'était plus la même que celle qu'il avait quittée. Plus la même que celle auprès de qui il avait grandi, quand ils étaient amis.

Ils avaient partagé une si douce amitié avant de commencer à se prendre par la main, de s'embrasser et de promettre de se marier. Avant qu'elle lui donne son cœur et presque son corps. Avant qu'il la quitte et qu'il brise la confiance qu'elle avait en lui.

Ils étaient amis depuis leur plus tendre enfance. Et lorsqu'ils couraient, sautaient et riaient ensemble, Nicholas représentait tout son univers.

Si ce garçon du passé s'était tenu devant elle à présent, qu'aurait-elle fait ?

Elle s'avança vers lui, se hissa sur la pointe des pieds et l'enlaça brièvement avant de reculer d'un pas pour se placer à côté de Bess.

— Bienvenue chez toi, Nicholas, dit-elle.

Elle était heureuse que sa voix ne se soit pas brisée, qu'elle ait pu soutenir son regard.

— As-tu faim ? continua-t-elle.

Il resta aussi immobile que le manoir derrière lui tandis qu'elle posait les mains sur son ventre comme pour réconforter son enfant. Mais elle seule savait qui en avait réellement besoin.

Nicholas suivit son geste du regard et garda les yeux posés sur elle quelques instants. Matilda portait une robe ample qui cachait une grande partie de sa rondeur, mais le geste protecteur de ses mains ainsi que la façon dont son corps tendait le tissu témoignaient de l'avancée de sa grossesse.

— C'est merveilleux d'être de retour, dit-il d'une voix tout aussi neutre. Je suis affamé. Mais je sais qu'il n'est pas encore l'heure du repas et je ne veux déranger personne.

Elle réprima le frisson qui la parcourut. Peut-être n'était-ce pas à cause de son regard qu'elle était tombée amoureuse de lui, mais de sa voix grave. La richesse de son ton était en harmonie avec la taille imposante de cet homme et ne faisait que renforcer sa prestance au milieu des autres.

Or, s'il n'avait pas la maîtrise de son timbre de voix, il pouvait contrôler ce qu'il disait. Il s'était exprimé avec froideur, sur un ton solennel, comme s'ils étaient de simples étrangers et qu'il ne faisait que passer.

Une bouffée de colère s'empara d'elle en entendant l'injustice contenue dans ses propos prudemment formulés. Croyait-il pouvoir la remettre à sa place ? Croyait-il qu'elle n'était qu'une simple connaissance du passé… Une simple servante ?

Sa colère était encore plus grande à présent, mais elle tâcha de se maîtriser. Elle n'était plus la même Matilda que celle qu'il avait abandonnée avec tant de nonchalance.

Dominant du mieux qu'elle pouvait ses émotions, elle déclara :

— Tu es revenu chez toi. Il est plus que l'heure de se mettre à table. Il est l'heure de faire la fête.

Chapitre 3

Il était incapable de respirer, d'entendre ou de voir. Les mots qu'il venait de prononcer étaient sortis de nulle part. Il ne se souvenait même plus de leur teneur.

Matilda était plus belle que jamais. La lumière d'automne jouait doucement dans ses cheveux dans une débauche de reflets dorés. Le soleil créait une lueur dans ses yeux qui les faisait paraître plus verts que bruns, et projetait l'ombre de ses cils sur ses joues roses.

Stupéfait de la voir, même s'il était ridicule d'être aussi surpris, sa seule réponse fut de la regarder fixement, comme un idiot, en suivant le mouvement de ses mains qui caressaient son ventre arrondi avec tendresse.

Matilda attendait un enfant qui n'était pas le sien.

Toutes les souffrances qu'il avait endurées auparavant n'étaient vraiment rien comparées à celle-ci. Elles ne firent que croître encore plus cruellement lorsque Matilda l'étreignit comme s'ils étaient de simples amis qui s'étaient perdus de vue depuis longtemps.

Il sentit le poids de sa main sur son torse, l'odeur de blé coupé qu'elle portait sur elle. Malgré les années, elle avait toujours porté sur elle ce parfum, comme une promesse d'abondance.

La douleur était trop intense. Comme il rêvait de brandir son épée pour s'en défendre.

Mais il fallait la faire taire, tout de suite. Que Matilda pouvait-elle lui prendre de plus ? Dire qu'il croyait qu'elle lui avait déjà tout pris, pour ne lui laisser que cette froideur qu'il avait aiguisée jour après jour, jusqu'à ce qu'il devienne le plus redoutable des mercenaires.

Et pourtant, un simple battement de cœur, un simple regard vers ses formes arrondies, avaient suffi à anéantir ses certitudes. Il aurait aimé hurler pour combattre cette douleur, mais toute une assemblée les entourait. Matilda le regardait, l'air d'attendre quelque chose de sa part.

Voulait-elle une preuve d'amitié ? C'était ce qu'espéraient certainement toutes les personnes ici présentes. Après tout, quand il avait quitté Matilda, elle était sa fiancée et il s'était battu pendant des années pour lui offrir une maison digne d'elle. Lorsqu'elle avait décidé qu'elle en avait assez de l'attendre, elle avait épousé son meilleur ami et lui avait écrit une lettre.

Pourtant, Nicholas était resté fidèle à sa mission, et avait continué de leur envoyer de l'argent afin que Matilda puisse toujours vivre comme elle en avait eu l'habitude… exactement comme sa belle-mère.

Il devait s'estimer heureux de ne pas avoir épousé Matilda, après tout. La froideur de son cœur ne l'affligerait jamais comme le fit Helena avec son père. Et le cœur de Matilda était de glace. Il en avait à présent la preuve.

La blessure de Nicholas n'était pas nouvelle pour lui, mais elle l'était pour elle. Combien il avait souffert, et comment il avait survécu. Tant de souffrances… Dire que Matilda se tenait calmement devant lui, à s'enquérir de son estomac au lieu de sa cicatrice.

Si elle voulait être traitée avec distance il irait dans son sens.

— Je n'ai pas besoin d'un festin, pas plus que d'un accueil chaleureux, dit-il. Je ne veux pas être une charge plus lourde que celle que vous avez déjà. Donnez-moi juste un endroit où poser mes bagages et changer mes vêtements. Mes appartements sont toujours disponibles, n'est-ce pas ?

Il perçut un léger changement dans les manières amicales de Matilda, et ses mains serrées se raidirent.

— Ils ont été soigneusement entretenus, répondit-elle.

Il prenait plaisir à voir son masque tomber. Tant qu'il ne savait pas exactement comment il allait se venger, mieux valait qu'elle sache quelle était sa place : elle était son bailli, celle qui gérait son manoir.

— Dans ce cas, tu as bien accompli ton devoir. Je te souhaite une bonne journée.

Il se tourna, prêt à s'éloigner, quand les autres l'arrêtèrent pour le saluer. Ils ralentirent sa fuite.

Louve lançait des sourires de-ci de-là et parlait avec les métayers qui attendaient de pouvoir s'entretenir avec Nicholas. Par le passé, il s'était comporté de la même façon. Il avait plaisanté et répondu à leurs questions et à leurs requêtes pour le soulager. Lorsque l'argent était venu à manquer pour satisfaire leurs demandes, Louve avait appris à les distraire afin que Nicholas puisse s'échapper.

Il rêvait de le faire à cet instant. Il sentait le regard de Matilda dans son dos. Il accéléra le pas et s'approcha du manoir, les poings serrés, prêt à se battre. Il lui fallut déployer d'importants efforts pour maîtriser ses tremblements et son souffle. Pour faire comme si de rien n'était alors qu'en réalité, il avait l'impression qu'une épée lui avait traversé le cœur.

Donnait-il l'impression à Matilda de battre en retraite ? Elle pouvait penser ce qu'elle voulait. Il n'en avait cure.

Matilda garda la tête haute et soutint le regard de tous ceux qui avaient vu Nicholas lui tourner le dos. Il venait de la ridiculiser devant tous les métayers… une fois de plus.

— Du calme…, murmura Bess à côté d'elle.

Humiliée, Matilda refusa le réconfort de Bess. La main toujours posée sur son ventre, elle prit la direction opposée à celle de Nicholas. La foule compacte s'écarta sur son passage. Était-ce à cause de sa grossesse ou de sa disgrâce ?

Maudit soit-il pour lui infliger de telles pensées. Elle avait accompli son devoir envers le lord de Mi Sol en venant l'accueillir, et mieux encore, elle avait fait son devoir envers la mémoire de Roger en gardant son calme, comme il l'aurait fait.

Mais ce n'était pas ce qu'elle voulait en apercevant Nicholas, et encore moins après lui avoir parlé.

Elle s'était montrée cordiale. Mais pas lui. De quel droit la traitait-il comme une domestique ? Comme si tout ce qui comptait à ses yeux était qu'elle accomplisse son travail au domaine.

Il avait rompu leurs fiançailles et son cœur lorsqu'il avait quitté Mi Sol, puis cessé de lui écrire. Il n'avait pas le droit de se sentir lésé. En revanche, elle était heureuse de voir qu'elle avait changé, et aujourd'hui elle avait la preuve que c'était en mieux. Elle avait juste besoin de distraire son esprit un peu plus longtemps…

— Nous devons prévenir la cuisinière à propos du festin…

Bess pressa son coude pour l'interrompre.

— Du calme. Tout le monde est au courant de son retour. La cuisinière doit déjà être en train de préparer un plat spécial à ajouter au dîner. Il faut que tu…

Elle ne pouvait pas se détendre si Bess la retenait ici.

— Dans ce cas, je vais aller voir mon père.

Elle tourna brusquement les talons et Bess la lâcha.

— Je dois le prévenir, ajouta-t-elle.

Bess ouvrit la bouche puis la ferma.

Matilda ignora le regard inquisiteur de son amie. Elle devait se trouver quelque chose à faire entre cet instant et le dîner. S'occuper les mains à défaut de trouver quelque chose qui la détourne de ses pensées.

Elle avait toujours su que ce jour arriverait, mais elle ne s'était pas préparée à la blessure de Nicholas. Sa mèche couvrait une partie de sa joue balafrée, mais elle ne suffisait pas à cacher le fait qu'il ait souffert. Le fait qu'il ne verrait plus jamais le monde comme il l'avait fait quand ils étaient enfants, quand ils s'étaient tenu pour la première fois la main…

Des larmes brûlèrent ses paupières et elle chancela. Elle refusait de penser à Nicholas maintenant. Si elle cédait à sa faiblesse pour lui, jamais elle ne passerait cette première nuit. Il ne méritait pas qu'elle s'apitoie sur son sort. Il était parti depuis quatre ans, son ami était mort, et il n'avait même pas demandé de ses nouvelles.

— Il faut préparer mon père au retour de Nicholas,

et il vaut mieux que ce soit moi qui le fasse. Tu sais comment tout cela l'a affecté.

Son père avait cru que Nicholas reviendrait à Mi Sol auprès de sa fille. Puis la mère de Matilda était morte et son père… n'avait plus jamais été le même.

— Peut-être ne se souvient-il pas, avança Bess. Peut-être est-il dans un mauvais jour.

Son père et sa mère étaient très âgés quand Matilda était née et elle ignorait si les oublis de son père étaient dus à l'âge ou à la perte de sa femme. Mais son père était un homme fier et il avait besoin de soins même s'ils s'efforçaient de le lui cacher.

— De plus, il vaut mieux que j'aille voir s'il va bien, déclara Matilda.

— Tu en fais trop, dit Bess à voix basse. Tu devrais t'asseoir et te reposer avant le dîner.

C'était la dernière chose dont elle avait besoin.

— Je vais bien.

Encore quelques pas et elles se trouveraient de l'autre côté de la cour, à l'abri des regards curieux.

— Je n'entends aucun cri venant de chez lui… C'est bon signe, soupira Bess.

— Ou alors, Rohesia l'a frappé avec une poêle.

— Tu as raison…

Certains jours, Matilda et son père étaient plus ennemis qu'amis mais même s'il était dans un mauvais jour, au moins, cela lui permettrait-il de songer à autre chose.

Maudit soit Nicholas d'être revenu. Pourquoi maintenant ? Il n'avait jamais répondu à la lettre que Roger lui avait envoyée avant leur mariage, pas plus qu'à celles qu'elle lui avait écrites avec un soin méticuleux après qu'ils eurent prononcé leurs vœux. Elle avait passé des jours à réfléchir à chaque mot…

Matilda secoua la tête. Elle avait laissé le passé derrière elle et changé sa façon d'être.

Nicholas atteignit le seuil d'une chambre, qu'il avait eu l'intention de franchir une fois marié à Matilda, beaucoup trop vite à son goût. Louve l'observa avec curiosité.

Il n'avait aucune attente particulière. Ce manoir, qui ressemblait à un tombeau, la froideur de Matilda… le fait que Roger ne soit pas venu l'accueillir. Il n'était pas le bienvenu ici.

Et Matilda était enceinte.

Une fois de plus, il se sentit pris de court. Et trahi. La froideur de la lame plantée entre ses côtes le saisit avant même d'avoir vu briller l'acier.

Il avait rêvé de fonder une famille avec elle. Il s'était épuisé pour subvenir aux besoins de leurs futurs enfants afin qu'ils n'aient pas à porter le même fardeau que lui. Et maintenant, Matilda était enceinte d'un autre que lui.

Des garçons qui transportaient ses effets personnels trottinèrent devant lui pour arriver les premiers dans ses appartements. Mais il n'avait pas besoin qu'on lui montre le chemin de la chambre qui appartenait autrefois à son père.

Il lui suffisait de contempler la forme douloureusement familière des couloirs que ni le temps ni l'éloignement n'avaient effacé de sa mémoire. Quand il était enfant, lui aussi courait dans ce couloir. Arrivé à l'âge adulte, il avait fermé la porte derrière lui en partant.

Il fallait qu'il sorte d'ici. Jamais il n'aurait dû accepter d'accomplir cette mission perdue d'avance. Jamais il n'aurait dû croire un seul instant qu'il pouvait avoir ce que Rhain avait trouvé auprès d'Helissent s'il réparait les erreurs de son passé.

Rien n'était réparable. Il avait participé à des batailles et affronté des hommes avec de la rage plein les yeux. Il avait cru pouvoir faire face à cela. Affronter Matilda et écouter ses explications. Écouter celles de Roger. Même Louve était coupable de ne pas l'avoir prévenu.

Pouvait-il s'attarder ici uniquement dans le but de se venger ? Il ne désirait pas entendre d'excuses, plus après avoir vu Matilda caresser son ventre. Le temps avait passé et il n'aurait plus dû sentir le poids de la trahison peser sur lui, comme dans les chansons de troubadour. Mais Matilda s'était tenue devant lui et ne s'était pas inquiétée de voir son visage balafré. Elle n'avait pas cillé en le voyant revenir.

— Je dois me changer, dit-il au lieu d'évoquer les pensées qui le taraudaient.

— Je vais te faire monter de l'eau.

Nicholas désigna les garçons qui transportaient des seaux dans sa chambre.

— J'en ai déjà.

— Il te faut une baignoire.

Il avait surtout besoin de temps pour se faire à l'idée de la grossesse de Matilda.

— Combien d'autres en ont-ils ? demanda-t-il.

Louve lui lança un regard surpris.

Nicholas regarda par-dessus l'épaule de Louve, en direction de la pierre plate incrustée dans le mur. La pierre qu'il avait entaillée avec son premier poignard en attendant que son père sorte de son lit de noces vide.

— Elle attend un enfant. Combien d'autres en ont-ils ?

— C'est tout ce que tu trouves à me demander ? Je croyais que tu voulais parler de…

— Contente-toi de répondre, bon sang, l'interrompit Nicholas.

Louve le regarda de haut.

— Après quatre ans, je pensais que tu t'y serais préparé.

Cela ne faisait que deux ans depuis sa – ou plutôt *leur* – trahison.

— Non, ce n'est pas ce que tu penses, répliqua Nicholas. C'est pour cette raison que tu es ici maintenant. Pour assister à la scène que je m'apprête à faire.

— Pourquoi es-tu ici ?

— Je suis chez moi. J'ai le droit d'être ici.

Il ne devait d'explications à personne.

— Tu as peut-être le droit d'être ici, mais tu n'as pas le droit de poser des questions quant au bien-être de Matilda.

— Tu essaies de me donner des leçons ?

Il savait que Louve était tout aussi coupable que les autres.

— Toi, Roger et Matilda, vous m'êtes redevables ! s'écria Nicholas.

— Roger ? Tu oses parler de Roger ? Tu ne peux même pas laisser…

Sans un mot, sans un message, sans l'affronter comme un homme, Roger avait épousé la seule femme qu'il aimait.

— Dieu lui-même le punira, ajouta-t-il.

Louve le contempla, bouche bée.

— Tu ne peux pas…

— Si, je peux.

Mais le jugement de Roger aurait lieu quand il affronterait ce lâche en face. Nicholas n'avait pas l'intention de parler avec Louve des méfaits de Roger.

— Pour l'heure, j'attends juste une réponse à mes questions, continua-t-il. Combien d'enfants ?

Louve le regarda d'un air de défi.

— Le Nicholas que je connaissais aurait manifesté de l'indulgence à l'égard de Roger… et de Matilda, étant donné les circonstances.

De l'indulgence à l'égard de Roger ? Jamais.

— Dis-m'en plus.

Louve fronça un peu plus les sourcils avant de détourner le regard.

— Non.

— Tu es venu ici avec moi, et maintenant tu ne veux pas me parler ?

— Tu n'es pas…

Louve soupira et secoua la tête.

— Tu ne poses pas les bonnes questions, continua-t-il, et je refuse de croire que tu puisses être aussi vil. Viens, commandons à boire et buvons quelques verres.

Nicholas serra les poings. Un bain, de la bière, des plaisanteries entre amis… Matilda et Roger étaient-ils censés les rejoindre ? C'était ridicule. Il avait la réponse à sa question et ces personnes n'étaient plus ses amis.

— Je n'ai pas la patience d'échanger des ragots comme une vieille dame.

Sur ces mots, il claqua la porte devant un Louve ébahi.

— Mais qu'est-ce qui peut bien le retenir ? demanda Matilda pour la énième fois.

Le repas était prêt et la plupart des métayers étaient arrivés. Beaucoup avaient passé leurs plus beaux habits en l'honneur du retour de Nicholas. Ils étaient venus nombreux et les grandes portes continuaient de charrier un vent glacial.

— Je l'ai laissé à l'étage…, répondit Louve en haussant les épaules.

Cela faisait plusieurs heures que Nicholas était revenu et Matilda n'avait rien trouvé à faire pour se distraire. Les métayers, ses amis, étaient tous très excités par son retour. Mais elle n'avait pas le cœur à se joindre à leurs cris et murmures de bonheur.

Elle avait trouvé son père endormi pendant que Rohesia pilait des herbes. Sa maison était vide, comme elle l'avait laissée. Elle avait donc balayé jusqu'à épuisement le sol pourtant propre comme si elle s'attaquait à un essaim de guêpes et non au tourbillon de ses pensées.

Elle était tout le temps fatiguée à présent et encore plus lorsqu'elle songeait à Roger et à ce qu'il aurait pensé de cette journée.

Qu'aurait-il fait des joyeux bavardages qui tourbillonnaient sur les sentiers sinueux du domaine ? Il n'y avait que quelques mois qu'il était mort. Pas assez longtemps pour que le chagrin s'efface mais assez longtemps pour qu'elle se sente perdue.

Son ami lui manquait… L'homme qui avait bien voulu d'elle alors que tout le monde la rejetait. Elle aurait beau balayer et balayer encore, rien ne pourrait effacer cela. Ensuite, elle avait fait une longue sieste et était arrivée en retard… pour découvrir que le maître du manoir ne s'était pas encore présenté.

— Il t'a congédié et tu l'as laissé faire ? s'étonna Matilda.

— Que voulais-tu que je fasse ?

Qu'auraient-ils fait, avant ? Elle ne s'en souvenait pas. Les hommes avaient leurs mystérieuses habitudes. Leurs tâches, leurs entraînements, leurs missions et leurs leçons.

— Tu aurais pu rester avec lui, proposa-t-elle.

— Il voulait se reposer. Je n'allais pas rester le regarder prendre son bain ou dormir.

Quatre années suffisaient à faire grandir un homme. C'était arrivé à Roger et à Louve. Évidemment, Nicholas n'y avait pas échappé.

Sans crier gare, des pensées de Nicholas endormi dans sa chambre, avec ses longs cheveux bruns étalés sur ses épaules et sur la couverture sombre qu'elle avait choisie pour lui, envahirent son esprit. Son corps était à moitié tourné, comme s'il attendait qu'elle vienne le réveiller.

Elle ferma les yeux pour refouler ses violentes émotions avant que Louve puisse lire dans ses pensées.

— Il est parti tellement longtemps. Il désire certainement entendre de bonnes nouvelles, c'est tout.

— On dirait que c'est important pour toi.

Matilda plissa les yeux.

— En tant que bailli, il est de mon devoir de veiller à son confort. Et je suis l'une de ses plus vieilles amies.

Louve fit rouler sa coupe dans sa main.

— Tu te considères toujours comme son amie ?

— Pourquoi en serait-il autrement ?

Matilda n'avait rien fait de mal. Roger aurait voulu

qu'elle laisse le passé derrière elle. Roger avait été son avenir… Du moins, autant qu'elle l'avait laissé le faire.

— Je lui ai proposé de boire avec lui, si cela peut conforter ton sens de l'hospitalité, répliqua Louve en désignant sa coupe.

L'idée était bonne, sauf que…

— Il t'a fermement repoussé.

— Il n'est pas resté dans cette chambre.

— Je ne comprends pas.

— Je venais à peine de descendre l'escalier que j'ai entendu ses ordres. Il a fait amener les seaux dans la pièce attenante. Je ne suis pas resté assez longtemps pour en connaître la raison. Je sais lorsque ma présence n'est pas désirée.

Et elle aussi. Elle avait compris ce qui s'était passé même si Louve ne pouvait pas le deviner. Nicholas avait rejeté cette chambre tout comme il l'avait rejetée, elle.

Elle avait consacré de l'argent, du temps… et une partie de son cœur à préparer cette pièce en vue de son retour, lorsqu'il reviendrait chercher sa fiancée. Il ne lui avait fallu qu'un seul regard pour choisir la chambre mitoyenne.

Furieuse, Matilda tapa du pied. Pire encore, cela voulait dire que le grand et capricieux seigneur du manoir espérait vivre dans le confort. Cela signifiait plus de travail pour les domestiques… et pour elle.

Nicholas s'était montré grossier avec elle, et avec Louve. Peut-être était-elle allée trop loin en lui offrant l'hospitalité, même si cette demeure était la sienne et que Roger aurait aimé qu'elle le fasse.

— Qu'a-t-il dit à propos de Roger.

— Rien.

Elle frotta vivement ses bras pour se réchauffer mais elle savait que ce geste était vain. Son froid venait de l'intérieur parce qu'elle était incapable de contenir son chagrin. De faire preuve d'un cœur charitable et de patience, comme Roger l'aurait souhaité. Comme sa fille le méritait.

Nicholas était peut-être fatigué... peut-être voulait-il une chambre plus petite pour soulager le travail des domestiques.

— Ses condoléances étaient-elles sincères ? demanda-t-elle en essayant d'imaginer leur conversation.

Louve planta son regard dans le sien.

— Il n'a rien dit sur Roger.

— Roger aurait...

Mais les paroles de Louve venaient de faire leur chemin. Matilda serra les poings. Comment pouvait-on être aussi cruel, aussi froid ? C'était inimaginable.

Nicholas aurait pu manifester de tels sentiments à son égard, mais jamais avec Roger. Lorsque Nicholas était parti, elle avait nourri une grande colère, mais Roger avait pleuré la perte de son ami. Dire que Nicholas ne ressentait rien. N'avait émis aucune parole charitable...

— Il n'a rien dit sur ton mariage non plus, ajouta Louve.

Matilda était furieuse.

— Il n'a pas le droit de parler de mon mariage. Ni de parler de moi ou de...

— Il a dit quelque chose, l'interrompit Louve.

— Quoi donc ?

— Cela n'a pas d'importance.

Les domestiques passèrent à côté d'eux avec de grands plateaux et ils s'écartèrent pour leur faire de la place.

— Tu devrais savoir que tu ne peux pas m'ignorer, dit Matilda en baissant la voix.

— Tu es plus lente à comprendre qu'avant, répondit Louve en désignant avec insistance son ventre rond.

Voyant son regard d'avertissement, il céda.

— Il m'a interrogé à propos de ton enfant.

Son enfant. Nicholas avait déjà évoqué sa grossesse en parlant du bébé comme d'un fardeau.

— Il n'a pas le droit de parler d'elle. J'espère que tu l'as remis à sa place.

Louve, qui paraissait perplexe, sembla réfléchir.

Matilda détourna le regard, ce qui était sans doute suffisant pour lui faire comprendre qu'il était inutile de répondre. Mais elle refusait de se sentir fautive.

— Il n'aurait jamais dû revenir, conclut Matilda.

— Il est chez lui, je te rappelle.

— Cet endroit n'a jamais été chez lui. Toute sa vie, il n'a cessé de dire qu'il voulait découvrir d'autres pays, ce qu'il a fini par faire. Il n'avait aucune raison de revenir.

La seule chose qui aurait pu le pousser à le faire, c'était elle mais finalement, cela n'avait pas suffi.

— Tu aimes peut-être ce manoir qui tombe en ruines et les sentiers criblés d'ornières qui l'entourent, mais ce domaine est son héritage, objecta Louve.

— Un héritage dont il n'a jamais voulu. Il a gagné plus d'argent en tant que mercenaire. Tu verras, il ne lui suffira que d'un seul hiver pour s'en souvenir, puis il partira de nouveau.

— Tu es déjà prête à te débarrasser de moi ? lança Nicholas dans son dos.

Louve fit volte-face mais Matilda resta immobile

quelques instants afin de manifester son mécontentement. Le fait que Nicholas soit arrivé derrière eux signifiait qu'il avait emprunté l'escalier de service. Dire qu'ils le croyaient endormi et reclus à l'étage. Il essayait déjà de les entraver et ce, avant même de surprendre leur conversation.

Matilda se tourna lentement et aperçut sa tunique verte finement tissée que tendait son torse ample et musclé, ainsi que ses braies épaisses qui épousaient ses jambes puissantes.

Ses vêtements, même s'ils n'étaient pas neufs, étaient ceux d'un homme riche. Leur maille était si fine que le vert se réfléchissait presque dans les chandeliers qui éclairaient la grande salle.

Le tailleur de Mi Sol n'avait jamais été capable de lui couper des vêtements assez larges pour lui donner de l'aisance. Mais ceux-ci lui allaient à merveille et laissaient transparaître l'homme qui les portait. Il lui suffit d'un seul coup d'œil pour percevoir Nicholas comme jamais auparavant. Il avait toujours été grand, mais jamais aussi imposant. Jamais aussi… redoutable.

Elle leva les yeux et le détailla plus attentivement. Ses cheveux épais étaient mouillés et ses boucles lâches couvraient ses épaules. Il s'était rasé de près, ce qui mettait en valeur sa mâchoire virile et la sensualité de ses lèvres. Mais s'il avait dormi, ses sourcils restaient froncés et des cernes sombres ombraient ses yeux.

Matilda prit un court instant pour remarquer cette vulnérabilité avant de croiser son regard. Mais elle n'y vit qu'une lueur calculatrice et victorieuse qu'il parvint à dissimuler derrière l'expression de ses traits, mais pas dans la profondeur de son regard.

Il paraissait heureux de les avoir surpris et d'avoir entendu une conversation qui ne lui était pas destinée.

Mais il était encore trop tôt pour crier victoire.

— Je ne fais qu'énoncer des faits, Nicholas. Ton goût pour l'aventure n'est pas un secret. Tu l'as même déclaré publiquement quand tu es parti pour ne plus revenir.

— Pourtant, ma venue prouve le contraire.

— Elle prouve simplement que tu es venu nous surveiller. N'est-ce pas pour cette raison que tu te trouvais dans la cuisine ?

— J'y suis allé pour retrouver de vieux et chers amis.

— Je pense que je vais aller voir Mary, intervint Louve.

Matilda le retint pour le bras. Elle ne le laisserait s'enfuir sous aucun prétexte. Lorsqu'il croisa son regard, il comprit le message.

Louve se tourna vers Nicholas et lui lança :

— Tu es allé dans la cuisine ? Alors, comment a réagi la cuisinière ?

Nicholas contempla la main de Matilda posée sur le bras de Louve. Elle avait l'intention de la retirer mais, d'une certaine manière, elle tirait un certain réconfort à ce contact. De plus, elle refusait de le faire sous prétexte que le regard de Nicholas s'était soudain assombri.

— Comme à son habitude, répondit Nicholas d'une voix neutre mais hostile. Elle m'a donné une épaisse tranche de pain avec une couche encore plus épaisse de beurre avant même de me laisser le temps de la saluer.

Matilda arrêta de planter les ongles dans le bras de Louve. Cet échange était ridicule. Nicholas était revenu à Mi Sol pour une raison précise, peut-être pour les insulter et leur montrer son indifférence, et non pour y trouver de la nourriture. Comment pouvait-elle garder son calme face à un homme qui ne pleurait même pas la perte de son ami et qui n'avait jamais répondu à leurs lettres ?

Elle se mordit les lèvres pour ne pas répliquer mais elle garda les yeux tournés vers les portes, consciente du regard de Nicholas posé sur elle.

— Préfères-tu que je m'en aille sur-le-champ, et non à la fin de l'hiver ? demanda Nicholas sur un ton railleur.

Il avait tout entendu de leur conversation.

Parfait.

Une fois encore, elle tenta de cacher son envie de s'avancer et d'ouvrir les portes en grand pour le laisser partir. L'ancienne Matilda aurait réagi ainsi, la Matilda écervelée qui ne montrait jamais aucune prudence.

À présent, malgré son envie pressante que Nicholas s'en aille, une partie d'elle désirait être la digne veuve de Roger et la mère de son enfant. Il fallait qu'elle reste calme et qu'elle se souvienne qu'autrefois Nicholas et elle avaient été amis.

Elle ignorait pourquoi Nicholas était là. Roger était mort depuis plusieurs mois, mais Nicholas ne lui avait pas présenté ses condoléances, pas plus qu'il ne s'était excusé de n'avoir pas été là. Il n'avait jamais manifesté le moindre intérêt pour son domaine ou les riches champs qui l'entouraient à l'exception de la fois où, après le décès de son père, réparer Mi Sol était devenu une obsession. Et à présent, il ne leur avait donné aucun indice sur ses motivations.

Il n'avait plus l'air d'un jeune homme et ne paraissait plus aussi ouvert qu'avant. L'homme qui se tenait devant elle était un étranger. Son regard était sombre. Jamais elle ne se serait liée d'amitié avec ce mercenaire.

— Ne sois pas ridicule, Nicholas, répondit calmement Matilda. Apparemment, tu as besoin de repos et le temps t'empêchera bientôt de partir.

— Tu te soucies vraiment de mon bien-être ? De mon incapacité à voyager à cause de la fatigue ? Ou bien as-tu peur que j'attrape froid ?

Louve faillit s'étrangler en buvant sa bière mais Nicholas l'ignora. Matilda tapota le bras de son ami. Il fallait qu'elle se souvienne de ce que Roger aurait voulu.

— Évidemment, nous nous soucions de ton bien-être et nous n'avons pas encore eu l'occasion de t'entendre nous parler de tes voyages, déclara-t-elle. Tu es ici chez toi.

— Ah, oui, je suis *chez moi*, répéta Nicholas en balayant la salle du regard.

Matilda fut soulagée qu'il détourne d'elle son regard pénétrant. Puis Nicholas la fixa de nouveau.

— Il y a bien d'autres choses qui m'empêchent de partir.

En entendant ses paroles, Matilda se sentit gagnée par l'inquiétude. Nicholas avait une bonne raison d'être là, mais ce n'était pas à cause de Roger. Aucun mot de condoléances, aucune excuse pour ne pas avoir été présent à son enterrement, n'était sorti de sa bouche. Ce n'était pas pour son domaine non plus, ni pour elle.

Elle sentit le bras de Louve se raidir lorsqu'elle demanda :

— Et quoi donc ?

La lueur victorieuse brilla de nouveau dans le regard

de Nicholas, et Matilda comprit qu'elle avait commis une erreur.

— Je suis revenu avec des sacs remplis d'argent afin que vous puissiez faire tout ce que vous désirez à Mi Sol. Vous pouvez effectuer des réparations, acheter des matériaux pour un millier de toits neufs ou de nouveaux bâtiments. Ou alors tout démolir et tout reconstruire.

Ses paroles étaient simples, et insultantes. Matilda planta les ongles dans le bras de Louve avant de dissimuler sa réaction.

L'expression de Matilda était exactement celle que Nicholas espérait obtenir lorsqu'il les avait pris par surprise, Louve et elle. Celle qu'elle avait réussi à lui cacher lorsqu'elle s'était tournée lentement vers lui. Mais à présent, elle ne pouvait plus le faire, et il semblait s'en délecter.

C'était mesquin de sa part, il le savait, mais autrefois il avait cru trouver un équilibre dans sa vie. Désormais, cela était devenu impossible. Même ses appartements, qui avaient été son sanctuaire, le tourmentaient et se raillaient de lui. En voyant sa chambre, et en apercevant tout ce que Matilda y avait accompli, il s'était senti ébranlé. Il n'avait même pas réussi à ordonner de changer de chambre suffisamment vite.

Après un bain rapide, il était parti inspecter l'arrière du domaine ainsi que la cuisine. Il avait salué la cuisinière et avait remarqué que ses rides s'étaient creusées sur son front et de chaque côté de sa bouche à force de sourire. Il avait été heureux de la revoir.

Néanmoins, sa visite n'avait pas été complètement satisfaisante. Profitant de son avantage, il était allé rejoindre Matilda et Louve qui regardaient vers l'escalier et non vers l'entrée de service. Matilda lui avait rappelé celle qu'elle était vraiment. Une personne encore plus avide que la femme qui avait tué son père.

Mi Sol tombait en ruine et son toit menaçait de s'effondrer. Il était parti loin de chez lui pour gagner de l'argent, avant de découvrir que Matilda le dépensait à tour de bras et avait choisi un autre homme que lui.

Il avait réussi à surmonter l'épreuve de leur joute verbale, mais voir la main de Matilda serrer le bras de Louve lui avait fait l'effet d'un coup de poing. Il aurait pu s'agir d'un autre homme… N'importe quel homme, sauf lui.

— Dès demain, lorsqu'il fera jour, nous pourrons te montrer ce que nous avons fait, répondit Matilda d'une voix tendue.

Mais cela n'était pas suffisant pour lui.

— Si je comprends bien, tout le travail a déjà été fait et l'argent que je rapporte est inutile ? s'étonna Nicholas. Je vais peut-être le dépenser en choses futiles, alors. J'ai remarqué que ma chambre avait besoin d'être rénovée.

Matilda pâlit et Louve pressa la main qu'elle avait posée sur son bras. Nicholas observa de près la familiarité de leurs gestes.

— Depuis quand l'argent est-il quelque chose d'inutile ? intervint Louve sur un ton léger.

Mais une lueur d'avertissement éclairait son regard. Nicholas n'en avait que faire.

— C'est vrai. Il peut servir à corrompre, à payer des dettes, financer des guerres et des armes.

— Le travail d'un mercenaire ? Nous n'avons rien vu de tel par ici, répliqua Louve. Je pensais plutôt à des murs de clôture. L'argent que nous avons gagné nous a permis d'en construire, mais pas assez vite. Les cerfs ont parfois fait plus de dégâts que le mauvais temps.

— Des murs de clôture ?

Nicholas en savait long sur les ennemis et les frontières, et comment les franchir. Il ne s'intéressait nullement aux barrières de pierre et de mortier mais une inspection du domaine lui servirait de prétexte. Il pourrait inviter Roger à se joindre à lui, et là, au beau milieu des champs, il rétablirait son honneur. À condition que Roger se présente à lui.

Nicholas carra les épaules. L'impression d'être revenu chez lui qui l'avait envahi en visitant la cuisine s'était évanouie. Il ne ressentait que le poids qui pesait sur ses épaules. Le poids de cet instant, comme si cette pause avait une importance.

Pour qui et pour quoi ? Pour une femme enceinte et un homme qui plaisantait beaucoup trop ? Dans ce cas, c'était le soir où tous étaient réunis pour le festin donné en son honneur, et il manquait un invité à sa table.

— Il se fait tard, vous ne trouvez pas ? demanda-t-il en se tournant vers Matilda.

— Nous pourrions manger, convint Matilda.

— Les champs sont certainement vides à cette époque de l'année ?

Voyant leurs regards interrogateurs, il ajouta :

— Il est trop tard pour que les hommes ou le bétail soient encore dehors, continua-t-il.

Matilda fronça les sourcils.

— Nous avons pu faire notre travail avant la tombée de la nuit ces dernières années…

Ce n'était pas l'objet de sa question. Au fil du temps,

il avait reçu les rapports de Louve et malgré tout, il lui faisait confiance quant à la gestion du domaine.

En revanche, il n'avait aucune confiance en Roger, qui semblait éviter de se présenter au festin. Mais celui-ci finirait certainement par pousser la porte de la salle pour venir manger. Mais avant…

— Je vais attendre que tout le monde soit arrivé, déclara-t-il.

Aucune réaction. Louve paraissait légèrement intrigué tandis que Matilda demeurait impassible. Espérait-il qu'il ne dise rien sur l'homme – l'ami – qui l'avait poignardé dans le cœur ? Dans ce cas, ils le connaissaient bien mal. Il était capable d'attendre jusqu'à la fin de l'hiver s'il le fallait.

Louve vida sa pinte de bière et les conversations des métayers se tarirent. Tous les regards étaient braqués sur lui. C'était évident car ils ne pouvaient pas commencer à manger tant qu'il n'était pas assis. Il voulait leur dire que ce n'était pas lui qui retardait le repas, mais un lâche qu'il aurait dû affronter des années plus tôt.

Il avait voyagé seul pendant des semaines, se passant de sommeil pour protéger ses chevaux et leur cargaison. Tout son corps était endolori et réclamait du repos. Mais il resta debout à attendre tout en réfléchissant à ce qu'il allait dire à Roger. Son ami d'enfance, son intendant qui veillait sur les récoltes.

Il attendait l'homme qui aimait sa fiancée mais qui n'avait pas eu la courtoisie de le lui dire et avait profité de son départ pour l'épouser et lui faire un enfant.

Patience, se dit-il. Mais il avait du mal à se contenir, avec tous ces regards braqués sur lui. Il sentit sa main droite se serrer comme si elle voulait s'emparer d'une épée. Son cœur battait comme s'il arpentait un champ de bataille ennemi.

Il s'était montré poli et s'était gentiment enquis de l'absence de Roger. Il avait attendu que ce dernier se montre, ou que Louve et Matilda l'informent de l'endroit où il se trouvait. Nicholas était venu ici pour enterrer son passé et se venger. Pour exiger des excuses. Roger semblait refuser de se présenter devant lui.

La plaisanterie avait assez duré. Il allait ordonner qu'il vienne sur-le-champ. Il n'attendrait pas qu'il lui donne des réponses, il le forcerait à le faire.

— Où est ton mari, Matilda ? demanda-t-il en détachant chaque mot, incapable de dominer la tension qui l'habitait.

Louve étouffa un juron et Matilda pâlit. La foule autour d'eux s'écarta. La lumière des chandeliers sembla se ternir. Matilda fronça les sourcils.

Non. Il ne ferait preuve d'aucune objectivité, d'aucune patience, d'aucune compréhension.

Il serra les poings. Ses tempes bourdonnaient lorsqu'il se tourna vers Louve. L'homme paraissait atterré, et affichait un sourire amer.

Nicholas regarda derrière lui les portes de la grande salle qui demeuraient fermées et les métayers qui attendaient, debout à côté de leur siège. Même les enfants et les animaux étaient immobiles à leur place.

Il n'y avait aucune chaise en trop.

Il braqua son regard vers Matilda. Ses joues étaient rouges et une multitude d'émotions étranges brillaient dans ses prunelles noisette. Il les reconnaissait toutes. La colère. La rage. Le cri d'un guerrier appelant à la bataille.

Son sentiment de trahison était à son comble.

De la patience ? De l'objectivité ? Non, il n'était prêt à rien de tout cela. Il secoua la tête, comme un avertissement pour lui-même et pour Louve qui se tenait debout, bouche bée. Pour Matilda, dont les lèvres étaient entrouvertes.

Avant même qu'elle lui réponde, il leva son poing serré et le brandit vers son ancien ami.

— Il est mort, dit-elle.

Nicholas frappa très fort.

Chapitre 4

— Tu devrais aller le retrouver, dit Louve en essuyant sa lèvre ensanglantée du revers de la manche.

Matilda s'agenouilla à côté de son ami qui était au sol. Louve était tombé bien avant qu'elle puisse réagir. Le coin de sa lèvre saignait et tout le côté droit de son visage était rouge vif. Sa paupière commençait déjà à gonfler.

— Ton œil ! s'écria Matilda.

— J'ai de la chance, il n'a fait que l'effleurer.

— De la chance ? La chance, c'est d'apprendre que la cuisinière n'a pas brûlé le pain de la journée. Ton visage enfle plus vite que des miches.

Son cœur n'arrêtait pas de battre plus fort et chacune de ses paroles l'ébranlait. Elle revoyait le moment où Nicholas avait frappé, ainsi que l'expression de son visage. Brutale, viscérale. Elle l'avait transpercée avant même de comprendre ce que Nicholas s'apprêtait à faire.

Louve avait été pris complètement au dépourvu.

Les personnes dans la grande salle avaient été aussi surprises qu'elle en entendant le craquement du poing de Nicholas sur la mâchoire de Louve résonner contre les murs en pierre.

Elle n'avait pas entendu Louve heurter le sol, pas avant de percevoir les cris de la foule.

Puis le silence s'était abattu sur l'assemblée, à l'exception du souffle court de Nicholas et de son grognement rauque lorsqu'il avait traversé la salle anormalement silencieuse pour passer les portes de la grande salle.

— De la chance ? répéta-t-elle. Tu saignes. Et même s'il n'a fait que t'effleurer, tu vas avoir des séquelles.

— J'ai encore plus de chance, car Mary va s'occuper de moi maintenant.

Matilda vit Mary, tout aussi immobile que le reste de la foule. Elle n'avait jamais compris l'emprise que cette femme avait sur son ami.

— Tu es incorrigible.

Louve lui prit les mains et l'aida à se lever. Puis il invita la foule qui l'entourait à se disperser. Les invités s'éloignèrent mais les conversations enflèrent de plus belle. Bientôt, toutes les personnes qui habitaient à un jour de cheval à la ronde sauraient ce qui s'était passé ce soir.

Quel bel accueil de la part du seigneur de Mi Sol. Un véritable accueil de mercenaire. Nicholas avait toujours été impulsif mais cette violence ne se serait pas manifestée chez le Nicholas qu'elle avait connu.

— Tu devrais aller le retrouver, lui dit Louve.

— C'est toi qu'il a frappé. Tu n'as pas envie d'aller lui parler ?

— Pas cette fois, répondit Louve en lui décochant un regard qu'elle connaissait bien. Mais je te mets au défi de le faire.

— Cela ne fonctionne plus avec moi.

Aucun défi, aussi puéril soit-il, ne pourrait influencer le mercenaire qui venait de quitter à grand pas la salle.

— Nicholas est parti, peut-être pour ne plus jamais revenir.

— Tu sais où il est allé. Et même si c'est moi qu'il a frappé, c'est à toi qu'il a besoin de parler. Il est resté absent très longtemps, mais étant donné sa réaction…

Louve posa la main sur son bras.

— Il n'était pas au courant pour Roger, Matilda. Tu ne peux pas le laisser ainsi.

Si, c'était possible.

— Il nous a bien laissés, lui, grinça-t-elle.

— Il est revenu pour découvrir que son ami était mort. Non seulement un ami, mais Roger. Pour autant qu'il le sache, il aurait pu être mort depuis des années.

— La date du décès de Roger n'a aucune importance, répliqua Matilda. Nicholas a choisi son chemin des années plus tôt, et moi le mien. Il est parti le premier. Il n'accorde pas plus d'importance à la mort de Roger qu'à celle d'un autre ami. En réalité…

En réalité, elle ne reconnaissait plus l'homme qui avait été autrefois son fiancé.

— On ne sait même pas s'il nous considère encore comme ses amis, ajouta-t-elle. Il n'a jamais répondu à nos lettres.

— Tu penses que la mort de Roger ne l'affecte pas ? Il m'a frappé sous son propre toit, devant tous ses gens. Cela en dit long sur les dispositions de son cœur.

Matilda n'avait pas envie de réfléchir au cœur de Nicholas. Il ne le méritait pas. Mais Roger avait été son ami et son mari. Et à ce titre, elle savait qu'elle était la seule à pouvoir répondre aux questions de Nicholas.

Elle n'aimait pas les provocations mais elle avait toujours relevé tous les défis.

Elle ne connaissait que trop bien le chemin qui conduisait au cimetière. Sa mère et son mari étaient enterrés ici et elle allait leur rendre visite tous les jours. Mais au lieu d'emprunter le sentier usuel, elle tourna à gauche et se dirigea de l'autre côté du lieu. Celui qui n'était éclairé ni par les feux ni par les lanternes des villageois, mais uniquement par le clair de lune et les étoiles.

Elle aperçut Nicholas, exactement à l'endroit que Louve lui avait indiqué. Aucune statue, aucune stèle, n'était aussi sombre, aussi intimidante que l'homme qui se tenait parmi elles.

Il tenait le pied d'une statue à deux mains, la tête entre les bras. Pour n'importe qui, il aurait donné l'impression d'être en train de prier à côté de la tombe de son père. Toutefois, son père était enterré dans un caveau, à l'intérieur de la chapelle en pierres, et non à l'extérieur au milieu des tombes battues par les éléments.

La nuit pouvait être très froide dans cet endroit isolé. Rien ne permettait de se protéger du vent. Nicholas, penché sur le mémorial de son père, ressemblait à un homme bravant les intempéries. Mais pour elle, il ressemblait davantage à un homme poussant une charrue usée sur un sol rocailleux.

— Tu n'aurais pas dû venir ici.

La voix teintée de douleur de Nicholas résonna sur les pierres froides.

Refusant de ressentir de la pitié, elle ignora son chagrin. Toutefois…

— Nous t'avons envoyé un message.

Il leva la tête mais ne lâcha pas le pied de la statue. Comme s'il la tenait… Ou était-ce elle qui le soutenait ? Elle voyait la raideur de ses mains, mais pas son expression. Il lui fallut quelques instants pour que ses yeux s'habituent à l'obscurité. Puis elle comprit qu'il n'y avait pas que la nuit qui noircissait son regard, mais quelque chose en lui qu'elle ne connaissait pas.

— Je n'ai pas envie de parler de Roger, dit-il.

Il semblait secoué par un tumulte d'émotions. Il y avait de la douleur, de la colère, de la confusion mais aussi autre chose. Elle préféra ignorer ces émotions. Il était évident qu'il n'y avait qu'une seule raison pour laquelle il ne voulait pas parler de Roger : cela ne l'intéressait pas.

— Évidemment, railla Matilda.

— Que veux-tu dire ?

— Tu ne mérites pas de le savoir.

Il s'éloigna de la statue et se redressa de toute sa taille. Sa force sembla la frapper mais elle la chassa d'un revers de main.

— Il fait plus froid ici qu'ailleurs, dit-elle en lui tournant le dos.

Elle fit quelques pas et il répondit.

— Combien y en a-t-il d'autres ?

Matilda l'ignora et continua d'avancer. Elle était venue pour parler de Roger, mais Nicholas lui avait clairement fait comprendre que ce n'était pas son désir.

En le trouvant à côté du mémorial de son père et non près de la nouvelle pierre tombale de son ami, elle aurait dû comprendre que sa venue était inutile.

Il plaçait les volontés de son père au-dessus de tout le reste… y compris de ses propres désirs.

Ou peut-être n'avait-elle jamais rien su de ses désirs. Elle lui avait toujours dit qu'il privilégiait les souhaits de son père plutôt que les siens. Mais peut-être que les deux se confondaient maintenant, et que c'était elle qui avait été aveugle.

C'était une vieille querelle qu'elle croyait oubliée après son mariage avec Roger. Et pourtant, elle se tenait là, au beau milieu de la nuit, pour affronter de nouveau Nicholas. Et il ne s'était pas encore écoulé une journée complète depuis son retour.

Elle recula encore d'un pas mais le regard de Nicholas était toujours braqué sur elle. Elle tenta de l'ignorer mais ne réussit pas à faire taire sa curiosité. Que voulait-il dire par combien ? Combien de morts ?

Retenant un grognement de frustration, elle pivota pour lui faire face.

— Combien de quoi ?

Nicholas n'était qu'à quelques pas d'elle. Elle ne l'avait pas entendu la suivre et ne s'attendait pas à le trouver si près. Même si seule la lune les éclairait, Nicholas ne se trouvait plus dans l'ombre du monument, si bien que lorsqu'elle se tourna vers lui, elle le surprit, et elle eut le temps de percevoir son expression avant qu'il la dissimule.

— Combien d'autres enfants as-tu, Matilda ? demanda-t-il durement.

Ses prunelles brillaient d'un éclat sombre et ses sourcils étaient froncés. Ses épaules étaient rentrées, comme s'il venait de recevoir un coup de poing dans le ventre.

Avant qu'il pose cette question, elle croyait que cette émotion avait disparu mais elle s'était trompée. Nicholas semblait fou de douleur.

Mais il devait faire semblant car au cours de leurs deux dernières années de correspondance, ses lettres avaient été sommaires et irrégulières. Jamais il ne s'était enquis de ses métayers ou de ses amis.

Il n'avait jamais répondu aux lettres qu'elle lui avait adressées, non plus.

Elle enroula les bras autour de sa taille pour mettre de la distance entre eux et vit les paupières de Nicholas se fermer quelques instants, comme si son geste l'avait affecté. Mais elle ne se laisserait pas atteindre.

— Tu veux parler de mon bébé ? demanda-t-elle avec une furieuse envie de hurler. Es-tu inquiet qu'une veuve avec des enfants puisse venir entamer et menacer les ressources de Mi Sol ? Ou plus précisément, que je ne sois pas capable d'accomplir mes devoirs en tant que bailli ? Tu crains que tes draps ne soient pas assez propres ou que je ne puisse pas résoudre les conflits à ta place ?

Même atténuée par le vent, la violence de ses paroles la heurta de plein fouet.

— Ne serait-ce pas plutôt toi qui t'inquiètes pour les draps et pour l'appauvrissement des ressources de Mi Sol ? riposta Nicholas.

Comme si elle était une mégère gâtée et égoïste ? Non, pas elle. Elle n'était pas comme Helena, la belle-mère de Nicholas. Elle l'avait supplié de rester. Elle était prête à vivre plus simplement. Mais Nicholas était parti en quête de richesses, lui signifiant ainsi ce qui était vraiment important pour lui. Elle en avait donc épousé un autre.

Et malgré cela, il l'accusait ?

— Après toutes ces années…, dit-elle en réprimant son envie de le frapper. C'est tout ce que tu trouves à me dire ?

Nicholas ouvrit la bouche, puis la ferma, et elle en ressentit une grande satisfaction jusqu'à ce qu'il dise :

— As-tu l'impression que je suis parti si longtemps ?

Il s'était exprimé d'une voix basse et songeuse. Matilda savait comment répondre à l'homme qui la jugeait et qui l'accusait, mais pas à celui-ci. Elle se frotta les bras pour se réchauffer, puis réfléchit à la question tout en ignorant son regard fixé sur elle.

Quelle impression avait-elle ? Qu'il s'était écoulé des siècles depuis son départ, mais aussi qu'il était parti hier. Surtout depuis qu'il avait ramené avec lui tout leur passé en revenant ici. Le temps importait peu. Seules comptaient ses émotions.

Elle n'aurait dû avoir aucun sentiment pour lui, indépendamment de ce que signifiait sa présence ici.

La réalité, c'était qu'elle en avait épousé un autre. Elle avait aimé et pleuré un autre homme et aujourd'hui, elle portait son enfant.

— Ton absence ne change rien à ce que je ressens. Tu es parti pendant quatre ans, voilà la vérité. Ce qui est important pour nous ou ce que nous ressentons n'a plus aucune importance.

— C'est très important pour moi.

D'abord, il la jugeait, l'accusait, et maintenant il lui mentait.

— Quoi donc ? Depuis deux ans, je ne sais plus rien de toi, et maintenant tu es ici…

— Je suis ici parce que c'est chez moi.

Encore des mensonges.

— Ne me berne pas avec tes sentiments. Ce domaine n'est qu'une source de revenus comme une autre.

Elle vit ses lèvres se courber et ses doigts se plier, comme pour apaiser une tension.

— C'est chez *moi*, répéta-t-il.

Mais cela ne lui donnait pas le droit de revenir et de donner des ordres. Matilda se pencha et ramassa une poignée de terre. Puis elle se redressa et la lança vers lui.

— Ceci est à toi… Mais nous, non.

Un voile noir, aussi sombre que la terre qui maculait les doigts de Matilda, traversa le visage de Nicholas.

— Tu as fait tout ce qu'il fallait pour cela, l'accusa-t-il.

— Moi ? dit-elle en s'essuyant les mains afin d'ôter toute trace de terre.

— Je n'ai rien à voir avec ton départ et ton éloignement.

— Bien au contraire !

Il fit un pas en avant et se pencha vers elle comme s'il voulait la violenter. Ses cheveux s'étaient échappés de leur lien et se balançaient au gré du vent.

— C'est toi qui…

Il n'ajouta rien mais elle en avait assez entendu.

Il n'était revenu que depuis un jour et elle n'avait perçu dans leur première conversation que des reproches et des accusations auxquelles elle ne comprenait rien.

Sauf que… Elle avait prononcé des vœux qui

n'avaient rien à voir avec ce qui s'était passé entre elle et Nicholas. Elle avait juré d'aimer et d'épouser Roger.

D'élever leur enfant comme il aurait aimé le faire. Ils avaient parlé du retour de Nicholas, et Roger lui avait demandé si cela ne l'affecterait pas. Elle lui avait répondu que non, qu'elle désirait avoir une nouvelle vie.

Elle avait fait ses choix, et Nicholas les siens. Néanmoins, Roger avait beaucoup souffert quand Nicholas n'avait pas répondu à ses lettres, mais il avait fini par lui pardonner.

Elle croyait pouvoir le faire, elle aussi. Et pourtant, elle se tenait là, dans ce cimetière, au beau milieu de la nuit. Elle était censée avoir changé mais les émotions se bousculaient en elle. Tout ce qu'il y avait eu entre elle et Nicholas était censé être mort.

— Qu'espères-tu, maintenant ? demanda-t-elle en désignant d'un geste large les alentours.

— Des réponses ! lança-t-il en s'écartant, comme s'il était étonné par la teneur ou la véhémence de sa réponse.

Des réponses. Oui, elle était d'accord avec lui, c'était d'ailleurs la raison pour laquelle elle lui avait écrit.

— Dans ce cas, tu aurais dû répondre à ma lettre, lâcha-t-elle.

Il ne l'avait pas fait car il n'avait pas vraiment voulu de réponses. Il était un mercenaire, formé pour être un tueur. Il avait désiré quitter cet endroit qu'elle aimait, pour ne plus jamais revenir. Ce qu'il revendiquait n'avait aucun sens.

— Ta lettre ? dit-il d'un air révolté. Au diable ta lettre. Comment aurais-je pu y répondre ? Sais-tu quand j'ai reçu ta précieuse lettre ?

Il posa la main sur sa tête, comme pour passer les doigts dans ses cheveux, puis il s'arrêta à la lisière de sa joue balafrée.

Il réprima un autre juron avant de poser son regard venimeux sur elle.

— Trop tard. Voilà quand j'ai reçu ta lettre.

Nicholas était comme un guerrier dément et Matilda brûlait de lui répondre avec la même violence. De brandir son épée et de porter le coup fatal.

Nicholas était un homme fou. Il aurait dû pleurer la mort de son ami. Il aurait dû s'excuser de ne pas avoir répondu à leurs lettres. Il aurait dû être présent quand sa mère était morte.

Mais il n'avait rien fait.

Dire que Louve l'avait envoyée ici pour le réconforter. Elle ne pouvait rien faire contre la folie et la cruauté.

Et ils se tenaient là, dans ce lieu de repos, à se disputer autour d'événements qui n'avaient désormais plus aucune importance. Il n'était plus question d'eux, ou du passé et de leurs différends. Ils avaient été réglés depuis longtemps par l'absence et les actes de Nicholas. La seule chose importante était qu'elle avait épousé Roger, qu'elle avait été présente quand il avait quitté ce monde. Et qu'elle s'efforcerait de faire comprendre à Nicholas pourquoi elle avait agi ainsi.

— Arrête de transformer les choses, lança Matilda. Tu te fiches de savoir ce qui nous est arrivé. Roger est mort. Et je refuse de te laisser l'ignorer.

Nicholas souffla comme si elle venait de le frapper.

— Je ne suis pas en train d'ignorer qu'il a disparu.

Il avait frappé Louve… Il se trouvait entouré de tombes, au beau milieu de la nuit… Il ne cherchait peut-être pas à ignorer la mort de Roger, mais il ne l'acceptait pas non plus.

— Tu refuses de parler de lui.

— C'est inutile.

Une vive douleur lui traversa le ventre.

— Inutile ? s'étrangla-t-elle en le regardant droit dans les yeux.

Une multitude d'expressions traversa le visage de Nicholas. Il fronça les sourcils, ouvrit la bouche. Il voulut dire quelque chose, mais son visage se ferma de nouveau.

Matilda observa la ligne dure de sa mâchoire, ses pommettes saillantes. Sa cicatrice sur sa joue gauche. Pourquoi la voyait-elle maintenant aussi clairement, et non lorsqu'il avait frappé Louve ou qu'il était penché sur la tombe de son père ?

Voir au-delà de ses blessures était certainement un acte de faiblesse de sa part. Cette balafre était la marque d'un homme qui tuait pour gagner sa vie. Elle s'efforcerait de la regarder pour se rappeler que cet homme n'avait pas de cœur.

— Tu as raison, dit-elle, c'est inutile. Louve m'a demandé de venir ici pour te parler, mais cela ne t'intéresse pas.

— Pas maintenant, dit-il sèchement.

— Serait-ce donc trop tôt ? railla-t-elle. Préfères-tu attendre quelques jours, le temps de te reposer ? Vas-tu demander à la cuisinière de te préparer de grands plats ?

— C'est trop tôt pour ça.

— Parce que tu es revenu aujourd'hui ? Si tu n'avais pas envie d'entendre tout cela, tu aurais dû te tenir loin, comme le lâche que tu es.

— Lâche ? gronda-t-il. Tu veux savoir ce que je veux savoir ? J'aimerais que tu me dises si cet enfant est bien celui de Roger. Ou bien est-ce celui de Louve ?

Un frisson encore plus glacial la traversa.

— Celui de Louve ?

— Il se tenait près de toi d'un air si protecteur ce soir. Roger n'est pas là. Que dois-je en déduire ?

Nicholas aurait dû le savoir. Il n'aurait jamais dû l'accuser d'être allée vers lui, puis vers Roger et Louve. À ce moment précis, elle le détesta.

— Tu as changé.

Il poussa un rire moqueur.

— Pas suffisamment.

Beaucoup trop. Comme il aurait été facile de le haïr. Au point de transformer sa honte et sa fierté blessée d'avoir été abandonnée, alors qu'elle le suppliait de rester, en quelque chose de plus sombre et de plus amer. Elle pouvait transformer ses émotions au point de lui ressembler, et devenir un mercenaire fou, comme lui.

Tout en Nicholas était aussi aiguisé qu'une épée. Froid. Blessant.

Et pourtant, il y avait de la douleur dans sa voix. Tout en elle lui criait d'en tenir compte, mais elle en était incapable, car le fond de sa question était plus important que sa fierté. D'une certaine façon, Nicholas lui demandait de lui parler de Roger de manière détournée.

— Tu devrais le savoir, dit-elle.

— Pas du tout, dit-il avec un rire moqueur. Mais tu vas me le dire quand même, n'est-ce pas ?

Elle rêvait de lui lancer une autre poignée de terre au visage et de s'en aller. Mais elle était capable d'affronter sa colère… et sa douleur. Pour le bien de Roger, elle obligerait Nicholas à l'écouter.

— Cet enfant est celui de Roger, Nicholas, répondit-elle tristement. Il est mort il y a quelques semaines en sachant qu'il allait devenir père.

Nicholas secoua la tête une fois, puis deux. Puis il fit volte-face, s'éloigna d'un pas, puis d'un autre. Il haussa les épaules et les laissa tomber en soupirant bruyamment.

Elle attendit mais il garda le silence et ne se retourna pas. Il ne partit pas. Peut-être savait-il que s'il le faisait, ce serait elle qui le suivrait en silence à travers ce cimetière. Elle qui, en se tenant tout près de lui, le surprendrait lorsqu'il se tournerait.

Elle se montrerait plus intelligente que lui et ne laisserait rien paraître de ses émotions. Nicholas lui tournait le dos, si bien qu'elle était incapable de savoir ce qu'il ressentait à cet instant, mais cela n'avait pas d'importance. Il était immobile et pour Roger, Matilda allait s'assurer qu'il entendrait chacune de ses paroles.

— Roger est mort à cause d'une faux brandie par un enfant, qui, même s'il n'est pas responsable, est pétri de remords, continua Matilda d'une voix monocorde. Il était en train de former les enfants, comme il avait l'habitude de le faire. Il ne s'est fait qu'une entaille, mais elle n'a pas cicatrisé. Et toi, tu es là, à m'interroger sur mes enfants et sur le fardeau qu'ils représenteront pour ton domaine.

Elle prononça ces dernières paroles d'une voix étranglée. La mort de Roger avait été absurde et horrible. Il avait tellement souffert et avait été pris de délire lorsque sa jambe avait noirci. L'odeur âcre de la mort avait rempli leur demeure et entouré le berceau qu'ils venaient de fabriquer pour leur enfant.

Lorsque son état avait empiré, elle avait tremblé pour Roger et avait été accablée à l'idée de savoir que jamais il ne verrait leur bébé, qu'il ne vieillirait pas avec elle. À la fin, même ce doux et douloureux chagrin n'avait pu effacer les cris de Roger, ses propos incohérents et le pus qui s'écoulait de sa plaie.

Puis elle se rappela avec amertume comment la guérisseuse lui avait conseillé de couper la jambe de Roger au bon moment. Mais Matilda avait cru que…

Nicholas se tourna vers elle. La lune lui joua des tours et lui donna soudain les traits de l'homme qui était parti quatre ans plus tôt. Néanmoins, ce Nicholas avait affirmé que l'annonce de la mort de son ami était sans importance. Il lui avait dit que l'enfant qu'elle portait était une charge.

Elle croyait l'avoir détesté pendant toutes ces années, lorsqu'il avait cessé de répondre à ses lettres et décidé de continuer sa vie de mercenaire, mais cela n'était rien comparé à ce qu'elle ressentait à cet instant.

— Je t'ai interrogée sur tes enfants parce que…, commença-t-il.

— Non !

Elle était capable de réprimer sa colère en souvenir de Roger mais elle ne le laisserait pas insulter de nouveau son bébé.

— Je ne te laisserai pas parler de mon enfant. Tu m'as abandonnée, ainsi que tes amis et ta maison.

La voix de Matilda se brisa.

— À la fin, Roger t'a appelé, continua-t-elle avec véhémence. Il criait ton nom. Et tu oses dire que tu n'as pas besoin de savoir comment il est mort ! Pour qui te prends-tu ? Pourquoi t'es-tu donné la peine de revenir ?

Il se contenta de lui lancer un regard insondable. Écœurée de s'être emportée de la sorte, ainsi que par le manque de compassion de Nicholas, elle tourna les talons et partit à grandes foulées.

Elle fut plus rapide cette fois, et elle avait presque contourné la chapelle quand le vent lui apporta ces paroles qu'elle n'aurait pas dû entendre.

— Je ne sais pas.

Chapitre 5

Il était presque midi lorsque Agnes s'avança en sautillant vers Matilda juste au moment où elle passait devant chez elle en compagnie de Bess.

L'aube venait tout juste de se lever quand Bess était venue frapper à sa porte pour lui raconter ce qu'il s'était passé après son départ de la grande salle avec Nicholas. Matilda était tellement bouleversée et perdue par sa confrontation avec Nicholas qu'elle en avait oublié Louve, les métayers et le grand festin de bienvenue.

Apparemment, Louve avait ri de l'incident. Il avait dit à tout le monde qu'il avait mis Nicholas au défi de le frapper mais qu'il n'avait pas réussi à se baisser assez vite. Bess lui avait rapporté que tout le monde avait apprécié le festin mais que les murmures n'avaient pas tari tant que Louve ne s'était pas adressé à la foule pour leur dire : « Devinez comment j'ai mis au défi le lord de Mi Sol… »

Matilda avait alors demandé à Bess ce qu'ils avaient compris, mais Bess avait gardé le silence. Un seul regard suffisait pour deviner qu'elle ne voulait pas lui répondre.

Elle prit la main d'Agnes.

Du coin de l'œil, elle aperçut deux hommes qui avançaient ensemble sur un autre chemin mais lorsqu'elle se tourna complètement, ils avaient disparu. S'agissait-il de Nicholas et de Louve ? Ou juste du souvenir de l'époque où ils marchaient côte à côte ?

Elle sentit quelqu'un lui tirer le bras, et rit en voyant Agnes qui trépignait à côté d'elle.

— Je ne peux pas sautiller avec toi aujourd'hui ! protesta Matilda.

— Tu ne sautilles jamais, se plaignit la fillette.

— Il m'arrive de sautiller mais le bébé ne sait pas encore le faire.

Agnes s'immobilisa aussitôt.

— Je peux lui apprendre ?

— Dès qu'elle saura se tenir sur ses pieds.

Le sourire d'Agnes s'élargit et Matilda se sentit soulagée. L'enthousiasme d'Agnes était contagieux. La petite fille de huit ans avait quatre frères plus âgés qu'elle, et Agnes venait souvent chercher Matilda pour jouer.

— Si tout va bien, je vais pouvoir retourner chez moi, déclara Bess.

Matilda acquiesça. Bess lui lança un regard d'avertissement avant de les quitter avec un signe de la main. Matilda savait qu'elle aurait dû dire à Bess quelque chose sur sa conversation avec Nicholas, mais quoi ? La véhémence de Nicholas au sujet de sa lettre ? Le fait qu'il ne se soit pas excusé ? Le fait qu'il n'ait rien voulu savoir sur les circonstances de la mort de Roger et qu'il ne se soit inquiété que du nombre de fardeaux qu'elle avait mis au monde en son absence… Éventuellement de pères différents ?

Quatre ans… Elle avait imaginé leur première

conversation comme un échange poli et distant. Après tout, Nicholas avait rompu leurs fiançailles parce qu'il ne voulait plus s'engager avec elle, et elle avait épousé Roger.

Mais il n'y avait rien de courtois dans ce qui s'était passé entre eux la veille. Ils avaient lancé l'un contre l'autre leurs émotions et elle ressentait encore chacune des accusations de Nicholas. Quatre ans… et en une seule nuit, il avait réussi à ce qu'elle se sente exposée et vulnérable.

Elle chancela, prit ses jupes dans une main et fit un signe de la tête à Agnes, qui accéléra de nouveau le pas, de sorte que Matilda ressentit dans son corps toutes les secousses de l'exubérante fillette qui la tirait par la main.

Oui, c'était bien ce qu'elle avait vu la veille, quand elle s'était retournée. Avant que Nicholas dissimule ses pensées. Lui aussi était vulnérable. Même si cela paraissait impossible, c'était absolument indéniable, même en plein jour.

Pas de discours, seulement des émotions. Ils avaient été eux-mêmes l'un pour l'autre. Mais comment pouvait-elle expliquer tout cela à Bess ? C'était trop intime, trop personnel. Même la nuit et les tourbillons du vent n'appartenaient à personne d'autre qu'à eux.

Matilda sentit son cœur se serrer. Au détour d'un virage, elle ralentit le pas. Non, rien ne *leur* appartenait.

Craignant que ses jambes se dérobent soudain sous elle, elle pria Agnes de s'arrêter.

— Je lui ai fait mal ? demanda Agnes en observant le ventre de Matilda.

Elle se tapota le ventre.

— Non, elle est très robuste.

— J'aimerais être plus forte.

Ah. Matilda se sentait en terrain connu.

— Que t'ont fait tes frères, aujourd'hui ?

Agnes fit légèrement la moue.

— Peter a caché mes bas, qui étaient accrochés près du feu.

Matilda jeta un rapide coup d'œil aux jambes de la fillette.

— On dirait que tu les as retrouvés, constata-t-elle.

— Ils étaient accrochés dehors.

Oh. Elle comprenait mieux. Ils devaient être humides au lieu d'être secs et chauds.

— Essaie de me trouver des braies appartenant à Peter aujourd'hui et apporte-les-moi dès que possible.

Agnes écarquilla les yeux.

— Oh ! et que vas-tu faire ?

— Tu verras, répondit Matilda avec un clin d'œil.

Affublée du malheur d'avoir quatre frères, Agnes faisait ressortir en Matilda son côté le plus espiègle. Elle s'était toujours sentie très proche de cette enfant, peut-être parce que ses amis les plus proches étaient des garçons. Elle ne ferait jamais rien de cruel, évidemment, mais se contenterait de donner à Peter une petite leçon, comme elle avait l'habitude de le faire avec…

Son cœur se serra avant de chavirer. Il ne lui restait plus qu'un seul ami à présent. Plus rien n'était plus comme avant. D'ailleurs, maintenant qu'elle y songeait, elle avait dû se tromper. Nicholas et Louve ne seraient pas partis se promener ensemble, pas après que Nicholas eut frappé Louve devant tout le monde.

Toutefois, Louve était toujours son ami à elle, et elle

lui était reconnaissante pour les sacrifices qu'il avait faits la veille, mais elle savait qu'il en paierait le prix.

Cet homme était beaucoup trop beau, beaucoup trop habile dans tout ce qu'il entreprenait, mais au fond de lui, il donnait l'impression de ne pas mériter sa bonne fortune. Elle ignorait pourquoi il avait ce sentiment et au nom de leur amitié, elle ne l'avait jamais questionné, mais le fait que Nicholas le frappe devant tous ses amis avait été très insultant.

Et Louve, en prétendant l'avoir mérité, n'avait fait que s'enfoncer encore davantage. Néanmoins, il l'avait fait pour préserver la paix, pour que tout le monde puisse savourer le repas que la cuisinière s'était donné tant de mal à confectionner. Louve était vraiment son ami, et Matilda désirait conserver ce lien. Mais elle n'y arriverait pas si elle se comportait comme l'ancienne Matilda l'aurait fait. Celle qui, avec toutes ses farces, avait contribué à ce que tout le monde s'éloigne d'elle.

Résignée, elle dit à Agnes :

— Peut-être ne devrais-tu pas me donner les braies de Peter, Agnes. Peter a sans doute cherché seulement à attirer ton attention en prenant tes bas. Ne joue-t-il pas toujours à tirer ta tresse pour rire avant de te serrer dans ses bras ?

— Peut-être..., répondit la fillette d'une voix hésitante.

Et Matilda comprit qu'elle avait raison. Mieux valait répondre à ses envies de vengeance par de la gentillesse.

— Peut-être que Peter voulait simplement te manifester de l'affection, continua-t-elle, et qu'il ne sait pas à quel point il est désagréable de porter des vêtements humides. Essaie de lui pardonner.

— Comment ?

Le garçon était plus vieux qu'elle, plus grand et beaucoup trop rustre. Ses plaisanteries étaient souvent cruelles. Voler les bas de sa sœur était un acte presque gentil comparé à ses actes passés.

— En jouant avec lui ? demanda Agnes en fronçant le nez.

L'idée était terrible. Le garçon avait vraiment besoin qu'on lui donne une leçon. Mais il ne fallait pas que cela vienne de Matilda et de son sens irraisonné de l'équité.

— Cela vaut la peine d'essayer, dit-elle faiblement.

Les prunelles d'Agnes s'obscurcirent et elle haussa les épaules.

Matilda aurait aimé avoir d'autres sages paroles à lui proposer, mais ce tempérament égal et ce sens du devoir ne lui venaient pas encore facilement, indépendamment des leçons qu'elle avait apprises ou de son puissant désir de changer. Elle se contenta de serrer la main d'Agnes et la sentit lui répondre en retour. Matilda craignait de tirer de sa présence plus de réconfort que celui qu'elle lui apportait mais la fillette ne semblait pas s'en soucier.

Au détour du chemin, elle distingua de nouvelles personnes et de nouveaux bruits en provenance du village. Rohesia, la guérisseuse, agitait une louche et criait en direction du père de Matilda qui se tenait trop près du feu.

Matilda accéléra le pas et ses jambes protestèrent. Elle se sentait plus faible aujourd'hui.

Elle ressentit soudain une douleur qui l'empêcha de bouger mais il fallait qu'elle la cache sinon, quelqu'un l'obligerait à rester confinée plus vite qu'elle le voulait. La seule idée de rester enfermée entre quatre murs la terrorisait. En voyant l'air perplexe de son père et celui, furieux, de Rohesia, elle ralentit le pas.

— Agnes, tu peux retourner chez toi. Je t'y retrouve dans quelques instants.

— Allons-nous construire quelque chose aujourd'hui ?

Agnes avait toujours envie de construire et de créer. Matilda ignorait pourquoi elle la sollicitait, elle, mais Agnes était venue un jour la trouver et lui avait demandé de dessiner dans la terre et de fabriquer des choses avec elle. La journée n'était pas encore trop entamée, mais Matilda savait qu'elle n'aurait pas assez de temps à consacrer à la fillette ce jour.

Agnes était une enfant, avec une notion du temps propre à son âge.

— Demain peut-être.

Agnes fronça les sourcils.

Matilda s'arrêta de marcher et attendit que la fillette lève les yeux vers elle. Du coin de l'œil, elle aperçut son père qui s'agitait de plus en plus.

— J'essaierai demain, je te le promets.

Agnes regarda Rohesia et le père de Matilda, puis sembla prendre une décision avant de partir en courant.

Matilda poussa un soupir et avança vers la crise familière qui se déroulait sous ses yeux. Aucune des deux personnes ne fit attention à elle. Les confrontations de Rohesia avec son père n'étaient jamais faciles, mais l'agitation de son père ne faisait qu'aggraver les choses.

— Père.

Pas de réponse.

— Holgar, dit-elle plus fermement.

Cette fois, il tourna la tête tout en tripotant les liens de ses braies. Il s'apprêtait à uriner sur les braises pour éteindre le feu, cela ne faisait aucun doute. Il avait commencé à le faire depuis la mort de Roger. Personne ne savait pourquoi, ni comment l'en empêcher. Elle ne voulait pas qu'il se fasse mal, mais cela lui paraissait inévitable. Le coup viendrait soit de la louche de Rohesia, soit des flammes qui viendraient le lécher.

Elle posa la main sur son bras et il s'immobilisa.

— Rohesia est en train de cuisiner, expliqua-t-elle calmement. Regarde, c'est son repas, et elle a besoin du feu pour le cuire.

— Il va encore gâcher mon pain ! s'écria Rohesia.

Matilda fit la grimace. Le pain était niché dans les flammes. Si son père mettait son plan à exécution, le pain serait bon pour les déchets.

Rohesia avait le même âge que son père. Mais alors que ce dernier était une bonne âme, Rohesia était irritable comme un serpent, toujours prête à mordre. Son père avait beau être fragile, la vieille guérisseuse n'hésiterait pas à faire usage de sa louche.

Elle était bien placée pour le savoir. Rohesia l'avait déjà utilisée sur elle depuis qu'elle était enfant.

— Il ne gâchera pas ton pain, la rassura Matilda.

Puis elle s'adressa à son père.

— Tu ne le feras pas, n'est-ce pas ?

— J'aime le pain, dit-il en posant les yeux sur elle.

— Je le sais.

— Tout ce que tu as à faire, c'est reculer et attendre un peu, proposa Matilda.

— Il y a un feu, riposta son père.

— C'est à cause du pain. Encore quelques instants, et tu pourras le manger.

Rohesia n'avait pas baissé sa louche, mais Matilda

poussa un soupir de soulagement en voyant son père renouer son habit et s'asseoir à l'endroit indiqué. Toute victoire était bonne à prendre.

— Tout va bien maintenant, dit-elle à Rohesia.

— L'état de ton père empire.

— Pas du tout, répliqua-t-elle, même si elle avait des doutes.

Beaucoup de personnes s'occupaient de son père à Mi Sol, et Roger et elle avaient partagé leur blé avec plusieurs familles en échange de leur aide. Comme la maison de son père était voisine de celle de Rohesia, Matilda ne donnait pas de blé à la vieille guérisseuse, mais sa meilleure farine.

Néanmoins, Rohesia ne pouvait pas veiller sur lui à tout instant. Et elle non plus. Les choses étaient plus simples quand Roger était encore là mais…

Matilda posa une main sur son ventre. C'était inévitable. À un moment donné, son père finirait par vraiment se blesser et personne ne pourrait l'aider.

— Je peux lui faire plus de thé, grogna Rohesia. On dirait que cela lui fait du bien.

— Merci.

L'aide que la guérisseuse lui avait proposée n'était que provisoire mais Matilda était contrainte de l'accepter. Malgré son tempérament bourru, Rohesia se faisait du souci pour son père. Elle pointa sa louche vers Matilda.

— Tu en as fait beaucoup trop aujourd'hui, l'accusa-t-elle.

— Et il reste encore beaucoup à faire.

— Je suppose que c'est à cause du retour du lord ?

Matilda acquiesça sans avouer pour autant que le plus gros de son travail consistait à démêler ses pensées confuses après sa conversation avec Nicholas dans le cimetière.

— J'ai eu du mal à bouger mes jambes aujourd'hui, avoua Matilda. Elles me font mal.

Rohesia observa Holgar, qui contemplait toujours le feu, puis avança en boitillant vers Matilda et saisit ses hanches avec ses mains noueuses.

— Il est encore trop tôt, déclara la guérisseuse.

— Trop tôt pour quoi ?

Rohesia baissa la voix.

— Tes hanches s'assouplissent avant de donner naissance.

Puis elle fronça les sourcils.

— Il te reste encore plusieurs semaines.

— Le bébé ira bien ? demanda Matilda, inquiète.

— Le bébé ira bien, mais toi… beaucoup moins, se risqua Rohesia.

Soudain mal à l'aise, Matilda s'assit à côté de son père. Elle désirait avoir un enfant depuis toujours. Roger et elle en avaient voulu un dès la première année de leur mariage. Cela faisait deux ans et ils avaient presque perdu foi. Avec la mort de Roger, ce bébé était son seul espoir. Rohesia venait-elle de lui dire que son bébé risquait de ne plus avoir de parents ?

Les yeux remplis de larmes, elle sanglota.

— Qu'est-ce qui ne va pas chez moi ?

Rohesia toussa, revint vers le pain et le retourna.

— Tu vivras mais tu as besoin de te reposer, soupira-t-elle. De ralentir.

— J'ai déjà ralenti, objecta Matilda.

— Tu dois ralentir encore plus. Sinon, tu risques de perdre le bébé.

Le haussement d'épaules de Rohesia contredisait la gravité de son ton.

— Tu n'auras pas le choix, continua-t-elle. Si tes hanches te font mal, tu pourras à peine marcher.

Matilda s'inquiétait pour elle et pour son bébé, mais elle avait aussi d'autres préoccupations.

— Comment vais-je faire pour aller aux champs, chez moi et au manoir ?

— Il sera temps de t'en inquiéter le moment venu. Tu as d'autres affaires importantes à régler, non ?

— Autres que le dîner…

— Il y a aussi l'homme qui vient de revenir.

Encore ce vieux sujet de discussion dont elle ne voulait plus parler et qu'elle ne voulait plus surprendre dans la bouche d'autres personnes.

— J'ai fait mes choix.

Rohesia se tourna vers Holgar qu'elle contempla d'un œil prudent.

— Ou bien les a-t-on faits pour toi ?

Son père était en train de nouer et dénouer ses mains. Elle le croyait perdu dans ses pensées, mais à présent elle se demandait s'il ne comprenait pas plus de choses qu'elle le pensait. Il n'avait pas apprécié que Nicholas s'en aille. Il avait ressenti un immense chagrin quand son épouse était morte, puis il l'avait implorée d'accepter la proposition de Roger en mariage.

Son père avait laissé parler ses émotions, mais son raisonnement était sensé. Elle connaissait Roger bien avant le départ de Nicholas et la mort de sa mère. L'idée d'épouser Roger était rationnelle.

— Que veux-tu dire ?

Rohesia reporta son attention vers le chaudron de soupe au-dessus du feu.

— Ce n'est pas à moi de te le dire. Cela ne l'a jamais été.

La vieille guérisseuse n'était pas réputée pour sa retenue.

Matilda se leva.

— Je me suis assez reposée. Je dois aller préparer le repas du soir.

— Tu promets de te ménager ?

— Je le ferai, promit-elle.

Sans ce bébé… Elle ne voulait plus penser à tout ce qu'elle avait déjà perdu.

— Où diable vas-tu ? demanda Nicholas après avoir traversé le village.

Ils se trouvaient déjà au beau milieu de ses champs.

— Dans les champs, répondit vaguement Louve.

Louve se trouvait à sa gauche et Nicholas ne pouvait pas voir le bleu qui couvrait une partie de son visage, contrairement aux métayers qui contemplaient les deux hommes et qui s'attendaient certainement à les voir s'affronter.

C'était à cause des regards braqués sur eux qu'il avait accepté de suivre Louve, et non à cause de son visage tuméfié. Néanmoins, ils se trouvaient hors des regards des métayers à présent, et il attendait des réponses.

— Nous sommes déjà dans les champs, souligna-t-il.

— Les plus éloignés, précisa Louve.

Ceux qu'il avait traversés la veille.

Des terres en jachère remplies de pierres et rien d'autre.

Louve continuait de regarder droit devant lui. Il avançait d'un pas plein d'assurance. Il n'avait pas demandé à Nicholas des excuses et il ne se comportait pas comme s'il espérait que Nicholas lui en fasse. Cela avait tout d'une banale promenade sauf que Louve ne disait rien. Et d'ordinaire, il ne manquait jamais de parler.

Nicholas ne s'attendait pas à cela quand il s'était réveillé ce matin. C'était un bien grand mot, dans la mesure où il n'avait pas dormi de la nuit. Allongé dans son lit, dans cette partie de sa maison où il n'avait jamais été, il n'avait pas trouvé de réponses à ses questions.

Il n'y avait pas de solution. Roger était mort et ses pensées n'avaient fait que tourner et retourner comme un poignard au-dessus de sa tête. Toute la nuit, il s'était attendu à ce qu'il s'abatte sur lui.

Il ignorait comment faire pour réparer son passé, lui dont le seul plan était de se venger et de demander réparation pour son honneur. Mais maintenant que Roger était mort, même cela était devenu impossible.

Sa colère à l'égard de Matilda la veille lui avait montré à quel point toute conversation avec elle était vaine. Face à elle, à cause des sentiments qu'il ressentait pour elle… et de cet enfant qu'elle portait et qui n'était pas le sien, tous ses raisonnements s'effondraient.

Que lui restait-il donc ?

Pas de sommeil, pas de solution… Mais il pouvait au moins se distraire, et c'était la raison pour laquelle il avait accueilli avec joie l'arrivée de Louve dans la cour. Malgré sa lèvre gonflée et son œil contusionné, son ancien ami lui avait proposé une promenade dans les champs.

Cette distraction en valait bien une autre et pourtant…

— Il n'y a rien dans ces champs, déclara-t-il.

— C'est bien ça le problème.

Il n'y avait pas de problème, sauf si Louve voulait qu'ils se battent pour de bon. Peut-être qu'une partie de son passé pouvait être ainsi réparée. Peut-être pouvait-il encore obtenir satisfaction.

— Je n'ai pas apporté mon épée.

Louve poussa un grognement, comme s'il avait envie de rire.

— J'ai préparé tout ce dont nous avons besoin.

Nicholas se trouvait en terrain familier. S'entraîner, combattre… C'était ce qu'il avait fait ces quatre dernières années.

— Tu penses rétablir le score ? Tu méritais pourtant que je te frappe.

— Si tu le dis.

Louve désigna le plus grand des champs en jachère, où se trouvaient des bœufs avec des charrues.

— Mais toi, tu mérites ceci.

Nicholas crut à une apparition. Lors de son départ, ils possédaient deux bœufs, et il leur avait fallu des années de dur labeur pour les acquérir. À présent, deux attelages de quatre bœufs avec des socs assez solides pour supporter leur force les attendaient.

Il aurait dû se sentir heureux de cette avancée, sauf qu'ils étaient seuls avec ces bœufs. Ces années passées en tant que mercenaire l'avaient-elles amené à croire que les problèmes ne pouvaient se régler qu'en croisant le fer ?

Ou bien était-ce ainsi que Louve voulait lui manifester son mécontentement de le voir revenir et de l'avoir frappé ? Louve se souvenait-il de son aversion pour cette terre et pour tout ce qu'elle représentait pour lui ? C'était évident.

— Il n'y aura pas d'épées, alors.

Louve haussa les épaules.

— Les charrues ont des lames.

Ils ne régleraient pas leurs différends. Ils ne feraient qu'en créer de nouveaux.

— Je n'ai jamais travaillé la terre avant mon départ.

Il s'était occupé des travaux de menuiserie dans le manoir et dans les maisons du village. Il avait créé des fossés pour les tanneurs et pour les déchets. Il s'était entraîné et avait tenu ses comptes. À son départ, il avait confié la gestion des champs et des terres à Roger, ce qui le rendait encore plus réticent à y toucher. Il aurait de beaucoup préféré distraire son esprit loin de la pensée de Roger, et de la façon dont il lui avait volé sa femme et son avenir.

— Qu'est-ce qui te fait croire que je vais le faire maintenant ?

Louve tourna vers lui sa joue tuméfiée.

— Rien du tout.

Nicholas refusait de se sentir coupable, même si cela ne lui ressemblait pas de frapper Louve. Il ne cédait jamais à la colère, et ne tuait jamais sans raison. Décocher un coup de poing à Louve n'avait servi à rien. Son entraînement comme chevalier, comme mercenaire, avait été anéanti par ce coup qu'il avait donné sans réfléchir.

Et Louve n'était pas sa cible. Au moment de lancer son poing, il voulait frapper le destin, ce qui était tout aussi insensé. Il n'avait rien à faire ici du tout.

Il se tourna pour partir.

Louve soupira bruyamment.

— Je sais pourquoi tu m'as frappé et toi aussi, lança son ancien ami. Tu l'as fait parce que tu ne peux pas frapper un homme qui est mort, et que tu ne peux rien faire contre une femme enceinte.

Nicholas s'immobilisa, regarda le sol puis répondit :

— Tu m'as donc amené ici pour faire quelque chose que je déteste, et qui ne répondra pas à la question de savoir pourquoi ta mâchoire est plus belle que jamais ? Pour labourer une terre en jachère qui ne nourrira personne avant des années ?

Louve donna un coup de pied dans une motte de terre noire et fertile entre les rochers. Trop de pierres se riaient de leur besoin d'accroître la surface des terres arables et des récoltes.

— Nous possédons deux attelages de quatre bœufs maintenant, et quatre autres que nous partageons avec les métayers. Ton domaine est déjà labouré et les fermiers sont en train de se servir des autres bœufs et des autres chevaux pour leurs propres terres. C'est la dernière parcelle qu'il reste.

— Tu es en train de me parler des labours ? s'étonna Nicholas.

— Bien obligé car je vois que tu n'as pas envie de me parler de l'autre sujet qui te préoccupe.

Roger et ces champs étaient une seule et même chose. Nicholas avait besoin de se changer les idées.

— Matilda te l'a dit, ajouta Louve.

— Tu me l'as dit aussi.

Nicholas réprima un grognement. Il n'avait obtenu aucune réponse de Matilda dans le cimetière, n'avait trouvé aucune consolation dans la mort de Roger. Et à présent, il n'y avait que lui, Louve et huit bœufs qui grattaient la terre et soufflaient d'impatience.

Les attelages étaient agités. S'ils ne prenaient pas très rapidement les rênes, ils laboureraient cette terre en friche de toutes les façons. Les huit bestiaux étaient prêts à se battre avec lui et entre eux pour savoir qui allait prendre le contrôle.

Nicholas observa Louve du coin de l'œil. Ce dernier regardait tout autour de lui comme s'il avait du temps à perdre, comme s'il pouvait attendre.

« Va réparer ton passé », l'avait pressé Rhain.

Cela supposait de revenir ici. Il aurait dû être prêt. En quatre ans, il avait voyagé loin. Il avait vu et compris comment vivaient d'autres hommes. Tout le monde ne vivait pas ou ne voulait pas vivre comme sa famille le souhaitait.

Il s'était battu et avait survécu de justesse. Il savait maintenant à quel point la vie était précieuse. Il s'était fait des amis. Et, grâce à sa blessure, il avait appris à reconnaître le meilleur comme le pire chez les êtres humains.

Mais cet endroit… C'était comme si le temps s'était arrêté. Et toutes ses disputes, sa rage et sa frustration, n'étaient pas réglées. Sauf qu'à présent il savait pourquoi. Ce n'était pas simplement à cause de Mi Sol, de la mort prématurée de son père ou d'Helena. C'était à cause de ses trois amis, si proches qu'il les considérait comme faisant partie de sa propre famille.

Il leur avait confié sa maison, son avenir et son âme. Puis il avait été trahi.

Il se sentait à sa place dans ce champ en friche. Cette désolation était le reflet de toutes ces années passées loin d'ici. Il était parti dans l'idée de gagner, et il avait tout perdu.

Il aurait dû apporter son épée. Il aurait pu la brandir dans le vide jusqu'à épuisement. À la place, comme un idiot, il avait suivi une personne qui n'était pas son ami, pour labourer ce champ qui ne lui apporterait rien de plus que la misère de la réflexion.

— Tu as raison, dit-il à Louve. Je n'ai pas envie de parler.

Les bœufs martelèrent le sol et firent trembler leurs grosses têtes pour se libérer de leur joug. Nicholas s'avança pour prendre les rênes. Il tira un coup sec sur la bride et le bœuf recula. Il sentit rugir quelque chose en lui, et Nicholas accueillit avec joie ce combat.

— Allons-y, dit Nicholas.

— Tu comptes commencer ainsi ? Sans aucune direction ni instruction ? demanda Louve en s'avançant vers son propre attelage de bœufs. As-tu déjà labouré des champs depuis ton départ ? Sais-tu comment t'assurer que chaque graine est bien plantée dans le sillon ? En vérité, il me tarde de voir ce que tu vas creuser.

Nicholas préférait affronter l'ennemi sur un champ de bataille que les machinations ourdies dans les beaux manoirs. Malgré tout, il sentit quelque chose en lui se mettre en place. Il n'avait pas dormi et se sentait nerveux. Ce n'était pas un combat avec des épées, mais il sentait qu'il y avait un défi à relever. Il l'avait vu dans la lueur qui brillait dans les yeux de Louve.

— Tu sais ce que j'ai fait pendant toutes ces années, répondit Nicholas. Je n'ai pas manié la faucille ou la faux face à des tiges de blé ou d'orge impuissantes. J'ai brandi mon épée face à des hommes dont le seul but était de me tuer. Je suis revenu avec cette balafre et j'ai consacré quatre années de ma vie pour vous envoyer l'argent nécessaire pour acheter ces bœufs et ces nouvelles charrues.

— Pas pour moi. Pour Roger. Ses sillons étaient tellement droits que même un aveugle ne serait pas tombé.

— Sois maudit !

Les bœufs bondirent en avant, et cette fois Nicholas ne recula pas mais les pressa pour rattraper Louve et prendre de l'avance.

Lorsque Louve fit tourner les bœufs pour partir en sens inverse, Nicholas resta concentré, le regard braqué devant lui.

Ils continuèrent inlassablement, avançant en sens contraire, si bien qu'à chaque passage ils se croisaient de nouveau. Après trois passages, Nicholas luttait encore pour que ses bœufs avancent droit devant. Il avait beau être fort, il manquait de pratique, ce qui le poussa à aller encore plus vite, à pousser encore plus fort. À faire ses preuves comme il ne l'avait plus fait depuis des années. Les cals qui s'étaient formés sur ses mains le protégeraient des ampoules, mais pas à une telle intensité. Il accueillit avec joie cette douleur.

Après un autre virage, et malgré le vent qui sévissait, le visage de Louve était rouge de sueur.

— Vous êtes prêt à échanger quelques mots maintenant, monsieur le mercenaire ?

Nicholas retint ses bœufs juste assez pour pouvoir lui répondre.

— À propos d'un homme mort et d'une femme enceinte ?

Louve tressaillit.

Ses paroles étaient grossières mais justifiées. Tout comme le labour de cette terre, ou son retour ici, plus rien ne pouvait être comme avant.

— Pourquoi gâcher mes forces pour rien ? répliqua Nicholas.

Louve avait l'air de vouloir frapper le premier.

— Pour rien ? Il n'y a pas que cette balafre qui t'a changé. Tu n'aurais jamais dit cela de tes amis avant. Nous étions presque une famille. En te voyant revenir ici, je croyais que c'était ce que tu désirais retrouver.

C'était vrai, sauf que sa famille n'existait plus.

Il avait tout perdu. Sa vie. Son amour. Ses amis. Et maintenant, en revenant, il avait perdu sa vengeance. Il n'avait rien arrangé, et avait laissé Roger épouser sa fiancée.

Et Louve la lui avait ravie exactement comme cet autre homme. L'honneur ne pouvait rien pour eux. Rien ne pouvait réparer cela, et d'ailleurs, il ne le voulait pas. Cet homme n'avait pas d'honneur.

— Tu prétends avoir fait partie de ma famille, mais tu as été aussi inutile que ce champ.

Louve tira brusquement sur les rênes.

— C'est donc ce que tu cherches ? Que je te frappe en retour ?

Il le ferait avec plaisir, c'était une certitude.

— Comme si tu pouvais le faire, le provoqua Nicholas.

— Et malgré tout, tu laboures ce champ avec moi ?

— Je ne laboure pas un champ avec un homme en échange de la promesse d'une amitié qu'il n'a pas l'intention de tenir. Je suis ici pour m'épargner de vains bavardages.

Nicholas fit claquer les rênes et les bœufs bondirent de nouveau en avant. Il amorça un autre virage sans parvenir à trouver la paix recherchée. Il aperçut Louve qui conduisait ses bœufs vers lui, de sorte que les attelages finirent par se croiser de nouveau.

— Insinues-tu que ta rage est dirigée contre moi ? cria Louve avant d'immobiliser ses bœufs.

— Oui ! s'écria Nicholas dans un dernier souffle, avec les forces qui lui restaient, avec son dernier battement de cœur.

— Sans aucun doute, conclut-il.

Louve se rembrunit.

— Ton besoin d'argent est-il aussi important ? C'est ce qui t'a tenu éloigné aussi longtemps ? Mi Sol est plus prospère que jamais, et ce n'est pas grâce au maudit argent que tu as envoyé mais parce que je l'ai fait fructifier. Parce que Roger et Matilda…

— Penses-tu que je remette en doute tes qualités d'intendant ? Je t'ai écrit des lettres pendant toutes ces années. Ai-je jamais critiqué tes décisions ?

Nicholas avait continué à correspondre avec Louve parce qu'il était son intendant. Ces lettres ne l'exposaient pas, et aucun ennemi ne s'en serait méfié car tous les lords veillaient sur leurs biens. S'il avait cessé toute correspondance avec lui, et qu'il avait été surveillé, comme il le subodorait, il n'aurait fait qu'éveiller les soupçons.

— Alors de quoi s'agit-il ? demanda Louve.

De vengeance, de réponses, d'excuses de leur part… C'était tout ce dont il avait besoin pour tenir la promesse faite à Rhain. Peut-être obtiendrait-il quelque chose aujourd'hui.

— Tu les as laissés se marier, dit-il en détachant chaque mot.

Louve écarquilla les yeux et se rembrunit encore plus.

— Tu es parti pendant quatre ans. Cela fait deux ans que tu es au courant. L'un de tes amis est mort, c'est de cela que tu souhaites parler ?

Enterre ton passé… Peut-être ne le ferait-il pas pour tout, mais il découvrirait pourquoi Louve ne l'avait pas prévenu.

— Oui.

Louve enroula les rênes autour de ses poings.

— Tu es parti et tu n'es pas revenu. Tu n'as rien dit à ce sujet du moins. À quoi joues-tu en me faisant ces faux reproches ?

— Ceci est mon domaine.

— Ceci est une propriété que tu as détestée toute ta vie. Tu as à peine mis les pieds dans les champs après le décès de ton père. Tu hais cette terre que tu foules en ce moment même. Tu es parti.

— Tu connaissais mes sentiments pour elle.

Nicholas chassa de son esprit les souvenirs de leurs courses à cheval, du rire cristallin de Matilda, de la façon dont elle le mettait au défi de la rattraper. Tous les métayers, tous les voisins, avaient dû entendre parler de leur bonheur. De la certitude qu'ils étaient faits l'un pour l'autre.

— Ce n'était pas un secret, ajouta-t-il.

— Et pourtant…, dit Louve en dénouant les rênes pour les secouer. Tu as cessé de lui écrire.

— Et tu ne t'es pas demandé pourquoi ?

— Tu n'as donné aucune explication.

— Tu veux que je te le dise, maintenant ? Ainsi,

c'est pour cette raison que tu m'as attiré ici, et non pour labourer ces champs stériles.

Les bœufs de Louve bondirent en avant et l'entraînèrent avec lui jusqu'à ce qu'il puisse de nouveau les maîtriser.

— Tu ne peux pas me faire des reproches alors que c'était à toi de me dire quelque chose, continua Nicholas. N'importe quoi. Tu étais mon ami. Ils étaient mes amis. Essayer de préserver la paix était plus difficile que toutes tes batailles.

— C'est évident, répondit Louve en désignant la balafre qui barrait sa joue.

Il fut heureux que Louve ne détourne pas le regard.

— Dis-moi ce que tu ne m'as pas dit, ajouta-t-il.

— Seulement si tu me dis pourquoi tu désires le savoir. Tu es revenu et pourtant, tu te comportes comme si tu n'avais pas envie d'être là.

— En effet, mais cela ne m'empêche pas de vouloir savoir.

Louve pencha la tête sur le côté et réfléchit à ses paroles. Nicholas n'avait pas l'intention d'en dire davantage. Il en avait dit assez.

Louve soupira bruyamment.

— Bon sang. Quand nous étions enfants, nous étions tous à moitié amoureux d'elle, jusqu'à ce qu'elle n'ait d'yeux que pour toi. Mais pour Roger et pour moi, ces sentiments n'ont pas disparu. Nous étions tous les deux encore un peu sous son charme.

— J'étais complètement amoureux d'elle ! grogna Nicholas.

— Tu as arrêté de lui écrire. Elle était notre amie, notre sœur, plus que les membres de notre propre famille. Elle était… dévastée. Roger et moi avons dû recoller les morceaux que tu avais laissés derrière toi.

Louve mentait. La Matilda que Nicholas avait laissée ne se serait jamais effondrée. Elle l'avait défié jusqu'au bout. L'absence de quelques lettres n'aurait pas suffi à changer son cœur.

Il imagina Louve et Roger tournant autour d'elle comme des rapaces.

— J'imagine très bien ces morceaux.

Louve le contempla, le visage déformé par la colère.

— Nous ne l'avons pas touchée. Il ne s'est rien passé jusqu'à ce qu'il soit presque trop tard. Si tu n'aimes pas les conséquences, sache que tu aurais dû lui répondre.

Ses vêtements trempés de sueur collaient à sa peau, mais les paroles de Louve le glacèrent.

— Répondu ?

— Tu as peut-être cessé toute correspondance, mais pas eux. Je ne t'ai pas écrit, mais Roger et Matilda…

— J'ai reçu cette lettre, dit-il sur un ton mordant.

Il avait tellement souffert de sa blessure, mais la douleur de cette lettre était encore pire. Il n'avait pas envie de s'en souvenir.

— Dans ce cas, pourquoi n'as-tu pas répondu ?

Parce qu'il avait été dans l'incapacité de le faire. Parce qu'une épée lui avait transpercé le cœur et l'avait défiguré. Et quand il avait été physiquement en mesure de répondre, il était beaucoup trop tard.

Secouant les rênes, il obligea les bœufs à avancer encore. Il entendit Louve crier, mais il l'ignora. Un autre virage et tout le champ serait labouré. Cette fois, il se réjouit de voir ses mains saigner. La douleur n'était rien comparée à celle qui le tenaillait de l'intérieur.

Il avait mis trop de temps à répondre à la lettre de Matilda. Celle où elle lui disait qu'elle allait se marier. Mais depuis ce jour, il aimait se torturer avec des hypothèses. Et s'il avait reçu sa lettre avant leur mariage et qu'il avait été capable de l'arrêter ?

Il connaissait aussi la réponse à cette question. Il n'aurait rien pu faire. Il avait délibérément choisi de ne pas leur écrire afin de ne pas dévoiler à ses ennemis que d'autres personnes comptaient pour lui. Il n'aurait pas été en mesure de les protéger.

En vérité, dès l'instant où il était devenu mercenaire, il avait été trop tard pour eux. Si seulement…

Pourtant, il s'était attendu à ce que ses amis gardent une attitude honorable, et non qu'ils convoitent sa fiancée. Ce qui ne faisait qu'indiquer à quel point il était jeune et naïf à cette époque.

Il regarda par-dessus son épaule en direction de Louve, qui conduisait ses bœufs avec la même férocité que lui. Lui aussi était plus fort que dans sa jeunesse, et il y avait encore quelque chose d'honorable en lui. Le domaine avait prospéré sous sa direction. Pourquoi Matilda ne voudrait-elle pas de lui, ou lui d'elle ?

Louve ne lui offrit comme répit qu'un autre virage.

Puis il jeta les rênes à terre et contourna les bœufs pour faire face à Nicholas.

— Plus de fuite en avant. Plus de distractions. Ce maudit champ peut attendre.

— C'est toi qui m'as amené ici.

— Pour parler de la mort de Roger. J'ignorais tout le reste !

— Je pensais que toi aussi, tu m'avais trahi. Que

pouvais-je imaginer d'autre ? Ils se sont mariés. S'ils ont été capables de cela, alors…

— C'est que je l'ai permis ? Je n'ai pas fait que leur permettre de se marier. Tu penses que je n'ai pas parlé à Roger ? Et à Matilda ? Tu penses que j'aurais pu les arrêter ?

— Si tu ne l'as pas fait pour moi, tu aurais pu le faire pour toi, puisque tu es aussi amoureux d'elle !

— Tu es jaloux ! Seigneur. Tu l'aimes encore. Mais si tu ressens cela maintenant, tu as dû le sentir aussi à cette époque.

— Qu'est-ce que cela aurait changé ? demanda Nicholas, même s'il ne voulait pas entendre la réponse.

D'une façon ou d'une autre, ce serait comme sentir de nouveau la lame de l'épée trancher son visage et cette fois, lui transpercer le cœur.

La détermination obscurcit les traits de Louve.

— Pourquoi ne lui as-tu pas écrit ? Sais-tu ce qu'elle a enduré de la part des métayers et des voisins quand tu as cessé de lui écrire ? Et les choses ont encore empiré lorsque tu m'as envoyé des lettres à moi, mais plus à elle. Pourquoi ? Sa mère était morte. Son père commençait à divaguer. Il a fallu qu'elle porte tout cela toute seule.

Lui aussi avait porté seul ses fardeaux mais au lieu d'éprouver de la colère face aux paroles de Louve, il ressentait la douleur de Matilda contre sa plaie déjà ouverte. Sa mère était morte et il n'en avait rien su.

L'avait-on informé ? Si c'était le cas, ce n'était pas Matilda qui l'avait fait, et cela le révulsait. Il n'avait pas été capable d'être avec elle et pourtant, tout ce qu'il avait fait, c'était par amour pour elle.

— Je ne pouvais pas lui écrire, répondit-il.

Louve parut choqué, puis sembla comprendre sa réponse.

— Toi et ton argent. Quels dangers as-tu affrontés dans ce but, au prix de tant de choses ?

Plus de dangers qu'il ne voulait évoquer aujourd'hui, et ils n'étaient pas complètement écartés.

— Tu dois aller lui parler, dit Louve. Elle doit savoir.

— Elle l'a épousé et elle porte son enfant. Elle a fait ses choix, aussi irrévocables que la mort.

— Roger est… décédé, dit Louve en déglutissant péniblement. Si tu…

— Il est mort mais ses décisions, et celles de Matilda, sont toujours vivantes. Ce qui est fait est fait.

Rien n'était réglé. Encore des mensonges… Encore des trahisons. Plutôt que d'avoir cette conversation, il préférait affronter de nouveau Reynold, de la famille Warstone, ou le bâtard qui l'avait défiguré. Mais il ne voulait certainement pas s'affronter lui-même. Il avait connu l'adversité depuis qu'il était parti de Mi Sol, mais il l'avait surmontée. Il avait vécu sa vie, et elle avait été belle. Du moins le croyait-il.

Mais Mi Sol était comme une dague pointée sur son flanc. Et, en épousant Roger, Matilda avait enfoncé ce poignard encore plus loin, et depuis la plaie n'avait cessé de saigner.

Il n'avait reçu qu'une seule lettre d'elle et ses actes avaient clairement montré où se trouvait son cœur. Il avait cru leur avoir donné sa bénédiction depuis longtemps. Il les avait laissés avoir leur mariage et Mi Sol. Pourtant, en voyant le bonheur de Rhain, il avait compris que quelque chose bouillonnait en lui. Quelque chose qui ne lui apporterait pas la paix.

Mais maintenant, depuis son retour, il ne se reconnaissait plus, ni lui, ni ses actes.

Un bruit à travers champ les fit tourner la tête.

Des enfants couraient vers eux mais la lumière qui déclinait les empêchait de les reconnaître. Depuis combien de temps étaient-ils dehors ?

Louve souffla longuement.

— Ils sont venus pour emporter les bœufs et les charrues. Nous avons besoin de plus de temps.

Nicholas observa l'homme debout devant lui. Pendant toutes ces années, il avait imaginé les complots que ses trois amis ourdissaient dans son dos, mais peut-être que Louve n'avait été que spectateur. Qu'aurait-il pu faire si Roger avait désiré Matilda, et respectivement ?

— Tu leur as vraiment parlé, n'est-ce pas ?

Louve se frotta la mâchoire.

— Je leur ai parlé à tous les deux, et même à Bess. À Rohesia et au père de Matilda. Je te suggère d'en faire de même.

— Non.

— Mais…

— Non !

Il avait prononcé ce mot avec la même véhémence qu'il avait labouré le champ. Par le passé, parler ne lui avait servi à rien. Cela ne changerait pas maintenant. Sa colère était toujours dirigée vers un homme disparu et la femme qui attendait leur enfant. Mais le sentiment que Louve l'avait trahi s'était envolé.

— Eh bien, dans ce cas, je te propose d'aller boire

de la bière, dit Louve en levant vers lui ses mains ensanglantées.

Nicholas lâcha à son tour les rênes. Ses mains étaient molles, pleines de sang, et aussi brisées que le reste de son être.

— As-tu de l'hydromel ? demanda Nicholas.

Louve lui décocha un large sourire.

— Je possède un plein baril d'un voisin qui nous devait beaucoup d'argent.

Peut-être était-ce dû à leur échange, à l'humour de son ami ou au fait qu'il allait se soûler ce soir, mais le cœur de Nicholas se desserra un peu.

— Tu prends la bière mais l'hydromel est pour moi… une fois que nous aurons bandé nos mains, déclara Nicholas.

— Tu as besoin de panser tes plaies ? Je savais que tu deviendrais sensible, mercenaire.

— Pas sensible, mais pratique. J'ai besoin de tenir deux flacons d'hydromel, et ses deux membres inutiles ne pourront pas le faire tout seuls.

Chapitre 6

Un nouveau festin fut organisé car la cuisinière avait pu conserver la plupart des plats de la veille. Mais tout cela était-il encore important, sachant que le lord de Mi Sol n'était pas encore venu apprécier ses efforts ?

Les participants étaient plus nombreux que la veille, probablement pour voir si d'autres événements fâcheux auraient lieu. Le temps était certainement annonciateur de choses graves, car les températures avaient chuté et le ciel s'était assombri. Pour couronner le tout, deux hommes pourtant hautement expérimentés semblaient avoir disparu.

— Es-tu certaine que les attelages sont à l'abri ? demanda Matilda en se frottant les bras.

Malgré les réparations de la toiture, un courant d'air vif parcourait toujours le manoir.

Bess haussa les épaules.

— Les garçons sont partis à la tombée de la nuit et ont aidé les hommes à ramener les bœufs et les charrues en lieu sûr.

Mais Nicholas et Louve étaient partis et n'étaient plus revenus.

Matilda ne réalisait toujours pas que Nicholas et Louve étaient allés labourer ensemble ces friches.

C'était *elle* qui s'était rendue dans le cimetière pour ramener Nicholas à la raison. La stratégie de Louve avait consisté à gâcher une journée de dur labeur. Leur absence signifiait soit que son plan avait fonctionné, soit qu'ils s'étaient réconciliés, soit que l'un d'entre eux était mort et que l'autre avait pris la fuite.

Dans les deux cas, elle ne comprenait rien.

— À quoi rime tout cela ?

Bess lui lança un regard acéré.

— Tu ne comprends pas pourquoi Nicholas a frappé Louve ou bien est-ce leur bravacherie masculine ?

— Les deux.

Bess partit à rire avant de regarder attentivement Matilda. Puis elle haussa les épaules.

— Oh ! Regarde la vérité en face. Tout cela est arrivé à cause de toi.

— À cause de moi ? s'indigna Matilda.

C'était ridicule. Peut-être que Louve s'était senti obligé de dire quelque chose pour préserver son honneur, mais Nicholas ne l'écouterait pas.

— Si tu dis vrai, ce dont je doute, pour quelles raisons serait-ce arrivé ?

Elle imaginait très bien que Nicholas ait pu éprouver de la colère si elle avait épousé Roger dans son dos, mais cela n'avait pas été le cas. Nicholas avait cessé de lui écrire et, de ce fait, avait brisé leurs fiançailles.

— Je t'avais dit d'attendre, dit Bess en baissant la voix. Qu'avec le décès de ta mère et les attentions que demandait ton père, ce n'était pas…

— Non, l'interrompit Matilda. Pas maintenant.

— Alors quand ? demanda Bess en détournant le regard. Je sais qu'avec Roger…

— Je tenais à lui.

Bess couvrit la main de Matilda avec la sienne.

— Je le sais mais le retour de Nicholas a toujours été une source d'inquiétude.

— Je n'étais pas du tout inquiète.

Personne n'avait vu le regard de Nicholas quand il était parti. Elle l'avait supplié de rester avec son cœur, ses paroles et ses larmes… S'il avait été capable de l'abandonner à ce moment-là, il n'avait aucune raison de revenir maintenant.

Pourtant, le passé et toutes ses promesses la hantaient toujours. Elle avait attendu à chaque battement de cœur, et son cœur s'était brisé. Puis sa mère était morte. Il ne restait plus grand-chose d'elle quand Roger l'avait demandée en mariage.

Elle le lui avait dit, mais malgré tout Roger avait accepté de l'épouser. Il avait voulu la protéger et la défendre.

Et maintenant, Roger, le mari toujours fidèle et dévoué, était mort. Matilda n'arrivait toujours pas à l'accepter. Sans le chagrin qui gonflait sa poitrine et les larmes qu'elle refusait de verser, elle aurait pu croire qu'il se trouvait tout près, dans ces champs qu'il aimait tant.

Il l'avait toujours protégée, il avait toujours défendu Louve et Nicholas. Même quand Louve avait remis en question leur mariage ; même quand Nicholas n'avait pas répondu à la lettre de Roger… ni à la sienne.

Elle ne méritait pas sa fidélité sans faille, et eux non plus. Mais où pouvaient-ils bien être ? Il était dangereux d'être dehors par une nuit comme celle-ci.

— Labourer ce champ est complètement inutile. À quoi rime ce comportement ?

Bess tapota sa main.

— Tes trois plus proches amis étaient des hommes. Je suis surprise que tu ne reconnaisses pas là un comportement typiquement masculin.

— Mais Roger et Louve ne se sont jamais comportés ainsi ensemble…

Le beuglement d'un chant qui sonnait faux annonça l'arrivée en fanfare de Nicholas et de Louve. Les portes de la grande salle restées ouvertes incitèrent les invités à se tourner pour être les témoins de leur grande ébriété.

— Regarde-les ! Ils sont bien éméchés ! s'écria Bess en pinçant les lèvres pour s'empêcher de rire. Il ne fallait pas s'inquiéter.

Matilda n'était pas inquiète – elle était furieuse. Après son échange avec Nicholas, elle s'était imaginé quelque chose de grave et fut choquée par cette entrée si irrévérencieuse.

Louve chantait faux tandis que Nicholas balançait son bras pour marquer le rythme. Enlacés par les épaules, ils pénétrèrent dans la salle en avançant de guingois, si bien que le balancement irrégulier de leurs corps ressemblait un peu à des roseaux coupés par la faux.

Les cheveux de Louve étaient coiffés du mauvais côté et ceux de Nicholas tombaient librement sur ses épaules. Leurs vêtements étaient froissés et couverts de boue. Des brins d'herbe couvraient encore leurs chaussures. Mais leurs fronts couverts de sueur, leur coiffure, leurs pantalons mouillés, comme s'ils avaient été éclaboussés par de l'eau, offraient un spectacle…

Ils marchaient d'un pas chancelant. Ils s'étaient lâchés maintenant et Louve ajusta sa tunique tandis que Nicholas se redressait de toute sa hauteur. Ils se tenaient tous les deux fièrement en saluant les métayers par des sourires et des rires tout en avançant vers Bess et Matilda.

Matilda était sans voix. Car leurs vêtements n'étaient pas mouillés par de l'eau.

Même à cette distance, ils exhalaient l'odeur douceâtre de l'hydromel. Ce détail ne fit que renforcer sa colère. De l'hydromel ! Et ils en avaient bu de pleines flasques pour s'imbiber de la sorte. C'était une denrée inconnue pour elle, cachée quelque part dans le domaine afin qu'elle ne puisse en servir à personne, ni en boire elle-même.

L'hydromel n'était pas fabriqué à Mi Sol si bien que Louve avait dû l'échanger contre un autre produit et il le lui avait caché. Sauf que maintenant, il l'avait partagé avec Nicholas.

— Cela te dérange si je reste ici ? demanda Bess.

— Tu partirais si je te le demandais ? répliqua Matilda.

— Jamais de la vie ! gloussa son amie.

— Quel regard furieux, Matilda, dit Louve. Regarde qui j'ai ramené des champs !

Matilda contempla Nicholas. Avec ses cheveux lâches, sa mèche sur sa joue, il avait l'air… débraillé. Des pensées interdites lui vinrent à l'esprit quand elle détailla les ondulations de ses cheveux sur sa mâchoire virile, et la manière dont l'hydromel avait adouci le pli de ses lèvres et l'expression de son regard.

Il donnait l'impression d'être tombé du lit. Et le fait qu'elle remarque de tels détails l'effara. Elle n'aurait pas dû relever de telles choses.

Elle garda les yeux rivés sur Louve, qui était

certainement encore plus ivre que Nicholas. C'était ce dernier qui les avait conduits dans la grande salle, cela ne faisait aucun doute.

— On ne dirait pas que tu reviens des champs, mais plutôt de la brasserie, dit-elle. Sauf que je ne sens pas la bière. Où as-tu trouvé cet hydromel ?

— En as-tu vraiment bu ? ajouta Bess.

Son ton était horrifié mais ses yeux beaucoup trop brillants. Son amie avait envie de rire et se retenait à cause d'elle.

Louve secoua son doigt vers Matilda et fronça les sourcils en entendant la remarque de Bess. L'air concentré, prêt à répliquer, il donnait l'impression d'avoir de nouveau dix ans.

— Le tonneau… ne voulait pas nous livrer son contenu, dit Nicholas en secouant sa manche, comme si ce geste pouvait l'aider à sécher plus vite.

— Sur vous deux ? railla Bess. On dirait plutôt que vous vous êtes baignés dedans.

— Vous vous êtes battus avec un tonneau d'hydromel ? demanda Matilda.

Elle adorait cette boisson, mais là n'était pas la question. Cet acte venait s'ajouter à la longue liste d'offenses qu'ils avaient commises.

— Je pense que l'hydromel a gagné, dit Louve en chancelant dangereusement.

— Viens, retirons-nous, dit Nicholas.

— Vous retirer ? intervint Matilda.

— Je suis incapable de rester assis pour manger, se défendit Louve.

— Tu aurais dû y penser plus tôt, protesta Matilda.

— Oh ! cela fait longtemps que j'ai arrêté de réfléchir, répliqua-t-il.

Matilda sentit le regard de Nicholas sur elle. Elle savait qu'elle parlait d'une voix sèche, et un peu hargneuse aussi. D'ordinaire, elle se fichait que Louve boive mais c'était le soir du festin qu'ils avaient organisé pour célébrer le retour de Nicholas, le deuxième, et elle avait la ferme intention qu'il se déroule sans heurts. Cela voulait dire qu'ils devaient tous dîner ensemble.

— Il vaut mieux que nous parlions des affaires du domaine demain matin, dit Nicholas.

— Demain ? marmonna Louve.

— Après que le dernier gobelet a malencontreusement glissé de ta main, ce sera sans aucun doute demain, dit Nicholas avec de grands gestes. Je vais te raccompagner chez toi.

— Non, tu ne peux pas.

Matilda n'arrivait pas à croire que Nicholas envisageait de ne pas dîner avec eux. Elle ne le permettrait pas.

Sur ces mots, Nicholas se retourna. Hormis son apparence, rien dans son attitude n'indiquait qu'il était soûl ou affaibli. Son regard était calme. Il se dressa fièrement devant elle.

— Dans la mesure où je vais moi-même me retirer, cela me semble plus opportun, précisa Nicholas.

Matilda ne se laisserait pas intimider par le regard d'un mercenaire.

— Tu n'étais pas là hier soir, répliqua-t-elle. La cuisinière t'a mis de côté tes plats préférés et les métayers sont tous venus pour célébrer ton retour.

Nicholas pencha la tête sur le côté, comme pour l'étudier attentivement.

— Réjouissons-nous, alors.

— Je vais ramener Louve chez lui, intervint Bess.

— Je peux rentrer tout seul, protesta Louve. Mes jambes pourront me tenir.

Bess renifla bruyamment et Matilda regarda ses deux amis s'en aller à la hâte.

Un seul regard était désormais braqué sur elle. Nicholas la fixait toujours. Elle s'efforça donc de paraître sereine tout en espérant l'être un jour.

Nicholas n'était vraiment pas aussi ivre que Louve, et il était d'une humeur beaucoup moins joviale que quand il était entré. L'avait-elle déjà vu faire l'idiot comme il l'avait fait ? Oui évidemment, avant qu'il s'en aille. Comme tout le monde. Simplement, même si ce n'était que le jour de son retour, Matilda savait qu'il ne s'était pas amusé de la sorte depuis très longtemps.

Et bien qu'il ait cessé de chanter cette horrible chanson avec Louve dès que les portes s'étaient ouvertes, il flottait encore derrière lui des bribes d'allégresse lorsqu'il avait traversé la grande salle d'un pas chancelant et salué quelques-uns de ses métayers.

Ses traits de guerrier avaient changé et Matilda avait alors aperçu l'homme qu'il avait été couplé à celui qu'il était devenu. Invincible. Féroce. Un mercenaire, mais d'une beauté toujours aussi renversante. Comment pouvait-il être encore séduisant ?

Matilda sentit sa sérénité l'abandonner et ne chercha pas à la retenir. Si malgré tout son calme, elle avait pu s'apercevoir que Nicholas était toujours aussi saisissant de beauté, elle n'en avait que faire. Elle avait besoin de défenses, de barrières et de sa colère.

D'autant que Nicholas se trouvait face à elle à présent,

et son expression ne manifestait plus la moindre trace de la camaraderie qu'il avait manifestée avec Louve. Il n'avait plus l'air d'être sorti du lit de sa maîtresse. Il affichait une politesse froide et autre chose qui l'irritait. Comme une mise en garde.

Lorsque les commissures des lèvres de Nicholas s'incurvèrent et qu'il esquissa un sourire impitoyable, elle comprit que le regard d'un mercenaire ne pouvait pas l'effrayer mais elle se demanda si un mercenaire pouvait la tuer.

— Il semblerait que tes souhaits de me retenir ici soient exaucés, Matilda, dit Nicholas. Maintenant, que veux-tu faire de moi ?

Nicholas savoura l'inquiétude dans le regard de Matilda et dans son menton contracté. Non parce qu'il savait que ses paroles l'avaient mise mal à l'aise – bien qu'il y ait un peu de cela – mais parce qu'à cet instant elle était pétrie de contradictions. Elle lui demandait de rester pour le dîner tout en demeurant sur ses gardes, car lui aussi était imprévisible.

À cet instant, Matilda lui paraissait familière. C'était la Matilda qu'il connaissait. La femme calme et posée qui l'avait accueilli à son arrivée lui était inconnue. Cette femme ne lui convenait pas.

— Puisque je vais rester ici, j'espère être bien nourri, déclara-t-il.

Elle plissa les yeux.

— Tu aurais reçu un meilleur repas hier soir.

Il ne chercha pas à dissimuler son sourire narquois. Elle n'appréciait donc pas ses exigences ? Parfait, car de son côté, il n'appréciait pas d'être ici.

— Il semblerait que la boisson ait aiguisé mon appétit.

Matilda se tourna vers l'escalier.

— Quelle quantité d'hydromel as-tu bue ?

— Nous avons bu verre pour verre.

Ils avaient à la fois beaucoup trop bu et pas assez. Il avait toujours tenu l'alcool mieux que n'importe qui. Aujourd'hui, il avait voulu se soûler à mort, mais il n'avait pas eu le cœur de pousser Louve aussi loin.

Son sang était rempli d'hydromel et de vengeance non assouvie si bien que le fait de ne pas avoir pu se soûler davantage l'irritait. Puisque Matilda était décidée à le retenir ici, il veillerait à lui communiquer un peu de son amertume.

Il rêvait d'oublier son désir de recevoir des excuses et de se venger. Et pourtant, il était là, beaucoup trop conscient qu'il ne pouvait pas exiger que l'on châtie une femme qui caressait à cet instant même son ventre rebondi.

— Louve boit rarement, dit-elle. Il risque d'être malade s'il ne mange pas.

Sa loyauté à l'égard de Louve l'irrita encore plus, sans qu'il comprenne pourquoi.

— Bess saura quoi faire – et moi aussi, j'ai besoin de manger, répliqua-t-il froidement.

Matilda leva les yeux vers lui. Nicholas eut alors l'impression fugace qu'elle le regardait beaucoup trop attentivement. Pourtant, lorsqu'elle croisa de nouveau son regard, toute trace de séduction avait disparu. En était-elle consciente ? Mais peut-être n'avait-elle rien fait. C'était sans doute la boisson qui exacerbait son imagination.

— Je suis certaine que tu es capable de prendre soin de toi, dit-elle.

Même si le ton de Matilda était plus sec qu'avant, et que ses yeux contenaient une frustration différente de la colère qu'elle avait manifestée plus tôt, il ne put s'empêcher de ressentir un frémissement en entendant ses paroles. Combien d'hydromel avait-il bu ?

Il ne devait pas – ne pouvait pas – ressentir la moindre émotion pour cette femme et pourtant, même ses mots étaient suggestifs. Cela faisait trop longtemps qu'il ne s'était pas senti ivre… et encore plus longtemps qu'il n'avait pas été avec une femme.

Matilda avait insisté pour qu'il reste car elle avait le sens du devoir et des festivités. Comme s'il était redevable aux métayers présents ce soir. Il s'était soucié de leur sort pendant son absence. Mais sa présence parmi eux n'était pas de bon augure pour eux car il ne pouvait plus gagner d'argent.

Non, sa présence n'était vraiment pas nécessaire. Il aurait mieux fait de monter dans sa chambre, et de se faire porter un repas et préparer un bain.

Ses désirs contenus le rendaient presque violent. Et pourtant, il restait là, pour Matilda.

— J'avais l'intention de prendre soin de moi, répondit-il, mais comment pouvais-je décliner ton aimable invitation ?

Elle plissa les yeux avec méfiance.

— Je ne t'ai pas demandé de rester pour dîner. Tu es ici chez toi et tu devrais avoir envie de manger avec nous de ton propre chef.

Nicholas désigna les deux sièges vacants.

— Tu ne pouvais pas mieux parler. J'aimerais beaucoup dîner ici, merci, Matilda.

Elle le fusilla du regard et s'avança vers les chaises qui les attendaient, tout en s'assurant que Nicholas la suivait. Il avait l'impression que c'était elle qui lui dictait quand manger ou qui avait le pouvoir ici.

Ils s'assirent et la foule sembla pousser un soupir de soulagement. Les domestiques apportèrent immédiatement des tranchoirs et des plats. Matilda s'assit à côté de lui le dos raide et le laissa choisir les plats à poser sur leur tranchoir commun.

Il s'aperçut que tout le monde était déjà assis en train de manger. Par conséquent, la nourriture disparaissait rapidement sous ses yeux. L'hydromel bouillonnait encore dans ses veines et il empila autant de mets qu'il put sur le tranchoir.

— Je vois que tu n'as pas conservé l'habitude d'attendre que le lord du manoir soit assis avant de commencer à manger.

Son père avait toujours insisté pour que les métayers ou les invités attendent que le lord soit assis pour le faire. C'était une habitude courante mais qu'il trouvait assez pesante étant donné la simplicité du manoir.

— Cela n'avait aucun sens, répondit Matilda. Tu nous as confié la gestion du domaine à tous les trois.

Il avait en effet laissé la charge de ses affaires à trois amis, pour n'en trouver plus qu'un seul à son retour.

Il entreprit de parler aux autres personnes pour se distraire de ses sombres pensées et mordit dans un morceau d'agneau. Il regarda Matilda qui gardait le silence en mangeant.

Elle était mal à l'aise de dîner avec lui.

Parfait. C'était elle qui lui avait demandé de rester, autant qu'elle en assume les conséquences.

Matilda était incapable d'avaler quoi que ce soit. Il n'y avait plus rien à faire, malgré l'échange que Nicholas et elle avaient eu. Rien du tout.

Elle avait demandé à la cuisinière de confectionner quelques spécialités et certains plats pour fêter le retour du maître des lieux. Qu'elle le veuille ou non, il était le lord de Mi Sol. Il était chez lui et d'autres voyaient en cette soirée une raison de se réjouir.

Pourtant, elle était beaucoup trop consciente de la présence de Nicholas – de la façon dont il levait les yeux pour observer les personnes qui l'entouraient. Y compris elle. Elle sentait son regard peser sur elle.

Cette prise de conscience était sans doute due au ressentiment qu'elle nourrissait à son égard. Ou à sa blessure.

Sa balafre n'était que trop visible. Nicholas cachait une partie de son visage avec cette mèche comme il porterait une tunique ou des braies. Cela lui donnait un air plus doux. Pourtant, sa façon de bouger la tête ou de porter la main à ses cheveux laissait entendre qu'il n'était pas aussi à l'aise qu'il voulait bien le montrer.

La cicatrice était fine, bien guérie. Un peu irrégulière à cause de la lame et des contours acérés de son visage. Elle aurait dû lui retirer de la prestance, l'amoindrir, mais il n'en était rien.

Elle le rendait surtout différent, plus grave et plus intimidant. Elle n'altérait en rien sa beauté naturelle. Nicholas possédait une autorité qui dépassait sa position à Mi Sol. Il avait encore un charisme qui la fascinait, et qu'elle croyait perdu depuis longtemps.

Elle n'aurait pas dû penser à cela, alors qu'elle était enceinte et qu'elle en avait épousé un autre.

Roger.

Elle s'efforça de combattre le chagrin qui lui transperçait la poitrine. Elle ne s'était pas laissé aller à pleurer son mari depuis sa mort. Elle avait versé ses larmes en essayant de le sauver, et elles ne lui avaient servi à rien. Elle n'était pas prête à le faire maintenant, sachant à quel point elles étaient inutiles.

Peut-être qu'en passant un peu de temps en compagnie de Nicholas, ces sentiments déplacés à son égard finiraient par disparaître. Mieux valait les arracher de son cœur et les détruire. Nicholas ne méritait pas de soulever la moindre émotion chez elle.

Il ne méritait pas non plus qu'elle l'observe pendant qu'il s'entretenait avec ses métayers. Pendant qu'il mangeait la nourriture placée devant lui comme s'il l'appréciait. Pendant qu'il balayait d'un œil nonchalant la salle en observant tous les changements.

À une époque, elle se serait souciée de savoir ce qu'il pensait du mobilier qu'elle avait ajouté. Elle lui aurait demandé si la nourriture, de bien meilleure qualité qu'avant son départ, lui plaisait.

Elle avait consacré des années de sa vie à s'assurer que le jour de son retour il trouve le foyer dont il avait rêvé. Elle avait pu le faire parce que Nicholas leur avait envoyé plus d'argent qu'elle avait cru possible. Argent que Roger, Louve et elle s'étaient partagé avec soin.

Puis elle avait compris que Nicholas ne reviendrait peut-être pas – ou pas vers elle. Elle avait donc consacré l'argent qu'elle recevait à la décoration et aux métayers. Seule la cuisinière avait reçu intégralement la somme qui lui était destinée pour améliorer la nourriture, car cela profitait à tout le monde.

Le repas était somptueux ce soir, avec des noix, des fruits confits et des beignets au miel. La cuisinière leur avait offert des confiseries en l'honneur du retour du lord.

Tous les plats dégageaient une odeur délicieuse et Matilda était affamée. Chaque fois qu'elle prenait de la viande sur leur tranchoir ou qu'elle s'emparait de sa coupe, elle observait Nicholas à la dérobée.

Pourquoi diable avait-elle insisté pour qu'il participe au festin ?

Nicholas avait ignoré Matilda à mesure que défilaient les plats. Il trouvait la soirée aussi longue qu'il l'avait prévue. Pire encore, il s'était attiré plusieurs regards interrogateurs de la part de ses métayers. Il savait que son attitude était grossière mais il rechignait à discuter avec Matilda alors qu'il avait trop bu, qu'il était épuisé par son travail dans les champs, et qu'il était animé par un désir de vengeance qu'il n'assouvirait jamais.

Par ailleurs, pourquoi s'entretenir avec Matilda alors que leur seule conversation dans le cimetière avait été si pleine d'animosité ?

Néanmoins, à mesure que le repas avançait et que les effets de l'hydromel s'estompaient, il comprit que rester assis l'un à côté de l'autre en laissant une telle tension entre eux ne résoudrait rien. Il ne pourrait pas enterrer son passé s'il ne trouvait pas de terrain d'entente. Même si ce n'était que pour cette soirée. Mais quoi ?

Nicholas prit une gorgée de bière diluée avec de

l'eau qui lui parut bien amère après le bon hydromel qu'il avait bu. Pourquoi n'avait-il pas demandé qu'on en serve à tout le monde ?

— La bière ne te plaît pas ? demanda Matilda.

Était-il aussi transparent ? Il s'était senti égoïste en se souvenant qu'elle aussi aimait l'hydromel autrefois. Matilda lui posait-elle la question parce qu'elle était une amie ou parce qu'elle était le bailli et que la boisson faisait partie de son domaine de compétence ?

Il y avait tant de malentendus entre eux... Mais cela ne voulait pas dire qu'il ne pouvait pas se montrer cordial.

— Elle est assez bonne, répondit-il poliment. En revanche, la nourriture est délicieuse.

Il comprit qu'il avait répondu comme il fallait à sa question en la voyant se détendre un peu.

— La cuisinière a plus d'aide maintenant. Elle et moi nous occupons de planifier les repas et d'autres les réalisent.

— J'avais oublié comment certains de nos plats étaient désastreux, dit-il en souriant malgré lui. Comme le désastre de la grosse oie, tu te rappelles ?

— Comment pourrais-je l'oublier ? La pauvre Bernice n'a plus eu de sourcils pendant un an.

— Chose que tu ne lui as pas permis d'oublier pendant des années. Tu n'arrêtais pas de la taquiner à ce sujet. Qu'est-ce que tu pouvais faire et dire comme bêtises !

Matilda se coupa un morceau de pain mais ne le porta pas à sa bouche. Elle garda les yeux baissés.

Il continua de la dévisager mais elle persista à se détourner de lui, l'air soucieux. Soudain, elle devint silencieuse. L'avait-il blessée ? Et pourquoi s'en souciait-il ?

Il avait fait un voyage de plusieurs semaines pour venir jusqu'ici dans le but de la faire souffrir et maintenant, en la voyant tourner la tête, ses projets avaient changé. Il rêvait de la voir lever de nouveau les yeux vers lui.

La profondeur de ses prunelles noisette lui avait toujours coupé le souffle – comme si la vie y brillait dans toute sa gloire et qu'il lui suffisait de s'y plonger assez longtemps pour la comprendre. L'espace d'un instant, pendant qu'ils parlaient de Bernice, il avait cru y voir briller un éclat familier mais cette lumière avait disparu, comme si Matilda s'efforçait délibérément de tempérer son humeur.

Elle leva très brièvement les yeux vers lui.

Manifestement, il lui avait fait du mal avec sa remarque, sans qu'il comprenne vraiment pourquoi. Peut-être n'avait-elle pas envie de se souvenir des jeux de son enfance ? Ils représentaient pour lui de doux souvenirs. Ce n'était qu'une fois adulte que les choses avaient mal tourné.

Il fit une autre tentative de rapprochement.

— Je vois des changements dans la salle…

Matilda écarta les lèvres, comme si elle voulait dire quelque chose, puis elle secoua la tête. Il avait l'impression qu'elle ne voulait pas parler de la salle et de tout le travail accompli.

Peu importait. Il était capable d'accepter qu'elle ait fait des choses bien. La pièce autrefois austère était devenue confortable. Des réparations avaient été faites. De nombreuses tables épaisses et sombres, assorties de bancs et de fauteuils rembourrés, meublaient la pièce auparavant vide.

Son père possédait deux grands fauteuils à haut

dossier. Aujourd'hui, il y avait de la place pour quatre personnes sur l'estrade d'honneur, et il n'avait pas besoin d'aller chercher bien loin pour comprendre à qui ils étaient destinés.

Avant que ses pensées s'assombrissent de nouveau, il demanda à Matilda :

— Tu as apporté ces changements il y a longtemps ?

Elle haussa les épaules.

Il observa d'un œil appréciateur les nouvelles appliques et les tentures qui encadraient les grandes portes d'entrée, mais un changement en particulier l'intriguait. Son père avait fait réparer la cheminée pour qu'elle fonctionne, mais d'autres éléments avaient été ajoutés, ornés de chevaux sculptés. Ils n'étaient pas montés par des cavaliers et, à la lueur des flammes, ils donnaient l'impression de courir librement le long du manteau.

— Tes sculptures sont magnifiques.

— Mes quoi ?

— Les chevaux sur le manteau de la cheminée – on dirait qu'ils courent.

Elle écarquilla les yeux.

— Comment sais-tu que c'est moi qui les ai sculptés ? demanda-t-elle, l'air stupéfait.

— Qui d'autre révère les chevaux autant que toi ?

Elle se tourna vers lui.

— Je n'ai jamais sculpté ni dessiné quand tu étais là.

— Mais tu en avais envie.

— Tu te souviens de cela ? s'étonna-t-elle.

Ce fut à son tour de hausser les épaules. Matilda regarda par-dessus son épaule, en direction de la cheminée.

— Je les ai effectivement sculptés, et je te remercie pour le compliment, mais je ne monte plus à cheval.

— À cause de ta grossesse, je suppose…

— Même avant cela.

Peut-être était-ce à cause de l'hydromel, mais il crut avoir mal entendu.

— Je ne te crois pas.

— Ce n'était pas raisonnable.

— C'était ce que Roger disait, dit-il avec dédain. Tu le tourmentais souvent à ce sujet.

— J'ai peut-être compris mes erreurs.

Nicholas secoua la tête. Ce qu'il entendait était à peine croyable.

— Galoper à travers champs et sentir le vent cingler ton visage, c'était une erreur ? Je comprends mieux que tu aies traduit la joie de cette expérience sur ma cheminée.

Matilda retint son souffle et pâlit. Puis la vérité le frappa de plein fouet.

— Tu n'as pas arrêté de monter de ton plein gré. C'est Roger qui t'a poussée à prendre cette décision.

— C'est faux ! nia-t-elle un peu trop vite.

Et elle le savait, comprit-il en la voyant s'emparer de sa coupe pour dissimuler son expression. Il eut envie de rire, mais sa gorge le lui refusa. Refuser à Matilda le bonheur de monter à cheval était la vengeance parfaite. Mais Roger, ou une autre personne, l'avait devancé.

— Si ce n'est pas Roger qui te l'a demandé, alors qui est-ce ? Parce que les chevaux étaient ta joie. La Matilda qui croquait la vie aimait sauter au-dessus des haies.

Matilda se leva, et les pieds de sa chaise crissèrent

bruyamment au sol. Les rares personnes qui mangeaient encore se tournèrent vers eux.

— Cette Matilda n'existe plus, répondit-elle d'un air grave. Pardonne-moi, Nicholas. Je me sens soudain très fatiguée par… ma journée.

Nicholas aurait aimé la retenir, mais à présent leur conversation n'était plus privée. Il préféra porter à sa bouche des fruits secs et la regarder traverser la salle en direction de la sortie. Lorsque les portes se furent refermées derrière elle, Nicholas appela un domestique et demanda qu'on lui apporte une bouteille de bière brune non diluée.

Il aurait certainement mal à la tête le lendemain, mais il n'en avait cure. Il voulait être ivre et il parviendrait à ses fins.

Mais ce ne serait pas son seul succès de la soirée. En venant ici, il voulait blesser Matilda, et ce soir, il l'avait fait, à plusieurs reprises. Sauf qu'il ignorait pourquoi ou comment. Néanmoins, quelque chose en lui n'aimait pas cela.

Quelque chose en lui dont il n'était même pas conscient rechignait à blesser Matilda.

Lorsqu'elle s'était levée, il avait vu des larmes briller dans ses yeux avant qu'elle lui souhaite bonne nuit en prétendant être fatiguée. Elle avait essayé de dissimuler ses intentions mais il avait très bien compris ce qu'elle avait vraiment voulu lui dire. Et il savait que c'était la vérité parce qu'elle lui avait déjà dit qu'elle s'était lassée de lui auparavant.

Matilda avait toujours eu le don de le pourfendre avec ses paroles. C'était ce qui l'avait terrassé cette première fois. Non pas le coup qui lui avait fendu la joue, mais les paroles de Matilda sur un parchemin qu'il avait reçu alors qu'il gisait sur une paillasse en Espagne.

Ses blessures étaient à vif à ce moment-là et Rhain le veillait avec dévotion. Personne ne croyait qu'il survivrait, pas même lui.

Puis, en ce jour fatidique et pluvieux où Rhain était revenu dans la chambre, où il avait entendu ses pas précipités sur le plancher, lui qui marchait si calmement, Nicholas avait compris que quelque chose avait changé. Le sourire qu'affichait son ami en prenant place sur un tabouret avant de lui montrer la lettre l'alerta tout autant.

Au début, la douleur qui le ravageait lui avait même fait oublier qui il était. Il avait l'impression que des lames entaillaient constamment son visage.

Même ainsi, il avait vu que Rhain tenait dans la main une lettre de Mi Sol. De Matilda. Et à cet instant, il n'avait plus ressenti aucune douleur. Seulement de la joie. Il avait arrêté de lui écrire des mois plus tôt pour la protéger de ses ennemis. Très vite, elle avait cessé lui donner des nouvelles. Recevoir une lettre qu'il n'attendait plus lui avait fait retrouver les espoirs qu'il avait perdus.

Il avait combattu sa douleur, s'était battu pour ne pas mourir. Mais après un mois de fièvre, de cataplasmes répugnants et d'encouragements, après avoir perdu beaucoup de sang, de jours sans sommeil et de semaines sans rien faire, il avait perdu la force de continuer à se battre. À ce moment-là, il croyait que Matilda se porterait mieux sans lui.

Aucune femme ne pouvait vouloir d'un homme défiguré comme il l'était.

Mais lorsque Rhain s'était assis à ses côtés et lui avait montré ce morceau de parchemin, c'était comme s'il avait vu des renforts arriver vers lui du haut d'une colline alors qu'il livrait une bataille qu'il était en train de perdre. S'il avait pu sourire, il l'aurait fait. Il savait que des larmes brûlaient ses paupières tandis que son corps s'animait de forces nouvelles.

Puis il avait vu cette ombre sur le visage de son ami quand il avait ouvert la lettre et lu son contenu. Légère mais visible. Un frisson d'inquiétude l'avait traversé et il avait demandé à Rhain de la lui lire.

Voyant que son ami gardait le silence, il avait essayé de se lever de sa paillasse mais Rhain lui avait crié de faire attention à ses points tout en le maintenant couché.

Il ne s'était pas soucié de lui tant il était certain que quelque chose était arrivé à Matilda.

Rhain le savait et lui avait annoncé la nouvelle d'une voix étranglée.

Matilda avait épousé Roger et lui avait annoncé qu'elle ne lui écrirait plus jamais.

Nicholas repoussa sa chaise et balaya du regard la grande salle désormais vide. Il était resté jusqu'à la fin du repas et s'était assuré qu'une femme sans défense et enceinte comprenne sa haine.

Mais il ne tirait aucun plaisir de savoir qu'il l'avait prévenue. Si seulement elle l'avait laissé se retirer dans sa chambre, rien de tout cela ne serait arrivé.

Il ne tirait aucune satisfaction dans le fait de savoir qu'il avait eu raison. Pour une fois, il désirait que cette longue bataille qu'il menait contre son passé cesse enfin.

Mais cela n'arriverait pas ce soir.

Et probablement pas demain, non plus.

Lentement, il monta l'escalier dans le but de dormir et de se reposer enfin, heureux de ne trouver aucun domestique sur son passage.

Ce soir, il trouverait un court répit. Dans le sommeil, ses souvenirs le laisseraient quelques heures en paix. Mais à son réveil, tout recommencerait.

Il fut un temps où Nicholas était prêt à offrir sa vie pour Matilda. Mais avec cette lettre et ces quelques mots rédigés d'une main tremblante, Nicholas avait compris qu'aucune épée ne pouvait le transpercer plus profondément.

Chapitre 7

Il était très tôt, et Nicholas souffrait d'un horrible mal de tête. Mais il avait sollicité un entretien avec Louve et Matilda, et il devait s'y présenter.

Pas de vengeance – et pas de champs à labourer aujourd'hui. Son corps et ses mains lui rappelaient douloureusement que s'entraîner pour tuer un homme n'était pas la même chose que travailler la terre.

Cette terre lui appartenait, c'était son héritage, et il avait lutté contre lui toute sa vie. Pourtant, il avait des obligations au domaine, et s'entretenir avec son intendant et son bailli en faisait partie.

Sauf qu'il ignorait de quoi il allait leur parler.

Lorsque les personnes apercevaient son visage pour la première fois, c'était toujours la même réaction. Ils le regardaient droit dans les yeux, mais il voyait leurs traits figés tandis qu'ils essayaient d'afficher un visage amical. Pour certains, la tâche était difficile et ils finissaient par grimacer ouvertement lorsqu'ils s'approchaient suffisamment près de lui pour voir la cicatrice qui le marquait. C'était comme s'ils imaginaient que sa blessure était la leur.

Et Nicholas voulait toujours leur répondre qu'il n'avait pas souffert. Pas au moment où c'était arrivé.

Il avait ressenti un grand vide. Ses oreilles s'étaient mises à bourdonner et son corps s'était effondré sous le coup. Il avait davantage ressenti la dureté du sol que la brûlure en elle-même.

Cette brûlure était venue plus tard, lorsque ses compagnons l'avaient emmené. Pas lorsqu'il gisait au sol. Puis il avait cru qu'il était mort. Il n'avait plus de force, il était incapable de bouger les bras et les jambes. Son corps n'avait ressenti aucune douleur jusqu'à ce qu'on le place sur une paillasse et qu'on l'emmène très vite loin du champ de bataille.

Il avait alors ressenti cette douleur… et grimaça à son souvenir.

Parfois, il la sentait encore, à la lisière de sa mémoire. Elle revenait le hanter lorsqu'il travaillait trop dur. Lorsqu'il balançait son épée de la même façon que ce jour fatidique. Comme un fantôme venant le frôler.

De la part d'étrangers, il était habitué à ces réactions. Mais étrangement, il croyait ne jamais avoir à voir ces regards de pitié et d'horreur ici, dans sa propre maison.

Lorsque Matilda avait été fiancée à lui, il l'avait imaginée à ses côtés – il avait imaginé leurs regards complices pendant les repas. Il s'était vu à ses côtés, lui frôlant les doigts sur et sous la table.

Il était fatigué mais il voulait aller au bout de cet entretien. Sinon, jamais il ne trouverait de repos. Ses conseillers avaient été autrefois ses plus proches amis. Il ne devait pas l'oublier.

Lorsqu'il était parti, il avait imaginé des retrouvailles où la bière coulait à flots au milieu de leurs conversations à bâtons rompus. Des sourires et des soupirs de soulagement. Il se voyait revenir avec assez d'argent pour Matilda et pour Mi Sol. Assez d'argent pour lui offrir tout ce qu'elle désirait. Il imaginait que Roger et Louve seraient fiancés, sinon mariés. Il s'imaginait heureux. Et en un seul morceau.

À la place, il avait perdu une partie de son visage et une grande partie de son cœur.

— Ah, te voilà.

Louve descendit l'escalier et pénétra dans la pièce mitoyenne à la grande salle. Elle était plus petite, plus intime, avec une cheminée et deux fauteuils. Une pièce où se réfugier quand il faisait froid dans un manoir traversé par les courants d'air.

— Elle n'est pas encore là ? demanda-t-il.

— Tu es en avance, souligna Nicholas.

— Ce n'était pas mon intention. Mais il a fallu que je me lève tant de fois cette nuit pour uriner que je n'ai pas pu dormir. Tu n'as pas eu ce problème sinon, je t'aurais croisé dans le couloir. Pourquoi es-tu si matinal ?

Nicholas haussa les épaules. Il ne se sentait pas d'humeur à rester dans sa chambre ni à supporter les conversations qui animaient la grande salle.

Louve se laissa tomber dans un fauteuil.

— Pouvons-nous avoir cet entretien sans parler de chiffres ? soupira son ancien ami.

— Vous avez tenu des registres ? demanda Nicholas, surpris.

— Matilda a insisté pour le faire.

— Je les consulterai plus tard.

Louve s'enfonça encore davantage dans son fauteuil.

— Puisque Matilda n'est pas encore là, nous pourrions aller voir la cave ?

La cave… où étaient rangées les quelques armes

qu'ils possédaient et où leur argent était protégé par des barres de fer. Leurs coffres n'avaient jamais été remplis, sauf une fois, à l'arrivée d'Helena. Son père avait alors fait installer les barres en fer et les étagères. Puis il avait rangé avec soin les coffres ainsi que les quelques épées et boucliers, et avait fermé la porte à double tour. Il conservait toujours les clés sur lui.

Son père espérait voir cet argent prospérer, mais il avait progressivement disparu.

La cave était sombre – non seulement par manque de lumière, mais à cause de toutes les déceptions du passé. C'était le dernier endroit de Mi Sol où Nicholas désirait se rendre. Mais bientôt, il n'aurait plus d'autre choix. Ne serait-ce que pour remercier Louve de s'être occupé du manoir.

— Tu souhaites débuter ici parce qu'il n'y a pas de lumière qui risque de te donner mal à la tête ? demanda Nicholas.

— Tu as raison – mais il s'agit d'une entrevue officielle, non ? Nous sommes là pour parler de ce que nous avons fait pour Mi Sol et tu nous montreras ce que contiennent ces sacoches.

— Mes sacoches ? Elles se trouvent dans ma chambre. Elles sont toujours pleines d'argent.

Louve haussa les sourcils.

— Tu possèdes trois sacoches remplies d'argent, et rien pour les protéger ?

Trois sacoches, et bien plus d'argent que ce qu'Helena avait amené avec elle à son arrivée.

— Tu t'es absenté pendant quatre ans, dit Louve.

— C'est un problème ?

— Non, mais je trouve cela fascinant.

— Que je puisse rapporter de l'argent ? Ou bien que je puisse croire qu'une chambre soit aussi sûre que ce donjon construit autrefois par mon père ?

— Que tu sois devenu confiant. Ce n'était pas ton point fort quand nous étions enfants.

À l'époque, il y avait eu son père et toutes ses fausses promesses pour le guider dans cette direction.

— Comment pouvais-je te faire confiance, à toi ou à Roger ? Dès que je baissais la garde, vous en profitiez pour mettre des chardons dans mes braies ou pour me verser un seau de pisse sur la tête.

— Ce seau est tombé à côté de toi.

— Ce n'est pas par faute d'avoir essayé.

— C'est vrai…, convint Louve. J'avais pourtant dit à Roger de prévoir un seau de rechange pour qu'il te tombe sur la tête si jamais tu faisais un pas de côté, mais tu le connais…

Oui, son ami était prêt à faire des farces tout en protégeant ceux à qui elles étaient destinées. Nicholas préféra enfouir ses souvenirs.

— Tu nous as rendu la pareille… en pire, continua Louve.

Nicholas savait où le mènerait cette conversation.

— Tu le méritais.

— Aujourd'hui encore, je n'arrive pas à savoir pourquoi je ne l'ai pas senti.

— J'ai fait en sorte que tu ne le puisses pas. Tu avais bu un pichet entier de bière. Une horde de chevaux n'aurait pas pu te réveiller.

— Mais le fumier était répandu tout autour de mon lit…

Nicholas partit à rire tant ce souvenir était agréable.

— Ce n'était pas mon idée ! protesta-t-il. Je voulais juste te faire boire au point de te soûler, puis te mettre la main dans de l'eau pour te donner envie d'uriner. Mais tu as marché dedans.

— J'ai glissé de tout mon long sur le dos ! s'écria Louve en feignant la colère.

— Comme si tu n'avais pas trouvé cela drôle !

— Seulement après avoir reçu mon châtiment, dit Louve en secouant la tête. Matilda était diabolique pas vrai ? Elle pouvait nous amener à faire tout ce qu'elle voulait.

C'était vrai. Elle avait cette lueur dans le regard qui disait qu'elle n'était pas sérieuse, mais ses paroles étaient aussi fermes que si elle prononçait une sentence. Les trois garçons lui cédaient tout, et étaient complices de toutes les farces qu'elle imaginait. Parce qu'ils avaient la stupidité et la force physique de faire de vrais dégâts, et elle, toute l'espièglerie nécessaire pour les guider...

Matilda... Nicholas voyait bien qu'elle avait changé. Ou bien était-ce le fruit de son imagination ? Il avait cru voir des traces de l'ancienne Matilda hier soir, au cours du dîner. Par moments, il avait cru qu'elle était prête à lui lancer ses navets au visage.

Mais peut-être avait-elle réellement changé. Louve avait parlé d'elle au passé, comme si son espièglerie appartenait à un temps révolu.

Nicholas secoua la tête. Il était parti trop longtemps et la personne que Matilda était devenue n'était plus son affaire. Se souvenir de celle qu'elle était ne pouvait que le faire souffrir.

Les souvenirs l'avaient déjà assailli lorsqu'il avait été logé dans une pièce qui le hantait. Il n'avait pas besoin de se reposer dans ces appartements de Mi Sol qui se raillaient lui.

Il avait découvert dans l'ancienne chambre de son père un lit à baldaquin en bois entièrement sculpté qui occupait presque toute la pièce. Une table et deux fauteuils rembourrés à côté des fenêtres évoquaient un dîner ou une conversation en tête à tête. Une banquette robuste et raffinée était placée devant la cheminée.

Assez longue pour deux personnes.

Assez longue pour accueillir une famille.

Une table basse sur laquelle poser une bouteille d'hydromel tiède ou de bière se trouvait à côté.

La décoration de la pièce était masculine, à l'exception des tissus ornés de fleurs rouges et vertes. Ils étaient certes superflus mais somptueux. Comme Nicholas avait demandé à Matilda de les penser.

Il ne s'attendait pas à découvrir des détails encore plus importants. Le fait que la table, les chaises, le lit… tout ait été fabriqué en tenant compte de sa taille. Pour lui. Matilda avait dû le demander aux menuisiers. Penser à chaque détail auquel lui n'aurait pas réfléchi.

Pourquoi y aurait-il songé ? Jamais dans sa vie il ne s'était senti à son aise dans les cabanes, les auberges, les gîtes ou même dans les beaux châteaux. Quand il disposait d'un lit, il sortait le matelas de son cadre et le posait à même le sol. Il demandait des couvertures supplémentaires afin de pouvoir se couvrir de la tête aux pieds.

Mais cette chambre avait été conçue avec soin… avec amour. Matilda avait arrangé une chambre pour lui – pour eux – dans l'idée qu'il serait le maître de Mi Sol, et elle, la maîtresse.

Pourquoi était-il revenu ? Il aurait pu prétendre qu'il était chez lui, et qu'il avait tous les droits du monde d'habiter ici. Mais Mi Sol n'avait jamais été son foyer, et il n'avait été que trop heureux de le quitter. Il aurait pu prétendre que maintenant il ne devait plus rien à Rhain ni aux autres mercenaires, aucune demande à satisfaire pour le roi Edouard. Il n'avait nulle part où aller.

Ce qui n'était pas non plus la vérité.

— Pourquoi sommes-nous ici ? demanda Matilda.

— Parce c'est un endroit tranquille – du moins, il l'était, plaisanta Louve.

Le regard de Matilda était méfiant, mais il émanait d'elle une aura aussi lumineuse que le soleil sous la neige. Ses joues étaient rouges, ses cheveux ondulés tressés en arrière. Son large manteau doublé de soie cachait son ventre arrondi. Nicholas détourna le regard avant qu'elle le surprenne.

Il était parti pendant quatre ans… et cela en faisait presque deux qu'il savait qu'elle en avait choisi un autre que lui. Il était un mercenaire, un chevalier, et pourtant, à travers ces regards, il avait l'impression d'être un adolescent maladroit se languissant d'amour pour sa dame.

Cette situation n'était sans doute que temporaire. Il était revenu parce que Rhain lui avait conseillé d'enterrer son passé. Et pour ce faire, il devait partager du temps avec Matilda et Louve. Pour se libérer de ce qu'il avait en lui.

Des réminiscences de leur amitié. De leur amour. De ces sentiments fantômes qui le hantaient.

Temporaire. Ce mot serait son credo le temps de son

séjour ici. Mais il avait promis à son ami de régler les différends de son passé, et cela impliquait de revenir en tant que lord de Mi Sol. De leur apporter de l'argent, de vérifier les bâtiments, les barrières et les maisons. Et aussi de se réunir avec les métayers et d'assister aux assemblées.

Maintenant que Matilda se trouvait dans la pièce, il pouvait s'asseoir. Il roula les épaules en arrière et sentit qu'il était tendu. Puis il observa ses amis d'enfance, qui le regardaient fixement.

Feindre d'être le lord du manoir n'avait jamais été facile pour lui. C'était un titre que son père avait convoité et dont il avait retiré du plaisir. Son grand-père, qui était un homme sévère, aimait avoir du pouvoir sur les autres. C'était lui qui avait étendu le domaine et les baux. Qui avait nourri l'ambition d'acquérir d'autres manoirs, d'obtenir un titre et de verser la dîme au roi.

Même si Mi Sol était considéré comme un domaine mineur, il était bien plus important que cela. Il comptait presque cent métayers et un millier d'acres. Le domaine était certainement assez vaste pour deux, voire trois manoirs, mais son grand-père avait des projets encore plus ambitieux. Il avait ordonné que Mi Sol soit bien plus grand que la plupart des manoirs secondaires. Il aurait pu accueillir un village entier dans son enceinte.

Et l'un des problèmes était bien là. Les terres étaient suffisamment étendues pour dégager de gros revenus, mais, au regard de sa taille, Mi Sol nécessitait beaucoup d'argent pour son entretien. Puis ensuite, avec les guerres entreprises, le roi avait exigé toujours plus d'argent de ses vassaux.

Son père avait dû voyager pour gagner assez d'argent

pour répondre à ces attentes et il avait dû quitter ses terres.

Pendant toutes ces années, Nicholas avait été élevé à la cour du roi Edouard. Malheureusement, son père avait laissé le domaine entre les mains d'intendants incompétents. Il avait également été incapable de prendre des décisions à même de profiter à Mi Sol. Le domaine était tombé en ruines.

Nicholas n'avait pas pour ambition de construire plusieurs manoirs, comme son grand-père l'aurait souhaité. Il n'avait pas besoin du pouvoir que lui conférait son titre, comme son père. Il ne rêvait pas d'un domaine plus grand que celui-ci. Avoir un foyer lui suffisait et bien souvent, même cela, il n'en voulait pas. À un moment de sa vie, il avait rêvé de quelque chose de grandiose pour Matilda, mais ce rêve avait disparu.

Tout ce qu'il voulait à l'avenir était trouver un semblant de paix – comme Rhain – et protéger ses arrières.

Pendant ces quatre années à travailler comme mercenaire, il s'était fait de nombreux ennemis – mais aucun aussi puissant que la famille Warstone. Et de la même manière qu'il devait régler ses affaires personnelles, il avait aussi d'autres devoirs.

Maintenant que son chemin, sinon son épée, avait croisé celui de la famille Warstone, il avait l'intention de nouer des liens plus étroits avec le roi afin de bénéficier de sa protection. Non seulement pour lui-même mais pour le manoir, et pour les mercenaires qui avaient voyagé avec lui. Cela impliquait de payer une dîme plus importante au roi.

Ce qu'il ferait ici dans les mois à venir devait avoir

un effet pérenne. Pendant ce temps, il essaierait de se convaincre qu'il était le lord de plusieurs manoirs, comme certains hommes qu'il avait rencontrés et qui ne restaient jamais très longtemps dans le même domaine.

Nicholas se leva.

— Je voulais vous remercier pour toutes ces années où vous avez œuvré pour cette terre et pour mon domaine.

Louve haussa les sourcils.

— As-tu l'intention d'usurper notre place ?

L'idée n'était même pas séduisante car il devrait alors gouverner un domaine qui n'avait jamais vraiment été son foyer. Il accomplirait ce qu'il devait faire puis il partirait.

— Évidemment, répondit-il sur un ton sarcastique avant de se rasseoir. Le manoir tombe en ruine et je suis manifestement arrivé à temps.

— Il essaie vraiment de prendre notre place, dit Louve en posant les yeux sur Matilda.

Elle paraissait toujours méfiante, mais elle se consola en entendant cette plaisanterie. Nicholas et elle partageaient une complicité qui le mettait à l'écart.

En revanche, il existait une plaisanterie qu'ils partageaient tous depuis longtemps : le manque d'intérêt de Nicholas pour les récoltes et le travail de la terre. Il avait fallu attendre la mort de son père pour qu'il prenne entre ses mains les brides d'une charrue. Le destin lui avait alors montré que tous ses vains efforts ne suffiraient pas à nourrir ses métayers et à offrir à Matilda ce qu'il voulait lui donner.

— Je peux vous assurer que vous n'avez rien à craindre, dit Nicholas.

Louve se tourna de nouveau vers lui mais sa joie avait

disparu, malgré les efforts de Nicholas à poursuivre cette plaisanterie.

— Pourquoi ne suis-je pas rassuré ? demanda Louve.

— Parce que Nicholas a convoqué cette entrevue. Depuis quand organise-t-il des réunions ? railla Matilda.

Pas même quand il était parti. Il s'était contenté de leur annoncer son départ au beau milieu d'un champ. Une semaine plus tard, il partait pour gagner l'argent nécessaire pour réparer le toit qui s'était effondré.

Une semaine pendant laquelle Matilda et lui… Non. Il ne voulait plus jamais repenser à ces journées.

Il jeta un bref coup d'œil vers Matilda. Contrairement à la femme qu'il avait connue, cette Matilda-là se taisait. Lorsqu'ils avaient parlé de son départ, c'était toujours elle qui avait manifesté son opposition. Son caractère fougueux n'avait jamais fait d'elle une personne polie ou prompte aux conversations formelles.

Mais à présent, Matilda se tenait silencieuse et immobile, les bras autour de son ventre, regardant tour à tour Louve et Nicholas.

— J'ai convoqué cette entrevue parce que je me suis absenté pendant quatre ans et que j'ignore tout de ce qui s'est passé, déclara-t-il.

Matilda croisa son regard. Était-elle surprise qu'il puisse reconnaître être en défaut d'information ?

— Cela fait à peine deux jours que tu es revenu et tu dénigres les rapports réguliers que je t'ai envoyés, protesta Louve.

— Je ne pense pas avoir reçu toutes les lettres que tu m'as adressées. Je n'ai eu que les… principales.

Nicholas s'était réconcilié avec Louve, mais il ne

voyait pas comment faire la paix avec Matilda. Elle tourna vers lui des yeux furieux.

— Que veux-tu savoir ? demanda Louve.

Il avait bien reçu certaines lettres et savait donc comment les choses étaient du temps où Roger était encore en vie. Mais maintenant ?

— Dis-moi comment les choses fonctionnent ici.

— Nous avons des métayers qui travaillent les terres de ton domaine deux jours par semaine. Le reste du temps leur appartient, l'informa Louve. Je tiens les comptes à l'aide d'un bâton sur lequel je trace des encoches. Les métayers le visualisent mieux.

Nicholas hocha la tête.

— Comment augmenter la production ?

— Avec combien d'argent es-tu revenu ? demanda soudain Matilda.

Même Louve tourna la tête vers elle.

L'avarice. La cupidité. Jamais il n'avait attribué ces défauts à Matilda, seulement à Helena. Néanmoins, il avait voulu lui offrir des richesses et soutenait qu'il était parti dans ce but.

Mais il était parti très longtemps et peut-être que l'argent qu'il leur avait envoyé avait rendu Matilda cupide.

— Assez pour toute une vie, répondit-il.

Louve lança un autre regard acéré vers Matilda et répondit :

— Dans ce cas, nous allons pouvoir acheter les outils dont nous avons besoin. Nous pouvons embaucher des gens pour nous aider à abattre le bétail et stocker le blé que nous avons récolté. Nous avons perdu une partie de nos récoltes juste parce que nous n'étions pas assez nombreux pour l'entreposer.

— Ou que nous manquions d'abris, ajouta Matilda. Lorsque nous sortirons, tu verras les bâtiments que nous avons construits, mais les récoltes ont beaucoup donné et nous manquons de place.

— Faisons-le, alors, répondit Nicholas.

Cela ne ferait qu'augmenter la dîme qu'il devrait au roi. Tout avait l'air de fonctionner très bien.

— Le toit du manoir a été réparé, continua Matilda. Les murs et les planchers ont été renforcés. Comme tu l'as demandé.

Louve lui lança de nouveau un regard perplexe.

— Nous avons aussi renforcé les fortifications. Nous avons fait tout ce que tu nous as demandé dans tes lettres.

Tout paraissait trop simple. Lorsqu'il vivait ici, et que son père était le maître du domaine, les récoltes n'étaient pas aussi abondantes, pas au point de manquer de place pour les entreposer. Les métayers ne travaillaient pas la terre du domaine.

— Et comment se passent les conflits ? demanda Nicholas. Il doit bien y en avoir ?

— Lorsque nous n'arrivons pas à les résoudre, nous réunissons le conseil, intervint Louve. Au début, il y en avait beaucoup.

— Vous trois ?

— Au début, précisa Louve. Puis j'ai laissé à Roger et Matilda le soin de régler ces affaires.

Il les imaginait très bien, assis côte à côte, le lord et la lady du domaine.

— Et maintenant ?

— Cela fait longtemps que le conseil ne s'est pas réuni.

— Il y a des querelles ?

— Beaucoup trop, railla Louve. Mais avec...

— Je présiderai ces réunions, dit Nicholas en se tournant vers Louve. Tu pourras ainsi superviser la plantation de l'orge sans être dérangé.

Louve cessa de tapoter du doigt et Nicholas aperçut une brève lueur éclairer le regard de Matilda. Puis elle disparut et elle caressa son ventre.

Louve observa tour à tour Matilda et Nicholas.

— Tu ne crois pas qu'il vaut mieux que ce soit moi qui y assiste ?

— Il est opportun que je sois au courant des affaires qui occupent mes métayers, expliqua Nicholas. Il y en a beaucoup avec lesquels je ne me suis pas encore entretenu.

Il attendit la réaction de Matilda. Après tout, il avait proposé de s'asseoir à ses côtés, comme ils auraient dû le faire par le passé.

Mais Matilda ne dit rien. Personne ne protesta.

Nicholas s'étira avec nonchalance de tout son long dans son fauteuil puis, soudain, il sentit le poids de ses devoirs peser sur ses épaules.

Chapitre 8

Le bébé donna de nouveau des coups de pied et Matilda se redressa.

— C'est mieux ? murmura-t-elle pour elle-même. C'est ce que tu souhaites ?

— À qui parles-tu ? demanda Agnes en trottinant vers elle.

Comme d'habitude, les cheveux d'Agnes n'étaient pas correctement tressés et elle avait enfilé ses vêtements en dépit du bon sens.

— Je parle au bébé.

La fillette fronça les sourcils.

— Elle peut t'entendre ?

Matilda faillit esquisser un sourire. Tout le monde à l'exception de Rohesia, Louve et Bess, croyait qu'elle attendait une fille. Dans quelques semaines, ils verraient qu'elle avait raison.

— Je l'ignore mais si c'était le cas, aimerais-tu lui dire quelque chose ?

Agnes tourna vers elle des yeux ronds comme des soucoupes et secoua vigoureusement la tête.

— Rien du tout ? insista Matilda.

— J'aurais tellement de choses à lui dire ! s'écria Agnes. Elle n'a jamais vu de chevaux ou de champs.

Ni les nouvelles nappes de la grande salle, ni comment la cuisinière adoucit son pain pour toi.

Quel bonheur de voir le monde à travers des yeux d'enfant. Un monde où tout avait la même importance.

— Tu n'as peut-être pas besoin de lui dire tout cela. Tu pourrais simplement lui délivrer un message secret.

— Puis-je toucher ton ventre ?

Matilda acquiesça et Agnes posa délicatement sa petite main sur son ventre.

Matilda retint un cri et Agnes s'écarta vivement.

— Je t'ai fait mal ?

Elle secoua la tête.

— Ta main est un peu froide, c'est tout. Es-tu suffisamment habillée sous ton manteau ? Il fait anormalement froid pour un mois de septembre.

Agnes lui sourit timidement et haussa les épaules.

Agnes était toujours soit à moitié habillée, soit à moitié affamée. Son esprit était d'ordinaire occupé par la forme des ailes d'un papillon ou par la façon dont l'eau creusait la terre. Mais le temps était en train de changer et, malgré son manteau, Agnes avait les joues et le nez rouges. Ses mains étaient glacées.

— Depuis quand es-tu dehors ?

— Pas très longtemps.

Ce qui pouvait dire des heures.

— Es-tu partie de chez toi avant ou après le petit déjeuner ?

— Avant, je crois.

Les hypothèses de Matilda étaient bonnes.

— Pourquoi ne parles-tu pas au bébé pendant que je prépare de la soupe ?

Agnes acquiesça avec enthousiasme et posa de

nouveau la main sur le ventre de Matilda. Puis elle se pencha vers elle et murmura :

— Il me tarde de jouer avec toi.

Matilda, qui s'efforçait de retenir ses larmes de joie, lui dit :

— Elle aussi, elle a hâte de jouer avec toi.

Agnes croisa les mains.

— Elle te l'a dit ?

— Non, mais je sais qu'il me tarde de jouer avec toi. J'en déduis donc qu'elle aussi.

Agnes tapa dans ses mains. Tout son corps vibrait de joie.

— Que vas-tu construire aujourd'hui ? demanda Matilda.

— Des loups.

— Des loups ? Mais que va-t-il arriver aux chevaux que tu as fabriqués l'autre jour ?

— Ils encerclent les écuries.

Quelle histoire.

— Où se trouve celle que tu as construite ?

— Dans le jardin potager.

Jamais ses frères ne songeraient à y aller.

— Mais comment peux-tu y construire quelque chose ? Les tiges des légumes et des herbes risquent de te gêner.

— Il ne s'agit que de pierres et de bouts de bois par terre.

Le cœur de Matilda se serra. La plupart des œuvres d'Agnes s'effondraient, mais la fillette aimait empiler des choses les unes sur les autres.

Agnes hocha la tête.

— Le bébé pourra peut-être m'aider lorsqu'elle naîtra.

— Il lui faudra quelque temps avant qu'elle puisse jouer avec toi de cette façon. Je crains qu'au début, elle soit comme tes frères, qu'elle détruise tes créations en un clin d'œil.

— Agnes est-elle ici ? lança Bess.

— Oui, répondit Matilda.

Bess arriva à la hâte.

— Ta mère te cherche.

— Je suis très bien ici, répliqua Agnes.

— J'étais sur le point de lui donner à manger, ajouta Matilda en se dirigeant vers le chaudron à côté de la cheminée.

La soupe n'était pas chaude, mais suffisamment tiède. Elle en versa dans un bol et Agnes le prit entre ses mains.

— Qu'est-ce qui t'amène ici ? demanda Matilda à Bess.

Bess se servit à son tour de la soupe et s'assit.

— Rohesia veut te voir.

— Tu livres des messages aujourd'hui ?

— On dirait bien, répondit Bess en prenant une gorgée.

— Que me veut-elle ?

— Apparemment, tu as des douleurs.

— Lorsque je me penche en avant surtout, précisa Matilda.

Mais elle omit de préciser qu'elle avait aussi des douleurs au beau milieu de la nuit, lorsqu'elle était allongée, et d'autres quand elle était debout. Elle n'en avait jamais parlé.

— Je ne veux pas que vous vous inquiétiez pour moi.

Bess lui lança un regard en coin.

— Tu n'es pas obligée de me croire, ajouta Matilda.

Bess ouvrit la bouche, puis se ravisa.

— Tu ne me dis jamais rien, dit-elle finalement.

— Nous nous connaissons depuis que nous sommes enfants. Que dire d'autre ?

Bess se tourna vers Agnes.

— Tu es prête à rentrer chez toi ? Je vais te ramener.

Agnes posa le bol en fronçant les sourcils.

— Je connais le chemin ! protesta-t-elle.

— Tu connais peut-être le chemin mais j'ai dit que je te ramenais, répliqua Bess.

— Et je dois partir, aussi.

Matilda passa sa cape qui se prit dans son ventre. Agnes la remit en place en gloussant tandis que Bess ouvrait la porte pour partir.

Agnes bondit devant elles.

— Pour quelle raison veut-elle me voir ?

Bess haussa les épaules.

— Elle ne m'a rien dit d'autre. Tu sais comment elle est : elle passe son temps au-dessus de ses chaudrons, à mélanger des herbes et à comploter.

Matilda voulut lui dire que Rohesia ne complotait pas mais qu'elle les avait vues grandir. Pourtant, la guérisseuse complotait bel et bien, et savait se montrer très insistante pour parvenir à ses fins.

Elles passèrent devant la maison d'Agnes qui courut à l'intérieur en les saluant de la main.

— Cette enfant pense que tes bourses débordent d'or. Tous ces dessins dans le sable et ces empilements de pierres et de bouts de bois. Tu passes trop de temps avec elle.

— C'est un bon entraînement pour moi, et sa mère a besoin d'être soulagée.

— Mais toutes ces choses qu'elle construit. Je n'arrête pas de trébucher. Ce sont des nuisances pour tout le monde.

— Pour elle, il s'agit de loups et de chevaux.

— Peut-être que je verrai la même chose si je buvais davantage de bière mais ce ne sont que des bouts de bois tout juste bons à allumer le feu.

— Tu es terrible ! dit Matilda en riant. Et ce que tu dis est faux. J'aimerais qu'elle ait un professeur pour lui enseigner à faire ces choses.

Bess éclata de rire.

— Mi Sol ne pourra jamais se permettre le luxe d'accueillir un artiste en résidence.

— Nous pourrions faire office de mécène pauvre et lui offrir de la nourriture et de la bière.

— Plus probablement du pain sec et de l'eau. De plus, après ce désastre qu'Agnes a déjà créé, tu auras besoin d'une personne vraiment formée. Pas d'une personne prétendant être une artiste dans le seul but d'être nourrie.

— Je pensais vraiment que ce clayonnage tiendrait.

Bess éclata de rire à nouveau.

— Tout le monde a cru à l'une de tes anciennes farces.

— Ils étaient censés le contourner.

— Elle construit tout à l'entrée des chemins. Il n'y avait aucune possibilité de faire le tour. Et lorsque son ouvrage s'est effondré, le mélange a collé aux roues des charrettes et aux sabots des chevaux.

Matilda se souciait surtout de l'air décontenancé

d'Agnes. Mais encore quelques récoltes comme celle-ci et ils auraient bientôt de quoi accueillir une personne.

Bess secoua la tête.

— Tes sculptures ne font que l'encourager.

— Les chevaux sur les pierres de la cheminée ? Je les ai faits il y a des années.

Bess lui décocha un regard en coin.

— Qu'y a-t-il ?

— Si tu n'as pas envie de le voir, pourquoi devrions-nous te le dire ? railla Bess. On dirait que Rohesia est chez elle.

De gros nuages de fumée s'échappaient de l'unique conduit. Le cœur de Matilda se serra.

— Où est mon père ?

Les deux femmes échangèrent un regard avant de se précipiter à l'intérieur.

— Que se passe-t-il ? demanda Nicholas.

— J'ai pensé que tu aimerais voir ça, dit Louve. Ce sont les nouveaux bâtiments, mais le meilleur est à l'intérieur.

Un bruit les arrêta. Encore plus strident que celui d'un animal ou d'un enfant. Pour Nicholas, il s'agissait des cris désespérés de femmes assistant à la mise à sac de leur maison.

Louve ne paraissait pas inquiet, et pourtant quelque chose n'allait pas.

— Quel est ce bruit ? demanda-t-il.

Louve se rembrunit.

— Tu le sauras bien assez tôt.

Même si cela faisait très longtemps qu'il n'avait pas

pris ce chemin, il savait où ils allaient. Il l'aurait fait même s'il était devenu aveugle.

Ils allaient chez Matilda.

Il fut un temps où il comptait les pas jusqu'à sa porte. Juste pour s'amuser. Juste parce que le temps était mauvais et qu'il avait du temps. Il voulait lui prouver que même s'il habitait plus loin que Louve ou que Roger de chez elle, il lui fallait moins de pas pour y arriver parce qu'il était plus grand et meilleur qu'eux.

Mais plus important encore, il se souvenait du jour où le nombre de pas avait diminué. Il avait grandi et n'avait plus eu besoin d'en faire autant pour arriver chez elle. C'était le jour où il avait compris que son cœur avait besoin de battre plus fort. Le jour où non seulement il avait envie de jouer avec elle, mais aussi de l'embrasser.

Ils prirent un autre virage et Nicholas découvrit que le bruit ne venait pas de l'ancienne maison de Matilda mais de celle de la guérisseuse. Une petite fille sautillait sur le perron.

Il entendait à présent des voix familières. Celles de Bess, de Matilda et de son père. Mais celle du vieil homme était différente… Il paraissait agité.

— Faites-le sortir de là ! hurla Rohesia. Dehors ! Je vais devoir tout recommencer et…

— Allons, viens, papa. Recule, l'invita Matilda.

— Du feu ! lança le vieil homme.

— C'est le feu de Rohesia, expliqua Matilda.

— Son état empire, cria Rohesia. Je te l'ai dit. Il a besoin d'une autre personne que moi pour le surveiller !

— Encore une ou deux semaines, le temps de stocker le blé et de planter l'orge, supplia Matilda.

— Il aura pris feu d'ici là. Je me demande même si je n'ai pas assez d'herbes séchées pour cela !

Nicholas regarda derrière lui. Louve était en train d'accompagner la fillette dans la direction opposée. Il se précipita vers la porte et découvrit la scène. Rohesia – cette femme minuscule et frêle aux cheveux gris – brandissait une louche comme un elfe vengeur.

Matilda, dont le grand corps était alourdi par sa grossesse, avait posé les mains sur les bras du vieil homme et essayait de le faire pivoter. Lorsqu'ils se tournèrent vers la porte d'entrée, Nicholas retint un cri. C'était Holgar, le père de Matilda.

La dernière fois qu'il l'avait vu, l'homme était presque aussi grand que lui. Il lui avait serré la main et lui avait souhaité un bon voyage, contrairement à sa fille.

Puis son regard croisa celui de Matilda et il ne remarqua rien d'autre.

Nicholas se tenait à côté de la porte. Il embrassait la scène les yeux écarquillés, sans comprendre ce qu'il voyait. Le père de Matilda tremblait entre les mains de sa fille. Il semblait avoir le corps mais aussi l'esprit fragile. Rohesia, qui avait elle aussi besoin que l'on s'occupe d'elle, hurlait toujours, ce qui ne faisait que rendre le vieil homme encore plus nerveux. Et puis il y avait Matilda, avec son ventre arrondi, ses hanches douloureuses et son inquiétude.

Elle ne semblait pas vouloir qu'il la voie ainsi.

— Que fais-tu ici ?

Matilda était tellement stupéfaite de sa présence qu'elle ne s'aperçut pas que son père essayait d'avancer d'un pas tremblant sans son soutien. Lorsqu'il trébucha, ce fut Nicholas qui se précipita pour le retenir. Matilda était tellement choquée qu'elle ne protesta pas.

— Nicholas, tu es revenu, dit Holgar.

Un silence de plomb s'abattit.

— Oui.

Holgar tapota la main de Nicholas.

— Ramène-moi chez moi, alors. Je suis fatigué.

— Je vais le faire, intervint Matilda.

Holgar se tourna vers sa fille.

— Tu es trop bonne, Matilda.

Elle eut l'impression que son cœur s'était arrêté et qu'il ne repartirait jamais. Elle était incapable de prononcer un seul mot. Mais cela faisait plusieurs jours que son père n'avait plus prononcé une parole et elle ne voulait pas manquer cette occasion.

— Je vais te raccompagner, insista-t-elle.

Holgar regarda Nicholas.

— Gentille Matilda.

Nicholas haussa les sourcils et le muscle de sa joue tressauta.

— Oui, en effet.

— Joan avait toujours tellement froid…

— C'est vrai, dit Matilda.

Sa mère tendait toujours les mains et les pieds vers le feu, même en été. Désormais son père semblait vouloir éteindre tous les feux.

Lentement, ils l'amenèrent vers la porte. Les paroles de son père lui avaient donné une grande joie, contrairement à la présence de Nicholas.

Rohesia baissa enfin sa louche.

— Cela veut-il dire que je vais bénéficier de la meilleure farine ?

— S'il en reste, lança Matilda.

— J'y veillerai, répondit Nicholas en même temps qu'elle.

Matilda se fichait de l'autorité ou de la sensiblerie qui tendaient les paroles de Nicholas. Croyait-il qu'il allait régler cette situation juste parce qu'il était revenu ? Il ne méritait pas de venir arranger cette partie de sa vie privée. Il ne faisait pas partie de sa famille. *Par choix.*

Son père retrouva son équilibre et elle lâcha son bras pour ouvrir la porte de sa maison. Quelques instants plus tard, ils entrèrent à l'intérieur. Se sentant plus sûr de lui, Holgar lâcha également Nicholas.

— Tu peux t'en aller maintenant, dit-elle en aidant son père à s'asseoir.

Seules des braises brûlaient encore dans la cheminée. Matilda ranimerait le feu afin que son père puisse se réchauffer.

Un lourd silence s'installa lorsque la porte se ferma, mais Matilda savait que Nicholas était toujours là.

— Tout va bien, dit-elle encore. Je vais m'occuper du feu, puis lui faire à manger.

— Vous êtes fatigué, Holgar ? demanda Nicholas.

— Toujours, répondit le vieil homme.

Nicholas lui posait des questions et son père lui répondait. Elle ne devait pas se sentir triste, car à tout moment son père pouvait de nouveau avoir des absences.

Une fois le feu allumé, elle décida de profiter de cet instant. Elle avait beau être nerveuse, elle savait que Nicholas ne tarderait pas à s'en aller. Elle prit la main de son père et s'assit à ses côtés, le regard tourné vers les flammes.

— Que puis-je faire ? demanda Nicholas.

— Il y a des légumes dans un seau près de la porte, répondit Holgar. Bess me les a apportés tout à l'heure pour faire de la soupe.

Matilda pressa la main de son père et éclata de rire. Elle s'occuperait de la soupe dans un instant, après le départ de Nicholas.

Mais il ne partit pas. Bientôt, le bruit des pommes de terre et des navets en train d'être épluchés remplit l'air.

Pendant que son père les régalait de ses prouesses pour séduire sa mère, elle pivota pour regarder derrière lui.

Nicholas lui tournait le dos, la tête penchée en avant. Elle réalisa que la table se trouvait sous des poutres et qu'il risquait de se cogner la tête si jamais il se redressait de toute sa hauteur.

Elle contempla le mouvement régulier de ses épaules et de ses bras tandis qu'il s'acquittait de cette tâche domestique. La façon dont il tenait délicatement les légumes épluchés dans ses grandes mains avant de les poser et de recommencer.

Il paraissait être… efficace, ce qui la surprit. Le Nicholas qu'elle avait connu ne savait même pas planter un légume. La seule fois où il avait été aux champs après la mort de son père, c'était pour labourer la terre.

Il s'écoula plusieurs minutes, puis il prit une casserole et la remplit d'eau. Matilda entendit alors le pas lourd de ses bottes lorsqu'il se dirigea vers la cheminée.

Pendant tout ce temps, elle continua d'écouter son père tout en s'efforçant d'ignorer le géant qui arpentait la pièce.

Une fois son travail terminé, Nicholas posa la casserole sur le feu et Holgar se tourna vers lui.

— Tu vas m'empoisonner ? demanda le vieil homme.

— C'est ce que vous voulez ?

Le père de Matilda gloussa mais une étrange lueur brillait dans son regard. Il ne paraissait pas perdu ou confus, mais peiné. Elle serra sa main et il en fit de même. Elle était certaine que Nicholas allait partir mais son père venait de commencer une discussion avec lui et elle préféra se taire.

Elle tint sa main et se reposa un peu pour le bien du bébé qui grandissait dans son sein. Après le repas, son père voudrait certainement dormir et Nicholas s'en irait. Il le fallait. Il était trop grand pour cette pièce et, malgré son aide, il n'avait rien à faire ici avec eux.

Pourtant, elle rechignait à gâcher ce moment de quiétude.

Sauf que Nicholas ne semblait pas en profiter.

Ses pieds étaient écartés, comme s'il se préparait à affronter un orage ou une attaque. Les doigts qui avaient manipulé avec tant de soin les légumes étaient crispés et même quand il parlait sa mâchoire était tendue.

Il refusait de tourner les yeux vers elle.

Elle décida alors de poser son regard sur lui tandis qu'ils mangeaient et qu'ils bavardaient.

Mais tout ce qu'elle voyait lui prouvait que Nicholas n'était pas du tout serein, même s'il était calme et qu'il mangeait méthodiquement sa soupe, même s'il parlait avec son père d'histoires du passé et de ses voyages.

Il n'éluda aucune des questions de son père mais il resta très discret sur sa vie de mercenaire. Quant aux circonstances de sa blessure au visage, il n'en dit rien.

Lorsque son père s'adossa à son fauteuil, le regard ensommeillé, Matilda se leva.

— Je vais nettoyer.

Nicholas se décida alors à lever les yeux vers elle. Son regard était calme, comme s'il n'avait pas cherché à l'éviter, mais il était également impénétrable.

— Je vais le faire, proposa-t-il.

Ce n'était pas le moment de discuter. Matilda hocha la tête et aida son père à se lever. Mais alors qu'elle marchait derrière lui et qu'elle le suivait dans l'autre pièce, son père lui tapota l'épaule.

— Pas ce soir, dit-il avant de se retourner.

Lentement, quelque chose de sombre plana dans la pièce entre eux.

Elle se nicha dans le regard pénétrant de son père et dans la réaction de Nicholas. Elle s'éleva brusquement, comme si elle était restée tapie dans l'ombre à attendre ce moment.

— Tu es revenu, dit Holgar.

Son père balaya la pièce des yeux, les posa sur elle et sur son ventre rebondi. Puis il planta son regard dans le sien. Son père était bel et bien présent parmi eux. Toutes les conversations qu'ils avaient eues depuis que Nicholas était parti étaient là, dans ses prunelles.

Au début, il s'était disputé avec sa fille et lui avait demandé d'attendre encore un peu. Mais à mesure que les mois passaient et qu'elle restait sans nouvelles de Nicholas, après la mort de sa mère, son père et elle avaient ressenti le besoin d'apporter de la joie dans leurs vies.

Lorsque Roger lui avait demandé de l'épouser, son père lui avait donné sa bénédiction. Elle s'était toujours demandé s'il avait eu des réserves sur cette union, comme elle en avait eues. S'ils trouveraient un jour le bonheur qu'ils cherchaient.

— Avec cette balafre et trois fois plus d'argent que je pensais en gagner, répondit Nicholas.

— Cela valait-il la peine de revenir trop tard ? demanda Holgar. C'était ce que tu voulais ?

Nicholas se tourna vers elle.

— Non, c'était ce qu'*elle* voulait.

Les prunelles de son père brillèrent de nouveau.

— Je suis heureux que tu le comprennes.

En se rendant vers sa chambre, son père tapota l'épaule de Matilda. Encore bouleversée par cet échange, elle se contenta de poser la main sur la sienne.

Il y avait toujours eu beaucoup de respect entre son père et Nicholas, mais elle ne s'attendait pas à des concessions ou à des confessions. Elle n'était pas vraiment certaine de ce qu'elle avait entendu.

Lorsqu'elle se retourna, elle trouva Nicholas occupé à préparer le feu pour la soirée. Elle posa à son tour les bols et les couverts sur la table.

— Bess viendra dans quelques heures et la femme du cordonnier avant l'aube, dit-elle, même si elle ne lui devait aucune explication. Nous pouvons partir.

Elle ignorait ce qu'elle devait déduire de son silence, mais il lui ouvrit la porte et elle passa devant lui. L'après-midi touchait à sa fin et plusieurs personnes allaient et venaient. Ils leur lancèrent des regards discrets mais elle les ignora superbement. Elle avait appris à le faire depuis longtemps.

— Que lui est-il arrivé ? demanda Nicholas.

Pendant un bref instant, elle se demanda de qui il parlait. Son père semblait être revenu parmi eux. Complètement, avec force et d'une manière protectrice.

Ses paroles résonnaient encore dans son esprit et dans celui de Nicholas, très certainement.

Mais si les choses étaient restées en l'état pendant toutes ces années, son père, lui, ne tarderait pas à se perdre de nouveau. Elle n'était pas naïve au point de croire que, maintenant que Nicholas était revenu, il allait guérir.

— C'est tout simplement l'âge, Nicholas. Tu n'as pas à t'en soucier.

Il garda le silence mais lorsqu'ils arrivèrent à l'embranchement où il devait tourner pour rentrer chez lui, il resta près d'elle. Elle leva les yeux vers lui.

Nicholas garda les yeux rivés sur la route, mais il prit la parole :

— Tu dois rentrer chez toi. Je vais te raccompagner.

Matilda avait besoin de se reposer, mais elle rechignait à retrouver sa maison vide, avec ce berceau vide qui l'attendait.

Elle savait pourtant avec certitude qu'elle n'appartenait pas à cet homme qui venait de passer plusieurs heures avec elle dans un petit cottage, à éplucher des légumes et à raconter des histoires. Pas à un homme qui avait regardé son père droit dans les yeux en reconnaissant qu'il était revenu trop tard. Qu'avait-il voulu dire ? Que c'était à cause de son mariage avec Roger ? Elle l'avait épousé parce que Nicholas ne voulait plus d'elle – quelle que soit la date de son retour.

— Je connais le chemin, dit-elle aussi poliment qu'elle le pouvait.

Elle n'avait pas besoin de lui et mieux encore, elle n'avait pas confiance en lui.

— Laisse-moi le faire, répondit-il.

Elle l'avait déjà autorisé à lui venir en aide depuis que Bess et elle avaient sauvé son père des assauts de Rohesia. L'ancienne Matilda l'aurait vertement congédié. Elle aurait même fait une scène. Aujourd'hui, elle s'en sentait incapable. Nicholas l'avait regardée et avait attendu toute la soirée. Maintenant, c'était à son tour de rester tranquille et de le laisser lui révéler ses secrets. Elle s'était déjà beaucoup trop dévoilée ce soir.

— Louve m'a écrit pour m'informer du décès de ta mère, dit-il après avoir fait quelques pas.

Non, elle ne voulait pas parler des lettres. Elle lui aurait écrit elle-même à propos de sa mère si elle avait été convaincue qu'il les recevait.

— Je suis navré, continua-t-il. C'était une femme très spirituelle.

Elle tenait de sa mère son sens de l'humour et de l'aventure. À son décès, c'était comme si une lumière les avait quittés, son père et elle. Et lorsque Nicholas avait cessé de lui écrire…

— Tes paroles arrivent un peu tard, Nicholas, et je suis fatiguée. Que désires-tu savoir ?

— Pourquoi ton père ne vit-il pas avec toi ?

Matilda ne s'attendait pas à cette question, même si elle aurait sans doute dû. Nicholas et son père avaient été très proches. Cette relation était peut-être née du fait que le père de Nicholas était obsédé par tout, sauf par son propre fils.

La relation de Roger avec son père était différente. Cordiale, mais sans réelle proximité. Récemment, elle s'inquiétait de plus en plus pour son père sans entrevoir de solution. Roger aimait sa maison, à l'écart de celle des autres, avec une seule pièce.

Le lit se trouvait à côté de la table. Ils auraient fini par construire une extension pour son père, mais ils n'avaient pas eu le temps de le faire...

— Cela ne te regarde pas, dit-elle enfin.

— Le manoir possède de nombreuses chambres, avec beaucoup de personnel et de domestiques. En tant que bailli, tu as le droit d'y vivre avec ton père.

Si elle avait été son épouse, elle aurait eu encore davantage de légitimité à le faire.

— Il est chez lui, là où il désire vivre, mentit-elle.

Le manoir était un endroit plus approprié mais elle ne pouvait pas envisager cette solution. Il lui avait fallu longtemps pour se faire accepter comme étant la femme de Roger. Et elle voulait ce qu'il y avait de mieux pour son enfant. Mais pour ce faire, elle devait définir une frontière claire entre Nicholas et son lieu d'habitation.

— C'est peut-être ce qu'il souhaite, mais est-il en état d'en décider ? demanda Nicholas.

Matilda était incapable de se contenir plus longtemps.

— Tu vas trop loin. Ce n'est pas ton problème. Je ne t'ai pas sollicité. Pas après que...

Elle s'interrompit et secoua la main.

— Pas après tout ce temps, continua-t-elle. Je sais que tu dois veiller sur d'autres personnes, et je t'assure que je connais le chemin pour rentrer chez moi.

— Qui était cette petite fille ?

Ce changement de sujet ne la déstabilisa pas. Nicholas avait toujours fonctionné ainsi. En revanche, elle n'appréciait pas de se sentir ainsi en terrain connu, ou de s'entendre lui répondre.

— Devant la porte ?

— Je suis arrivé avec Louve et j'ai vu cette fillette

aux longs cheveux bouclés, d'environ huit ans. Louve est parti avec elle.

Matilda sentit un aiguillon lui transpercer le ventre et s'arrêta pour le frotter.

— Elle n'aurait pas dû se trouver là. Nous nous sommes contentés de la ramener chez elle.

Les yeux de Nicholas furent attirés par le mouvement de sa main. Il l'interrogea du regard.

— Je vais bien, dit-elle en ralentissant le pas.

— Comment s'appelle-t-elle ? demanda Nicholas quelques mètres plus loin.

— Agnes. C'est la fille du cordonnier.

— Tu la connais bien ?

— Je connais tout le monde.

S'il était resté, il aurait pu en dire de même.

Nicholas détourna le regard mais elle vit un muscle tressauter sur sa mâchoire et savait qu'il avait compris le sous-entendu.

— Elle est proche de toi ?

Elle ignorait où il voulait en venir avec ces questions, ni leur finalité. Néanmoins, elle savait qu'elle ne voulait pas que l'homme qui lui avait brisé le cœur la raccompagne chez elle.

— C'est une enfant sympathique et curieuse. Je suis heureuse que Louve ait été là pour la raccompagner chez ses parents.

— Elle te suit souvent ?

— Pourquoi toutes ces questions ?

Il recula d'un pas.

— Je suis de retour, Matilda. J'ai envie de savoir ce qui s'est passé chez moi en mon absence.

Sauf que ces questions ne concernaient pas son

domaine. Elles étaient personnelles et la concernaient, elle. Elle en avait assez dit ce soir. Elle l'avait fait pour le bien de son père, et non pour Nicholas.

— Tu ne t'es jamais soucié de ce domaine. Même quand ton père travaillait comme un forcené pour le faire vivre et qu'il a ramené chez lui cette femme. Même lorsque ton père y a laissé sa vie. Tu t'en fichais. J'irais même jusqu'à dire que tu le détestais.

— J'ai travaillé tout aussi dur que mon père – pendant qu'il était en vie et après sa mort, dit-il d'une voix terriblement calme. Voyant que cela ne suffisait pas, je suis devenu un mercenaire. Et tu oses dire que, après tous ces sacrifices, après tout ce que j'ai perdu, je le détestais ?

Oui ! voulut-elle lui répondre. Oui, depuis toujours.

Il était parti non pas parce qu'il aimait cette terre, mais parce qu'il la détestait. Parce qu'il ne tenait pas en place et que faire sa vie ici, avec elle, n'était pas l'existence à laquelle il aspirait. Il ne faisait que respecter une promesse faite à son père, à Helena, et c'était elle qui lui avait donné l'énergie de reconstruire Mi Sol.

La même promesse qui avait détruit leur relation.

Il avait suffi qu'il cesse de lui écrire pour qu'elle le comprenne. Dès l'instant où il était parti, il lui avait brisé le cœur. Dès qu'elle avait compris qu'ils ne voyaient pas de la même façon leur vie ensemble.

Mais il s'agissait de vieilles querelles – des querelles qu'elle n'imaginait plus avoir. Elle avait épousé un autre homme pour y mettre un terme.

— Rien de tout cela n'avait d'importance pour toi,

avant, dit-elle. Et cela en aura encore moins quand tu partiras de nouveau.

— Je viens tout juste de revenir. Qu'est-ce qui te fait croire que je vais partir ?

— C'est toujours ce que tu fais.

Chapitre 9

Le lendemain matin, en descendant en silence l'escalier, Nicholas n'arrêtait pas de penser aux paroles de Matilda. Il avait contemplé les tapisseries de sa chambre toute la nuit sans découvrir pourquoi il était resté si longtemps chez Holgar.

Tout avait commencé par une courte promenade avec Louve qui voulait lui montrer les nouveaux bâtiments. Puis il avait entendu les hurlements de Rohesia. Rien de nouveau. Nicholas le comprenait maintenant. Aucun voisin n'avait réagi parce que cette scène était récurrente.

Néanmoins, Louve s'était précipité et par conséquent, lui aussi. Puis Louve était parti en emmenant la fillette pour ne plus revenir. Il ne s'était pas inquiété. Pourtant, il avait suffi à Nicholas d'entrer chez Rohesia pour ne plus pouvoir en partir. La guérisseuse avait toujours été une femme versatile qui défendait jalousement son territoire. Il avait donc été surpris de trouver Matilda et son père avec elle. Et plus que surpris de voir toute la douceur et l'attention avec laquelle Matilda avait essayé de sortir son père de cette situation. La Matilda qu'il connaissait se serait contentée de quelques paroles fermes pour asseoir sa position.

La Matilda d'aujourd'hui était presque nerveuse et elle avait gardé son calme. Ce comportement aurait été incongru chez la femme qu'il avait laissée derrière lui. Il avait senti sa force. Matilda n'était pas lâche mais elle agissait comme si elle était intimidée.

La dernière fois que Nicholas avait vu Holgar, l'homme pesait presque le double du poids qu'il faisait actuellement, et était aussi fier qu'un roi. Aujourd'hui, il paraissait diminué.

Il savait que Joan était morte, mais ce changement était spectaculaire. Il avait ressenti un déchirement en voyant cet homme dans cet état, car il avait toujours été là pour lui quand son propre père était mort. Il l'avait vu grandir et l'avait accepté comme futur époux de sa fille.

Le voir ainsi…

Nicholas secoua la tête et se dirigea directement vers la porte qui conduisait à la grande salle. Les personnes déjà présentes ne lui posèrent pas de questions sur lui ou sur sa santé et il leur en fut reconnaissant. Il avait eu la nuit par démêler ses pensées mais il avait encore besoin de temps pour y parvenir complètement.

Il était resté dans la maison avec Matilda même s'il n'avait aucune légitimité à le faire. Aucune excuse. En présence de Holgar, il savait qu'il n'affronterait pas Matilda. Il était resté parce qu'à ce moment-là, Matilda avait besoin de lui. Pour éplucher des légumes et écouter son père. Écouter les accusations de Matilda, de Holgar.

Et cette pensée lui fendait l'âme. Elle l'avait empêché de dormir et l'avait contraint à se lever avant l'aube.

Il était parti pendant des années. Matilda et lui s'étaient disputés. Pourtant, il avait dû partir pour gagner de l'argent. Parce qu'il avait des devoirs à l'égard de son domaine, de ses vassaux et de ses métayers.

Et malgré tout, il avait bien l'intention de partir de nouveau. Comment pouvait-il rester ici ? Pourquoi Matilda et Louve le voudraient-ils ? Ils géraient à merveille le domaine. Mais mieux encore, comment Matilda avait-elle deviné la vérité ?

Il détestait l'idée qu'elle soit encore capable de lire en lui. Avait-elle compris qu'il désirait affronter son passé afin de trouver la paix ? Malgré son chagrin, elle paraissait apaisée alors qu'elle était veuve et qu'elle attendait un enfant…

Les paroles de Holgar avaient été claires : il fallait qu'il respecte les choix de Matilda.

Elle avait choisi Roger pendant qu'il était parti gagner de l'argent pour elle… pour eux. Pour qu'ils puissent avoir une maison avec un toit solide et des bœufs pour labourer la terre. Pour qu'il n'ait pas besoin de travailler jusqu'à sa mort. Pour qu'ils puissent élever leurs enfants dans un environnement stable.

Il était parti, et dès l'instant où il avait gagné tout ce dont ils avaient besoin pour pouvoir être ensemble, elle l'avait trahi. Comment pouvait-il la respecter ou se réconcilier avec son passé ?

Et malgré cela, il était resté pendant des heures avec Matilda et son père. Il n'avait pas le droit d'imaginer qu'elle avait besoin de lui. De plus, rester immobile à éplucher des légumes allait à l'encontre de tout ce qu'il était.

Lorsqu'il fallait faire quelque chose, il le faisait. Lorsque l'argent était venu à manquer, il était devenu un mercenaire pour le gagner. Lorsqu'un ami avait tué un homme dans un moment d'égarement, il en avait tué deux autres pour lui sauver la vie.

Il désirait trouver la paix et le bonheur – c'était pour cette raison qu'il était revenu.

Éplucher des légumes ne l'avait mené nulle part. Il avait besoin d'aller trouver Matilda pour lui demander pourquoi elle l'avait trahi.

Toutefois, après ces longues heures enfermé dans cette étrange quiétude avec Matilda et son père, avec les paroles de son père qui continuaient à le tarauder, il savait qu'il ne le ferait pas. Pas aujourd'hui. Il était beaucoup trop nerveux et fatigué pour le faire. Que pouvait-il faire, alors ?

Avant son départ, il n'appartenait pas à cet endroit et maintenant, encore moins. Il ne reconnaissait rien ni personne. Ce n'était pas le foyer ni les gens qu'il avait quittés. Il n'avait pas l'intention de rester ici mais il avait besoin d'avoir un avenir. Un avenir où ce qui ravageait son cœur quand il regardait Matilda et sa rage à l'égard de Roger auraient disparu. Une nouvelle maison, de nouveaux amis, une femme qui aurait vraiment confiance en lui.

Il refusait de passer le reste de sa vie à regarder par-dessus son épaule en attendant qu'on l'attaque. Et pour ce faire, il devait faire prospérer Mi Sol au point que le roi ne puisse plus se passer de sa dîme.

Regrettait-il le marché que Rhain avait passé ce soir-là avec Reynold ? Non. Rhain l'avait fait pour protéger Helissent. Une personne qu'il aimait était en danger, et pour elle il aurait été capable de négocier avec n'importe qui, même avec le diable. Rhain avait protégé son avenir. À présent, Nicholas voulait s'assurer d'avoir lui aussi un futur. Il était impatient de se mettre au travail.

Il traversa la cour en direction des écuries. Il était tellement nerveux qu'il était capable de marcher jusqu'aux champs qui délimitaient son domaine.

Ses terres.

Au cours des journées qu'il venait de passer à Mi Sol, il avait déjà traversé une grande partie de son domaine. Et il y avait bien d'autres choses à voir en cette période de l'année, d'autres champs qui venaient tout juste d'être moissonnés.

Il possédait une vaste propriété mais cette dernière ne valait rien si la terre n'était pas travaillée. Au cours de ses voyages, il avait découvert plusieurs systèmes d'exploitation. Mais malgré son désir d'adopter certaines techniques qu'il avait vues en Espagne, il savait que la plupart seraient inutiles sous ce climat. La plupart, mais pas toutes.

— Je n'arrive pas à dessiner cette queue ! s'écria Agnes d'une voix beaucoup trop joyeuse pour se plaindre vraiment.

— Regarde plutôt cette patte arrière – quel cheval possède une patte comme celle-ci ? souligna Matilda en désignant le sol.

Elles se servaient de bouts de bois pour dessiner dans la terre. Agnes éclata de rire en sautillant tout autour.

— On dirait un chien.

Matilda fit un grand pas en arrière pour contempler son œuvre et fut récompensée par un aiguillon dans les côtes et le long de sa jambe. Elle s'immobilisa.

Agnes cessa de sautiller.

— Elle te parle de nouveau ?

Matilda attendit quelques instants avant de pouvoir répondre.

— Très fort.

— Puis-je écouter ?

Matilda souffla longuement jusqu'à ce que la douleur s'apaise. Elle n'aurait pas dû faire un mouvement aussi brusque.

— Toujours.

— Tu vas bien ? murmura Agnes au bébé.

Matilda ressentit un autre coup.

— Je pense que… Oh !

Matilda posa la main sur son ventre.

— Elle donne encore des coups de pied ? demanda Agnes.

Encore quelques pas et elles arriveraient à la lisière du village, là où elles ne manqueraient de croiser le chemin de quelqu'un.

— Pourquoi n'allons-nous pas voir si Rohesia est là ?

Agnes se mordit les lèvres. Matilda s'empara de la main de la fillette et lui sourit, mais son corps était tendu. Il se préparait alors que, de son côté, elle n'était pas encore prête. Il était encore trop tôt pour accoucher. Elle n'avait pas encore tricoté assez de vêtements.

Encore quelques pas et elles croisèrent en effet une personne, sauf que ce n'était ni Rohesia ni Bess. C'était Nicholas qui sortait de chez le cordonnier. Matilda espérait qu'il poursuive son chemin mais cela était vain. Nicholas semblait toujours la voir. Il réussissait toujours à croiser son regard.

Elle était incapable de se redresser et une fine pellicule de sueur couvrait sa peau, mais elle lâcha la main d'Agnes et s'efforça de faire comme si tout allait bien en souriant.

Ce que Nicholas lut sur son visage lui fit accélérer le pas.

— Que se passe-t-il ?

— Le bébé va bientôt arriver, dit Agnes.

— Pas du tout ! protesta Matilda. Je me suis relevée un peu trop vite et j'ai ressenti une douleur sur le côté. J'ai juste besoin de m'allonger et de me reposer.

— De te reposer ? répéta Nicholas.

Elle n'avait pas choisi le bon mot. Combien de fois avait-elle dit avoir besoin de repos ?

— J'ai juste besoin de m'allonger. Le bébé n'aime pas quand je suis accroupie. Elle n'a plus assez de place pour bouger.

— Tu es toute pâle, dit Nicholas en regardant tout autour d'eux.

Il n'y avait personne.

— Va chercher Bess et Rohesia, demanda-t-il à Agnes. Dis-leur de nous retrouver au manoir.

La fillette tourna les talons et n'attendit pas la réponse de Matilda.

— Je n'ai pas besoin d'aller au manoir ! protesta Matilda.

Elle ressentit une nouvelle douleur, un peu moins puissante cette fois.

— Je veux rentrer chez moi, insista-t-elle.

Nicholas plissa les yeux.

— J'ai déjà dit à Agnes où aller. Bess et Rohesia n'iront pas chez toi.

— Inutile d'en faire trop. Je dois avoir du mal à digérer quelque chose…

Soudain, elle sentit un liquide chaud couler entre ses jambes.

— Je perds les eaux…, dit Matilda en serrant son ventre.

Nicholas étouffa un juron avant de s'avancer pour la soutenir.

— Arrête de discuter.

— Rohesia m'a dit que le premier enfant prenait toujours son temps. Nous avons le temps d'aller chez moi.

À cet instant, Nicholas se sentit désemparé. Il avait certainement vu des choses bien pires au cours de ses voyages, et avait été mêlé à des situations beaucoup plus chaotiques et confuses qu'une femme sur le point d'accoucher. Mais il s'agissait de Matilda. *Sa* Matilda. Et pour le meilleur ou pour le pire, il était le seul ici à pouvoir lui apporter son soutien et son aide.

Mais avec Matilda qui serrait son bras, il était incapable de bouger. Elle dégageait à cet instant une vulnérabilité qu'ils partageaient et qui provoqua une brûlure dans sa poitrine.

Il offrit à Matilda son autre bras et elle le serra si fort qu'il ressentit sa peur à travers son manteau et sa tunique. Elle le transperça jusqu'aux os. Ses tremblements faisaient que son inquiétude vibrait dans tout son corps, et jusqu'à la lisière de son cœur.

En voyant son expression déterminée, il ignorait comment elle se sentait, mais ses tremblements indiquaient que jamais ils ne pourraient sortir du village.

— Je ne veux pas aller au manoir, répéta Matilda. Il me faut…

Elle prit une brève inspiration.

— Je veux rentrer chez moi. Le berceau et toute la layette que j'ai préparée sont là-bas.

— Ta maison est trop loin. Tu n'y arriveras jamais. Tout le monde nous regarde, dit-il avec un mouvement du menton. Tu cherches à attirer l'attention ?

Tout le monde s'était donc soudain décidé à sortir ? Elle secoua la tête.

— C'est…

— C'est ce qu'il faut faire, l'interrompit-il. Si tu n'es pas d'accord avec ça, je vais devoir te porter.

Elle fronça les sourcils et Nicholas sentit sa poitrine se déchirer tandis que les souvenirs se superposaient au moment présent. Comme elle lui paraissait familière à cet instant, avec ses prunelles noisette qui lançaient des éclairs. Combien de fois s'étaient-ils fait face de cette façon par le passé, jusqu'à ce qu'ils finissent par troquer les mottes de terre qu'ils se lançaient quand ils étaient enfants par des baisers ?

Il avait senti ces baisers brûler en lui pendant toutes ces années, jusqu'à ce qu'il reçoive cette lettre. Ils brûlaient toujours en lui à présent.

Nicholas soupira et secoua la tête. Il n'avait pas le temps de s'attarder sur le passé. Matilda avait trop besoin de lui maintenant.

Elle avança péniblement sur quelques mètres avant de s'arrêter. Elle avait posé une main sur lui et l'autre sur le bébé.

— Je pense que mon souhait va être exaucé.

— Lequel ?

— Qu'elle arrive plus tôt.

Nicholas poussa un juron et prit Matilda dans ses bras. Il souleva son manteau, ses lourdes jupes et le poids de sa grossesse. Il ne les sentait pas. Mais son odeur de terre après la pluie et d'herbe fraîchement coupée faillit le mettre à terre.

Elle haletait dans son cou et reposait dans ses bras en toute confiance. Elle se tenait si confortablement contre lui, comme si elle était à sa place. Il ignorait lequel des deux était le plus vulnérable à cet instant : lui, assailli par les souvenirs d'instants qui ne se répéteraient plus jamais entre eux, ou elle, à cause du bébé à naître.

Le bébé. D'ordinaire, les femmes se cloîtraient avant d'accoucher. Elles ne sortaient pas, ne s'exposaient pas à la vue des gens, le regard agrandi par l'inquiétude.

Elle n'aurait pas dû se montrer ainsi à lui.

Son souffle s'accéléra. Elle pâlit, puis rougit. Tout son corps se raidit sous l'effet de la contraction à venir.

— Nicholas !

— Je ne te lâcherai pas, la rassura-t-il.

Elle croisa son regard et toutes les années s'évanouirent.

— Je le sais, dit-elle.

Jamais il n'avait eu autant envie de rentrer chez lui, avec un tel sentiment d'urgence et de nécessité absolue. Maintenant, il ne désirait plus que cela. Il franchit les portes de la cour, demanda qu'on apporte des draps propres, de l'eau, de la nourriture et des joncs dans la chambre adjacente à la sienne.

Nicholas fendit la foule qui commençait à se former autour d'eux. Sa vision de Matilda était brouillée par la mèche qui tombait sur ses yeux. Il aurait dû se pencher en avant pour la regarder mais il s'efforça de ne pas le faire.

Elle était trop près de lui. Il la serrait trop étroitement contre lui. Mais elle s'accrochait avec une force proportionnelle à la douleur et ses mains passaient tour à tour de son cou à son ventre. Il sentait son combat. Cet instant était entièrement dédié à l'enfant mais elle, la mère, devait être amenée d'abord en lieu sûr.

Il monta les marches de l'escalier à la hâte, passa devant sa chambre et entra dans la pièce attenante. Celle dans laquelle il avait dormi pour ne pas voir les aménagements qu'elle avait apportés à la chambre du maître.

— Ici ? dit-elle.

— Tu as entendu mes ordres.

— Je suis en plein travail. Je ne t'ai pas entendu.

Les domestiques arrivaient déjà dans la pièce.

— Eh bien, tu aurais dû.

Il l'emmena vers le lit et la déposa doucement.

— Je veux rester debout, dit-elle.

Il l'aida à se lever. Ses tremblements s'accentuèrent lorsqu'elle se mit sur pied, et une autre vague de douleur déferla sur elle. Elle s'agrippa de nouveau à son bras.

— Bess et Rohesia seront bientôt là, dit-il pour la rassurer.

— J'ai besoin de marcher.

— Alors marchons.

Il ne pouvait rien faire d'autre. Son cœur battait à tout rompre et ses membres lui paraissaient lourds et maladroits à côté des siens. Il n'avait pas d'ennemi à combattre. Il n'existait pas de thé ou de breuvage pour faire disparaître sa douleur.

Les femmes mouraient en couches. Matilda allait peut-être bientôt disparaître. Mais son étreinte était ferme et la lueur dans son regard était celui d'une battante. Elle voulait marcher alors ils marcheraient jusqu'à ce que ses pieds lui fassent mal, jusqu'à la naissance de l'enfant. Ils marcheraient.

D'autres domestiques entrèrent dans la pièce… La plupart les ignorèrent, mais l'une d'elle fit tomber les draps en le voyant.

Les joues rouges, le corps plié en deux, Matilda faillit éclater de rire.

— Tu dois t'en aller.

— Je reste.

— Les hommes ne sont pas autorisés pendant ces moments-là.

— Je reste, répéta-t-il.

Le souffle de Matilda s'accéléra de nouveau. Elle s'agrippait à son bras. Il se pencha pour la soutenir. Elle prit appui sur lui et frotta son front contre son torse, sur son cœur. Il posa une main à l'arrière de sa nuque. Il était brûlant.

Une fois la douleur disparue, il se dirigea avec Matilda vers un seau d'eau délicieusement fraîche, y plongea un linge et le posa sur sa nuque.

— Maintenant, tu es prêt à rester… murmura-t-elle sur un ton différent.

Était-ce de la reconnaissance ?

— Je ne veux pas te laisser comme ça.

Elle s'appuya contre son torse.

— Continuons à marcher alors.

La pièce était assez longue pour l'arpenter à pas lents mais pas assez pour se dégourdir les jambes si c'était ce qu'elle voulait.

— Nous ferions mieux de descendre dans la grande salle, proposa-t-il.

— Je ne crois pas, grogna-t-elle. Je préfère l'intimité de cette chambre. Restons ici.

La douleur montait de nouveau. Il le savait mais ne pouvait imaginer l'épreuve qu'elle était en train de traverser.

— Je ne pense pas qu'il y ait tout ce qu'il faut dans cette pièce.

— J'ai tout ce qu'il me faut, le rassura-t-elle.

Cela incluait-il sa personne ?

Soudain, la porte s'ouvrit en grand et Rohesia et Bess entrèrent en trombe. Bess vint se placer doucement à côté de Matilda avec des gestes réconfortants.

Rohesia, telle une mégère digne des anciens contes, cria :

— Dehors !

Matilda ne le laissa pas s'en aller mais serra son bras à deux mains. La douleur était en train de revenir.

— Je reste, déclara Nicholas.

Bess frotta le dos de Matilda.

— Nous sommes là, maintenant. Tu ne dois pas rester.

Matilda s'accrocha à son bras. Il n'était pas prêt à l'abandonner avec tant de nonchalance.

— Le bébé est en train d'arriver, dit Bess. Tu ne peux pas rester ici. Même un mari n'est pas autorisé à le faire.

Nicholas se fichait des coutumes. Quel mari n'aurait pas aimé se trouver dans cette pièce ? Il ne pensait à rien d'autre qu'à elle et si elle voulait marcher, si elle voulait s'appuyer à son bras et enfoncer ses ongles dans sa chair engourdie… il le ferait.

— Elle a besoin de moi, riposta-t-il.

— Je jure devant Dieu que je ne te laisserai pas voir ça, aboya Rohesia. Tu lui fais du mal en restant.

— Elle n'a pas besoin de toi ici, intervint Bess d'une voix plus calme. Tu n'es pas son mari.

Pas son mari. Pas sa femme. Jamais il n'avait ressenti cette vérité avec plus de force qu'à cet instant. Car s'il l'avait été… Si elle avait été son épouse… il aurait été prêt à défier les coutumes et Dieu pour rester à ses côtés.

Il riva les yeux sur Matilda. Son visage était rouge et des gouttelettes de sueur couvraient ses tempes. Son souffle devint court et elle poussa des cris de douleur.

Il avait exigé de pouvoir rester mais la sage-femme et la société lui intimaient de s'en aller. Mais en ce qui le concernait, une seule personne avait le droit de prendre cette décision.

— Matilda, veux-tu que je reste ?

Elle se mordit les lèvres et prit quelques brèves inspirations.

Il posa un genou à terre pour pouvoir la regarder en face. Bess et Rohesia s'étaient éloignées. Il ne voyait qu'elle.

— Veux-tu que je reste à tes côtés ? demanda-t-il encore.

Elle fixa son regard sur lui et lui montra toutes ses émotions. Il voulut alors les emporter avec lui, les partager. Il les absorba toutes jusqu'à ce que son cœur ne lui appartienne plus.

Puis il attendit.

— Oui, dit-elle, comme pour répondre aux questions de son âme.

Oui, elle l'autorisait à partager cette épreuve, cette

douleur et cette joie à venir. Oui, elle le laissait être dans cette pièce, et défier les coutumes et Dieu.

À genoux devant elle, il lui prit les mains.

— Alors je vais rester.

Elle serra ses doigts, mais ce n'était pas à cause de la douleur, mais du réconfort qu'il lui apportait.

— Seulement jusqu'à…

Soudain, elle arracha sa main de la sienne et contourna le lit.

— Matilda, dit Nicholas en se levant.

— Elle va bientôt devoir s'accroupir, dit Rohesia en se frottant les mains et les bras dans le seau à côté du feu.

Matilda posa une main sur ventre.

— Encore quelques instants.

En la voyant ainsi, si forte dans sa vulnérabilité, tous les doutes qui pesaient sur son cœur s'évanouirent. Il ne doutait plus de lui, ni d'elle. Il avait tant de choses à lui dire, mais ce n'était pas le bon moment. Maintenant, il se devait d'être là si elle avait besoin de lui.

Elle fit de nouveau le tour du lit et lui prit le bras. Nicholas passa son autre main autour de sa taille.

— Marche avec moi jusqu'à ce que ce soit le moment, puis va-t'en.

Les lèvres de Matilda s'entrouvrirent et il prit une tasse sur la table. Elle s'appuya sur lui et il lui fit boire de la bière diluée avec de l'eau. Lentement, il éloigna la coupe et vit sa respiration s'accélérer de nouveau.

Ce n'était pas sa place, pas sa femme, mais il voulait être là – et par il ne savait quel miracle, elle aussi aspirait à sa présence.

Bess et Rohesia se tinrent à l'écart. À mesure

que le soleil déclinait et que les ombres de la pièce s'allongeaient, Bess entreprit de coudre et Rohesia de se reposer.

Pendant tout ce temps, Nicholas marcha avec Matilda, lui apporta son réconfort, sa force, et tout ce dont elle avait besoin. Ils échangèrent quelques rares paroles. Elles n'étaient pas nécessaires.

Tout le temps qu'il avait passé avec elle l'amena à l'instant ultime.

— C'est le moment ! cria Matilda.

Elle lâcha son bras et Nicholas sentit le sang circuler de nouveau. Que pouvait-il faire d'autre ? Il n'était pas sage-femme. Il savait qu'aucun homme n'était accepté au moment où les femmes donnaient la vie. Pourtant, tout en lui exigeait qu'il reste à ses côtés.

Ses jambes flageolantes et son cœur encore plus vulnérable étaient incapables de fonctionner correctement en la voyant souffrir.

Il passa devant Bess et Rohesia et contempla Matilda, assise tête baissée à mesure que la douleur refluait. Il passa la main sur ses cheveux humides et plongea son regard dans ses prunelles noisette.

Il pouvait tout y voir. Et elles contenaient tant de choses.

— Le bébé va bientôt arriver, dit-il comme s'il formulait un vœu. Vous irez bien, toutes les deux.

Jamais il ne s'était déplacé aussi lentement tant il répugnait à la quitter. Ce n'était pas juste, pas du tout. Les coutumes et Dieu disaient qu'il ne devait pas rester aussi longtemps. Mais Matilda lui avait demandé de le faire et il venait de comprendre qu'il était prêt à se dresser contre Dieu pour cela.

— Reviens, demanda-t-elle. Dès que le bébé sera emmailloté, reviens.

Il ouvrit la porte et se tourna pour soutenir son regard vacillant.

— Je le ferai.

Il longea le couloir jusqu'à l'escalier en secouant son bras endolori. Il aurait dû se sentir heureux de sortir de cette pièce mais à la place, il avait un sentiment de perte.

Perte de quoi ? Il était pétri de tant de contradictions.

Rien n'était réglé entre eux et ne le serait sans doute jamais. Il pouvait enterrer le passé mais il ne voyait pas suffisamment clair en lui pour comprendre ses sentiments. Détestait-il Matilda ou bien l'aimait-il encore ? Pourquoi avait-il demandé à rester avec elle ?

Il avait été trahi. Rejeté par cette femme de la plus dure des manières. Néanmoins, il savait au fond de lui que cela n'avait pas d'importance. Elle lui avait fait suffisamment confiance pour se laisser porter au manoir et s'était exposée à lui dans les moments où elle était la plus vulnérable.

La grande salle était remplie de murmures excités qui ne couvraient en rien les cris venant de l'étage. Nicholas n'avait pas fini de descendre l'escalier que Louve venait déjà de le rejoindre à grands pas.

Nicholas n'appréciait pas l'excitation, ni les dragées et autres confiseries qui garnissaient les tables. Toutefois, il fut heureux de voir son ami.

— Allons faire un tour, dit-il.

— Que veux-tu faire ? Aller voir les nouvelles barrières ?

— Tu crois que je vais m'en aller ? demanda Nicholas sans cacher son ton mordant.

Il ne pouvait pas rester ici – pas avec le passé tel qu'il était, pas avec cet avenir sans Matilda. Il fallait qu'il trouve un autre chemin. Il ne pouvait pas être ici et pourtant, tout le monde s'attendait à ce qu'il reste.

Surpris, Louve recula d'un pas.

— Cela ne partait pas d'une mauvaise intention.

— Dans ce cas, pourquoi me parles-tu des barrières ?

— Parce que nous avons parlé de tout sauf de l'Espagne et des circonstances de ta blessure au visage.

— Je ne vois pas le rapport avec les barrières.

— Elles ont été payées par l'argent que tu as gagné en Espagne, expliqua Louve.

— Et tu penses que cette conversation va m'amener à te parler des circonstances de ma blessure ?

— Tu préfères parler de Matilda ? Je ne crois pas. Allons plutôt faire un tour, comme tu me l'as proposé.

Un autre cri déchira le silence et ils tournèrent la tête en direction de ce bruit de détresse.

Nicholas croisa le regard de Louve.

— Elle est forte, dit son ami.

— Nous resterons dans la cour, répondit Nicholas.

Loin des réjouissances, mais assez près pour entendre les nouvelles.

Dehors, l'air était froid. Le jour laissait place à la nuit. Dès qu'il fit un pas dans la cour, Nicholas désira aussitôt revenir à l'intérieur. Mais il n'y avait aucune distraction dans la grande salle – seulement un avenir qu'il croyait ne pas pouvoir enterrer.

— Parle-moi des barrières, demanda Nicholas.

— Des barrières ?

— La dépense est plutôt excessive dans la mesure où nous ne sommes pas près des côtes et que nous ne sommes pas en guerre avec nos voisins.

— Je ne savais pas ce que tu ramènerais en revenant ici.

— À quoi penses-tu ?

— À des bandes de mercenaires ou un ennemi.

— Mais je suis revenu seul.

— Quelle déception – mais ta cicatrice nous a donné quelques distractions.

Nicholas avait envie de rire. Louve avait le don de faire apparaître les circonstances exceptionnelles comme normales. Toutefois, il voyait avec quelle habileté il avait changé de conversation.

— Je ne te raconterai pas mon histoire, dit Nicholas. Pas aujourd'hui.

— Pourtant, elle nous divertirait.

— Les barrières suffisent pour l'instant.

— Parce qu'à n'importe quel moment, une troupe de mercenaires ou un ennemi peuvent se présenter ?

— Aucun risque, pouffa Nicholas.

Aucune barrière ne pouvait retenir son ennemi, Reynold, et Nicholas ne parvint pas à se débarrasser de ce vague malaise à l'idée que Reynold vienne le chercher jusqu'ici. Pourquoi le ferait-il ? Peut-être parce qu'un homme aussi puissant que lui ne laissait personne mener une vie paisible.

— Pas de mercenaire, pas d'ennemi…, dit Louve en scrutant son visage. J'ai des doutes…

Louve avait toujours été très perspicace. Il avait toujours été plus doué qu'eux à la chasse, mais Nicholas ne voulait pas qu'il découvre ses secrets. Il avait promis à Rhain de rester tout l'hiver. Il commençait à comprendre à quel point il allait avoir du mal à tenir sa promesse.

Il y avait trop de fantômes. Trop de regrets et de souvenirs.

Il était parti pour une raison précise et pas seulement pour s'enrichir.

— Il n'y a aucune raison de craindre ce genre de visite, répondit Nicholas en haussant les épaules. Le groupe s'est séparé. Certains sont partis dans le camp d'Edouard et d'autres sont restés à Londres.

— Tu n'étais donc pas seul pour transporter tout cet argent ?

— Tu t'inquiètes pour l'argent ?

Louve acquiesça.

— Évidemment. Un seul homme pour défendre cette fortune ? Tu oublies qu'il me plaît de gérer ton argent, de bâtir et d'effectuer de coûteux changements.

— Pour un domaine qui appartient à un autre homme ?

— C'est vrai.

Maintenant qu'il avait constaté toutes les améliorations que Louve avait apportées au domaine, il comprenait encore moins son manque d'ambition. Louve excellait à gérer le manoir. Il était très doué pour chiffrer les changements à apporter.

Louve n'était pas un chevalier, mais il était aussi qualifié qu'eux. Il n'était pas riche, mais pas pauvre non plus, et il avait acquis sa propre parcelle de terre depuis très longtemps. Il aurait dû gérer son propre domaine ou au moins sa propre ferme. Beaucoup de femmes papillonnaient autour de lui et pourtant, il ne s'était jamais marié.

Une idée qui l'avait souvent taraudé lui titilla l'esprit.

— Je t'ai donné la charge du domaine car j'avais l'intention de revenir deux ans plus tard, lui rappela Nicholas.

— Mais tu ne l'as pas fait. Pourtant, j'ai continué à exercer mes responsabilités et je suis resté, dit Louve en levant les deux mains. Dans mes lettres, ma position était claire. Tu connaissais également celle de Roger et de Matilda.

Oui, Nicholas le savait. Pourtant, il n'avait pas pu s'empêcher de revenir.

— Tu n'as pas besoin de rester, dit Nicholas. Je n'ai jamais voulu te retenir ici.

— Tu penses que je me suis senti piégé ?

Comment pouvait-il en être autrement ? Louve ne donnait pas cette impression et pourtant, il n'avait eu aucune raison de rester en son absence.

— Tu m'as parlé d'une veuve dans tes lettres…

— Mary.

— Est-elle toujours… ?

Le regard de Louve s'adoucit.

— Je partage toujours sa couche et sa table lorsqu'elle m'invite.

Il soupira.

— Je l'aime, si c'est ce que tu veux savoir.

Nicholas était surpris. Louve avait évoqué cette femme mais n'avait jamais parlé d'amour. Lorsqu'il s'était demandé pourquoi Louve était resté, il avait imaginé que c'était pour elle. Les aveux de Louve prouvaient qu'il ne s'était pas trompé mais…

— Pourquoi ne l'épouses-tu pas ?

— Elle ne veut pas…

— C'est une fille ! cria Bess par la fenêtre.

Nicholas s'élança dans l'escalier en courant.

Chapitre 10

Depuis l'aube, la tempête s'était abattue sur le manoir. Elle était arrivée dans l'après-midi et Nicholas avait espéré qu'elle s'arrêterait vite mais elle s'acharnait encore sur eux. Le manoir était calme et tout le monde avait fini par vaquer à ses occupations. Le temps les empêchait d'accomplir autre chose que les tâches les plus essentielles vis-à-vis du bétail et des chevaux. Nicholas avait aidé Louve à mettre à l'abri les animaux et avait terminé comme tout le monde : couvert de boue.

Louve était parti chez Mary et il savait que personne ne viendrait partager la soirée à ses côtés avec de la bière tiède ou du vin près de la cheminée dans la grande salle.

Ses pieds l'avaient conduit dans sa chambre qu'il cherchait à éviter parce que Matilda se trouvait encore dans la pièce adjacente. Depuis qu'il l'avait amenée ici au lieu de la ramener chez elle, il ne l'avait plus revue.

Cela faisait bientôt trois semaines que Matilda se terrait dans cette chambre. On lui apportait de la nourriture qu'elle touchait à peine. Il ne l'avait jamais vue non plus se rendre dans le cabinet de toilette situé au bout du couloir.

Julianna, son bébé, était avec elle et il entendait ses

cris. Ils n'étaient pas fréquents car Matilda devait la prendre dans ses bras et satisfaire tous ses besoins.

Tous les jours, Rohesia et Bess venaient lui rendre visite. Elles frappaient doucement à la porte et l'ouvraient sans que personne ne les ait invitées à entrer. Parfois, il les voyait emmener l'enfant endormie dans le couloir pour la promener autour du manoir, ou l'emmitoufler pour l'emmener plus loin. Parfois, Agnes les accompagnait.

Matilda se trouvait toujours dans ses appartements privés.

Des appartements qu'elle avait aménagés avec soin en son absence.

Des appartements pour se remettre d'un accouchement. Mais elle y était restée beaucoup trop longtemps.

Il avait entendu Rohesia et Bess parler entre elles. Les domestiques murmuraient. C'était comme si l'arrivée de sa fille avait réamorcé son chagrin pour Roger. Du moins, c'était ce qu'il craignait.

Matilda n'évoluait pas comme une jeune mère aurait dû le faire.

Nicholas était certainement la dernière personne au monde qu'elle désirait voir. De plus, il n'avait aucun droit de se rendre dans cette chambre. Elle n'était ni sa femme ni sa sœur. Et, en toute certitude, pas même une amie.

Il avait une multitude de raisons de s'abstenir de la visiter même si cela faisait des semaines qu'il ne l'avait pas vue et qu'elle ne mangeait rien. Des semaines, et il ignorait si la pièce était trop froide ou trop chaude. Si elle avait besoin de couvertures supplémentaires ou d'autres choses lorsqu'elle tenait le bébé dans ses bras.

Un bébé qui devait certainement ressembler à sa mère, mais aussi à son père à présent disparu.

Il ne rentrerait pas dans cette chambre, pour la protéger, elle, sa réputation et son intimité. Pour se protéger, lui. Car tous les changements qu'il avait commencé à apporter concernant son passé n'incluaient pas Matilda.

Il entendit un bruit en provenance de sa chambre qui ressemblait à un sanglot étouffé et ouvrit la porte sans frapper.

C'était trop. Il y avait trop d'émotions dans sa tête et au plus profond de son être. Les sensations se bousculaient et la submergeaient. Elles creusaient un sillon dans son cœur pour se glisser jusqu'à son âme.

Peu lui importait la façon dont elle occupait son temps du moment qu'elle pouvait oublier. Ou au moins, avoir un moment de répit. Elle avait dormi toute la journée mais ses rêves mettaient en scène Roger, Nicholas et le bébé. Elle s'était réveillée et depuis, avait arpenté la pièce et demandé à consulter de vieux registres. Aucune de ces activités ne lui avait offert de véritable échappatoire.

Bess allait bientôt venir lui raconter les derniers commérages, ou lui parler de l'entretien du domaine. Rohesia l'examinerait pour s'assurer qu'elle se remettait correctement de son accouchement. Les deux femmes n'avaient pas d'autre chose à lui dire et n'avaient pas de raison valable pour lui rendre visite.

Bess avait ses propres obligations familiales à remplir et Matilda déplorait que son amie faillisse à ses devoirs pour venir la voir. Il en allait de même pour Rohesia, qui n'avait aucune raison de s'inquiéter pour sa santé.

Elle s'était pleinement de remise de la naissance de Julianna. Son corps avait subi des changements mais à l'instar d'autres mères, ils étaient permanents. Les marques sur sa peau distendue étaient une source de réconfort.

Rohesia continuait pourtant de lui apporter des décoctions curatives. Elle lui faisait boire des breuvages acides et choisissait pour elle les meilleurs morceaux de viande. Matilda savait que manger et boire lui donnerait des forces – les forces dont elle avait besoin pour nourrir Julianna. Elle ignorait si elle réussirait un jour à se sentir forte.

Assise au bord du lit – qui était le seul meuble de la chambre – Matilda serra les poings. Elle n'avait versé aucune larme mais se sentait envahie par une douleur infinie. Elle était encore plus vive quand Bess emmenait Julianna. Pourtant, Matilda ne voulait pas que son bébé ait pour seul spectacle le triste état de sa mère.

Pendant l'enterrement de Roger et tout au long des mois de grossesse, Matilda avait contenu son chagrin. Elle voulait que son enfant ne connaisse que le bonheur, l'assurance paisible de ses parents, et non le tumulte de ses émotions. Sauf que Julianna n'avait qu'elle au monde.

À cet instant, Matilda n'arrivait plus à contenir ses émotions.

Pire encore, Julianna s'était mise à crier et Matilda était certaine qu'elle le faisait parce que sa mère en était incapable. Elle avait donc demandé à Bess de l'emmener se promener, juste pour que sa fille comprenne que le monde n'était pas que chagrin.

Même si sa mère n'en était pas convaincue du tout.

La tristesse. Une fois de plus. Matilda avait perdu sa mère quelques années plus tôt et son père s'éloignait chaque jour davantage. Tous deux lui manquaient beaucoup.

Mais cette douleur, nichée au plus profond de son corps qui semblait ne plus vouloir la soutenir… Elle passait donc une grande partie de la journée sur son lit, couchée ou assise. Le reste du temps, elle faisait les cent pas.

Aujourd'hui, sa journée avait été différente. Bess lui avait fait préparer un bain et des vêtements propres. Désireuse de se distraire, elle l'avait accepté. Mais elle n'avait trouvé aucun réconfort à sentir l'eau chaude sur son corps douloureux, sur sa peau qui lui paraissait si rêche. Elle n'avait pris aucun plaisir à se laver les cheveux ou à sentir la douceur de ses nouveaux vêtements.

Elle était maintenant sèche et vêtue d'une chemise ample. Elle attendait que Bess revienne emporter la baignoire et ramener Julianna.

Sa chambre possédait plusieurs fenêtres mais le monde extérieur ne l'intéressait pas. Elle désirait même oublier jusqu'à son existence.

— Est-ce ainsi que tu passes tes journées ?

La voix grave et familière l'enveloppa tout entière.

— Nicholas !

Elle essuya à la hâte son visage, consciente de ses cheveux détachés qui pendaient dans son dos, de son absence de robe, de ses joues rouges et de ses yeux gonflés.

— Que fais-tu ici ? demanda-t-elle dans un murmure.

Il ne semblait pas vouloir lui répondre. Ses sourcils étaient froncés et ses traits tirés. Il paraissait également surpris et hésitant, comme s'il ne savait pas quoi dire ou qu'il ne comprenait pas lui-même ce qui l'amenait ici.

— Je t'entends, Matilda. Cela fait longtemps que je t'entends.

Elle avait toujours cru être seule avec son chagrin. C'était ridicule. Tout le manoir devait savoir qu'elle se morfondait. Rohesia et Bess lui rappelaient en permanence qu'elle était terrée dans cette chambre. Leurs regards scrutaient constamment ses larmes ou ses moments de faiblesse.

Elle était pourtant persuadée d'avoir réussi à dissimuler ses larmes, de les avoir étouffées en posant une main sur sa bouche, en mordant la couverture de Julianna ou en pressant ses lèvres sur la joue de son enfant.

Nicholas l'avait-il entendue ?

— J'en suis navrée, dit-elle.

— Ce n'est pas ce que je voulais dire.

Nicholas se trouvait dans sa chambre... Cette chambre où il l'avait amenée.

— Que voulais-tu dire, alors ?

Il ouvrit la bouche puis la referma, et elle comprit que pour la première fois de sa vie, Nicholas se sentait déstabilisé.

Depuis la mort de son père, il était devenu le lord de Mi Sol. Avant cela, il était l'héritier privilégié d'un vaste domaine. Il s'était entraîné pour devenir un guerrier, un chevalier, un mercenaire.

Il était devenu un redoutable guerrier à force d'entraînement, grâce à sa taille imposante et la force de sa volonté. Voir maintenant sa vulnérabilité mit un terme à quelque chose en elle.

Puis elle sentit un sentiment nouveau se déployer et s'épanouir.

— Je veux que tu saches que je ne suis pas venu ici dans le seul but de faire irruption dans ta chambre.

— C'est pourtant ce que tu as fait.

Elle venait tout juste de s'en apercevoir. Elle aurait dû le comprendre sur-le-champ, mais les manières hésitantes de Nicholas l'avaient surprise.

Elle se leva. Une émotion autre que le chagrin était en train de l'envahir. Un malaise. Une frustration.

Peut-être de l'embarras de voir son intimité ainsi violée.

Il l'avait amenée dans cette chambre. Il lui avait offert ce sanctuaire. Croyait-il avoir le droit de l'observer, de surveiller ce qu'elle mangeait, d'écouter les bruits qu'elle voulait cacher à tous, et qu'elle-même ne voulait pas entendre ?

— Tu n'as pas frappé.

— Cela fait trois semaines que tu es là.

— Tu m'as amenée ici. J'ai cru que c'était *ma* chambre.

— C'est ta chambre si tu souhaites te reposer et trouver un moment de calme. Mais pas pour te cacher.

C'était dur à entendre. Non, c'était faux. Elle ne se cachait pas. C'était son sanctuaire et Nicholas avait beau feindre l'innocence, il le savait.

— Comme tu l'as fait toi-même ?

— Que veux-tu dire ?

— Tu as été blessé des années plus tôt et tu n'es pas revenu.

— Je ne me cachais pas. Je récupérais.

— Et après ?

Voyant qu'il gardait le silence, elle poursuivit :

— Roger n'est mort que depuis quelques mois, Nicholas.

— Il est mort mais pas toi.

Elle accusa le coup puis se ressaisit.

— Que veux-tu que je fasse ? Que je reprenne le cours de ma vie comme si rien ne s'était passé ?

— La mort est venue s'immiscer dans ta vie, mais la vie aussi. Et la vie a plus d'exigences que la mort. Elle exige que tu te reposes, que tu manges. Que tu…

Il pinça les lèvres et secoua la tête.

— Tu dois au moins t'alimenter, conclut-il.

Il était sur le point de dire que la vie impliquait bien d'autres choses que dormir et manger. Elle le savait. Mais elle était incapable de l'intégrer pour l'instant.

— Dans ce cas, apporte-moi de la nourriture et de l'eau, dit-elle d'un air de défi.

— Les plateaux repartent plus pleins lorsqu'ils sortent de ta chambre.

L'arrivée soudaine de Nicholas la rendait mal à l'aise. Elle était furieuse qu'il l'accuse de se cacher. Gênée qu'il la regarde.

Puis quelque chose de plus fort transperça son chagrin.

La colère.

Comment osait-il la regarder, lui dire qu'elle se cachait et qu'elle ne mangeait pas assez ? Comment osait-il prêter attention aux bruits qu'elle faisait.

Ils étaient privés. C'était son intimité. Son chagrin. Ses sentiments. Il n'avait pas le droit d'y penser.

— Va-t'en, dit-elle.

— Pourquoi renvoies-tu tes repas, Matilda ?

— Je mange assez pour nourrir Julianna. C'est ma chambre. Laisse-moi tranquille.

— Pourquoi restes-tu ici, les fenêtres fermées. Il fait sombre et la cheminée fonctionne à peine.

— Pourquoi m'as-tu amenée ici ? Pour me surveiller ? Je te faisais confiance.

— Tu as besoin de manger, Matilda.

— Je n'ai d'appétit pour rien.

Nicholas écarquilla les yeux de surprise en entendant sa réponse.

— Tu dois manger, Matilda, insista-t-il.

— Pourquoi ?

— Pour elle.

— C'est ce que je fais.

Il balaya la pièce du regard, comme s'il cherchait des réponses.

— Pendant combien de temps ?

— Le temps qu'il faudra.

Mais elle non plus ne savait pas combien de temps durerait cet état, et elle s'en inquiétait déjà. Son lait n'était pas aussi abondant qu'elle le croyait. Elle se nourrissait pourtant juste assez pour ça mais son corps refusait de coopérer. Elle craignait que Bess l'ait remarqué et qu'elle ait déjà demandé à une autre femme de nourrir Julianna. Et cette pensée la poussait à rester allongée sur le lit en contemplant le plafond, trop lasse pour faire autre chose.

Nicholas posa les yeux sur elle.

— Tu as besoin de tes forces pour elle.

De nouveau, la colère l'envahit. Elle aurait dû faire tant de choses. Comme être là quand son mari était au champ. Prendre soin de sa blessure et accepter qu'on lui coupe le pied plus tôt.

C'était une évidence parce que Roger était mort. Et elle vivait avec plus de culpabilité que cet homme ou que toute autre personne pouvait l'imaginer.

Elle le savait mais elle ne voulait pas entendre. Encore moins de la part de Nicholas.

Elle avança vers lui et agita ses bras.

— Sors de cette pièce.

Il ne bougea pas.

— C'est donc pour cette raison que tu m'as amenée ici ? Pour me tourmenter et m'inquiéter ? Tu arrives avec des questions que tu n'as pas le droit de me poser. Comme si…

Elle sentit soudain le froid et enroula les bras autour de sa taille avant de se tourner.

— Pour qui te prends-tu ? continua-t-elle. Tu n'es personne. Tu es parti et nous nous sommes retroussé les manches après ton départ. Tu as tout laissé derrière toi dans ta fierté de partir, de brandir ton épée et de gagner quelques bouts de métal qui permettent d'acheter des choses. Nous avons continué de cultiver la terre lorsque le blé a poussé, nous avons reconstruit les murs qui s'étaient effondrés. Tu n'étais pas dehors à nouer les fagots de blé sous le vent et dans le froid. Tu n'as pas perdu de brebis dans les fossés ou tu n'étais pas là quand le toit de l'aile ouest est tombé sur le manoir et que la pluie est arrivée.

Elle avait froid, elle avait chaud. Elle tremblait. Elle serra ses bras plus fort autour d'elle. Ses pieds la faisaient arpenter la pièce encore plus vite. Quant à Nicholas, il était aussi immobile qu'un mur.

Que faisait-il ? Rien ? Ou bien l'écoutait-il divaguer ? Était-il là pour elle ?

Il se tenait juste à côté d'elle, et pourtant il ne faisait rien.

— Sors de cette chambre ! s'écria-t-elle en le poussant.

Il resta immobile.

Frustrée, elle le poussa encore et encore, jusqu'à ce que quelque chose de puissant lui vrille les entrailles. De la rage.

Elle rassembla tout ce qu'elle avait en elle, toutes ses forces, puis se rua contre son corps rigide et il accusa le choc.

Elle frappa son ventre, et sa respiration était la seule chose qui indiquait qu'il ressentait la tempête qui sévissait en elle.

Elle voulait en faire encore plus. Beaucoup plus. Elle détailla son expression implacable et son corps impressionnant et comprit qu'il était capable de supporter davantage. Il la laissait faire. Sans réagir. Il restait immobile et muet. Il la laissait déverser tout ce qu'elle avait en elle, et ce faisant, il lui apportait son aide.

Cette idée aiguisa sa colère. C'était comme s'il avait aussi ce droit. Droit sur sa chambre, son intimité, ses pensées. Et maintenant, sur ses émotions.

Cette idée la submergea.

Elle n'était plus assise sur son lit, recroquevillée sur elle-même, mais en train de perdre ses moyens.

Les bruits qu'elle retenait au plus profond de son être sortaient à travers ses poings. Plus forts, maintenant qu'elle ne les étouffait plus sous ses oreillers.

Son chagrin, sa douleur, son angoisse, éclataient à la vue de tous.

Et cet homme en était témoin.

Jusqu'à ce qu'elle se jette une fois encore sur lui, que son corps heurte le sien et qu'elle tombe, le souffle court. Il l'enlaça et la serra très fort contre lui tandis qu'elle s'effondrait.

Les sanglots de Matilda le dévastèrent profondément. Elle criait sa vulnérabilité, son cœur brisé, le frappait et hurlait comme si elle était piégée en pleine tempête au beau milieu de l'océan et qu'il était un morceau de bois auquel elle s'accrochait pour ne pas sombrer. Il était tout ce qu'elle avait pour l'aider à surnager.

Un bon à rien – voilà ce qu'il était. Brisé. Vide. Les sanglots étranglés qui sortaient de ses lèvres étaient ceux d'une naufragée. Elle se noyait dans ses émotions et elle avait beau s'accrocher très fort à lui, et lui, l'enlacer avec toute la tendresse et la force qu'il pouvait lui offrir, cela ne servait à rien. Elle continuait de sombrer, et l'entraînait avec elle. Il la laissa faire.

Il le méritait – ça et tout ce qu'elle lui avait lancé au visage. La haine qu'elle éprouvait pour lui transpirait dans toutes ses accusations, dans chacune de ses inflexions. Il méritait qu'elle le frappe. Qu'elle fracasse ses murs, sa stupidité. Sa fierté.

Pendant des semaines, elle était restée dans cette chambre à côté de la sienne, à vivre avec ses peurs et son chagrin.

Et il l'avait laissée. Il l'avait laissée en épouser un autre. Il n'avait aucun droit sur elle.

Tout était vrai.

Tout était faux.

Car tout cela n'avait pas d'importance – plus après

la promesse qu'il avait faite à Rhain de revenir réparer son passé.

Quel homme était-il pour ne pas lui avoir tendu la main ? Ne serait-ce qu'au nom de l'amitié ? Il était brisé, et certainement vide lui aussi. Mais il restait un espoir entre eux. Matilda et lui avaient partagé leur enfance.

En ces temps d'innocence, il serait resté auprès d'elle pendant tous ces jours et ces nuits. Il aurait dû encaisser ses paroles et ses poings, et la laisser les répéter chaque jour.

Il aurait dû la laisser s'accrocher à lui pendant qu'elle s'enfonçait dans son chagrin.

À la place, il l'avait laissée sombrer pendant presque trois semaines.

C'en était assez. Il l'attira plus près de lui et la souleva du sol pour qu'elle n'ait plus à porter son propre poids. Et lorsqu'il la sentit encore trop loin de lui, il pencha la tête et posa la joue contre ses cheveux. Après quelques instants, elle cala la tête dans le creux de son cou. Comme si cet endroit presque clôt lui offrait tout l'air dont elle avait besoin.

Bess frappa deux fois à la porte avant d'entrer. Nicholas faillit se lever de la chaise placée dans le coin de la chambre pour l'arrêter, mais craignit que le bruit de ses bottes résonne trop fort dans l'espace soudain silencieux.

Bess s'immobilisa, bouche bée. Elle tenait Julianna dans ses bras. Ses yeux se posèrent sur lui puis sur Matilda, paisiblement endormie sur le lit. Elle paraissait apaisée malgré les traces de larmes sur ses joues.

Il y avait une certaine douceur dans son expression, comme si quelque chose s'était envolé.

— Elle s'est endormie, dit-il.

Bess serra le bébé un peu plus près d'elle.

— Tu peux me la confier, ajouta-t-il en tendant les bras.

Elle fit quelques pas et s'arrêta.

— Que fais-tu ici ?

— Je suis venu parler avec elle.

— Et tu es resté ?

— Elle avait besoin de se reposer.

— Et tu es resté ? répéta-t-elle.

Matilda bougea et leurs regards se posèrent sur elle.

— Je savais que tu ne tarderais pas à revenir, murmura-t-il. Donne-moi le bébé pour qu'elle puisse se reposer, et rentre chez toi.

Le regard inquiet, Bess avança doucement vers lui et posa l'enfant dans ses bras.

Julianna ne bougea pas, parfaitement sereine, même si cela faisait des heures qu'elle avait quitté la chambre.

— A-t-elle mangé ?

Bess hésita.

— A-t-elle mangé ? répéta-t-il en connaissant la réponse.

— Il y a plusieurs nourrices dans le village qui sont heureuses d'aider Matilda, sachant qu'elle ne peut pas nourrir son enfant.

— Est-elle au courant ?

— Nous n'en parlons pas… Je ne lui ai rien dit… Mais je pense qu'elle est au courant car elle me confie Julianna dès qu'elle pleure. Son lait risque de se tarir.

Nicholas installa Julianna contre lui. Il se délecta de

son doux parfum et de sa chaleur. Cette enfant avait besoin de sa mère, et sa mère avait besoin d'elle.

— C'est à cause de son chagrin ?

— C'est ce que pense Rohesia.

Matilda avait été submergée par ses émotions, son enfant en pâtissait. Que valaient donc ses promesses ? Elles étaient creuses. Vaines.

Mais il ne le permettrait plus.

— Je vais m'occuper d'elle.

Bess braqua les yeux sur Matilda, qui dormait toujours. Puis, avec un regard d'avertissement, elle acquiesça et quitta la pièce.

Un avertissement. Ce n'était pas le premier qu'on lui donnait et bientôt, il en recevrait bien d'autres.

Réparer son passé.

Lorsqu'il était parti, seul le domaine avait besoin de réparations. Depuis qu'il était revenu, ses amitiés, ses relations avec les autres personnes devaient être réparées, elles aussi.

Il avait vu comment Rhain avait atteint la paix.

Il croyait être prêt à tout pour la trouver à son tour.

Sauf qu'il ne l'avait pas fait.

Tout était temporaire. Il n'avait aucun droit.

Même son séjour ici était temporaire. Ses relations, elles, ne l'étaient pas. Elles avaient continué y compris lorsqu'il les avait ignorées pendant toutes ces années.

Il n'avait pas fait ses adieux correctement.

Avec Roger, il n'aurait plus jamais l'occasion de le faire. Mais si l'opportunité lui en avait été donnée, que lui aurait-il dit ? Il n'y avait que maintenant qu'il se laissait aller à de telles pensées.

Louve n'était plus le même qu'avant. Sa nonchalance

était toujours là, mais ses sourires laissaient entrevoir des fissures. Était-ce parce qu'il était resté ? Le voulait-il seulement ? Quelques jours et quelques verres de plus, et peut-être qu'il résoudrait ce mystère.

Mi Sol avait été exploité au mieux. Il ne lui fallait qu'un peu plus d'argent – qu'il avait apporté – pour offrir un bon moyen d'existence à ses métayers. Quelques têtes de bétail en plus, d'outils pour le forgeron.

Il pourrait alors réparer son passé.

Mais que pouvait-il faire pour Matilda ?

Pour son propre cœur ?

Pouvait-il lui pardonner d'avoir épousé un autre homme ? De ne pas l'avoir attendu ? D'avoir cru qu'en cessant simplement de lui écrire, il avait rompu leurs fiançailles ?

Il l'avait fait pour la protéger et aucune de ses réponses ne pouvait lui faire accepter cette lettre qu'il avait reçue lorsqu'il gisait presque mort sur sa paillasse.

Aucune.

Son regard se posa sur Julianna. Au nom de son amitié pour Roger, de son amitié pour la Matilda du passé et pour le bébé ici présent, il voulait bien leur simplifier les choses. Il était peut-être blessé, aussi bien physiquement que moralement. Il était peut-être creux et inutile. Mais Matilda pouvait s'accrocher à lui le temps qu'il ait acquis la certitude qu'elle et le bébé iraient de l'avant avant qu'il parte.

Il remonta la couverture sur Julianna. Le bébé dormait toujours, la mère aussi et, pour la première fois depuis son retour, Nicholas sentit son agitation s'estomper.

Chapitre 11

Février 1296

Après quelques mois seulement, la vie de Matilda avait complètement changé. Elle était assise à sa table, dans sa maison, et tenait son enfant dans ses bras en la nourrissant. Julianna, sa fille, était plus belle qu'elle ne l'avait rêvé. Du bout de ses orteils à ses doigts, de la noirceur de ses cheveux à son menton volontaire, elle était le portrait craché de son père. Et Julianna était une fille – chose qu'elle avait toujours sue.

C'était la vie qu'elle voulait. Avoir une maison. Un foyer. De bons amis… et une famille. Elle voulait tellement se raccrocher à tout cela.

Julianna était toute sa vie maintenant – ce petit être, complètement dépendant d'elle – et elle savait qu'elle s'en servait déjà comme d'un bouclier pour se protéger de la plus grande souffrance de son existence. La mort. La perte d'un être cher. Roger avait fait tout cela. Et il l'avait défendue. Mais Julianna n'en saurait jamais rien.

Matilda retint un sanglot. Elle éprouvait un tel sentiment de vide. Julianna ne connaîtrait jamais son père – ni son sourire ni le réconfort de ses paroles. Ni sa patience. Sa fille ne saurait jamais rien de sa patience.

Elle caressa les cheveux de la petite, déjà plus sombres que les siens. Semblables à ceux de Roger. Tout comme ses yeux et son nez, cela ne faisait aucun doute.

— Il la connaissait.

La main toujours posée sur la tête de Julianna, Matilda se tourna. Nicholas se tenait là. Il soutint son regard mais paraissait peu sûr de lui. C'était étrange de la part d'un homme qui gagnait sa vie en tuant.

La mort aurait dû lui être familière. Pourtant, aux traits de son visage, à la raideur de ses épaules, elle voyait bien qu'il portait sur lui un poids immense. Elle le devinait à son pas hésitant et au débit de sa voix. Des paroles qui résonnaient pourtant de manière trop assurée. Il poursuivit.

— C'était à ça que tu pensais, n'est-ce pas ? continua-t-il. Elle, si petite, si fragile, si jeune. Elle n'a pas eu le temps de le connaître. Pourtant, Roger la connaissait. Avant de mourir, il aimait déjà son enfant, même si elle n'était pas encore née. Et je l'envie pour cela.

— Il n'y a plus rien à envier à présent.

Julianna était une orpheline. Comme elle.

Nicholas contempla l'enfant et son regard s'adoucit.

— Au contraire, il y a beaucoup à envier.

— Tu éprouves plutôt de la pitié. Une femme sans mari… Une enfant sans père. Et sans aucune terre, à l'exception du travail qu'il a fait pour toi. Crois-tu que mon travail va suffire ?

— Puis-je la prendre dans mes bras ? demanda Nicholas. Je sais que tu n'as pas encore mangé.

Elle serra Julianna plus près d'elle.

— Elle ne pleure pas. Je préfère ne pas la déranger.

Il hocha la tête.

— Je vais aller chercher de la nourriture, alors.

— Et que vas-tu faire ? Me nourrir ?

— S'il le faut, oui.

— Pour t'assurer que je ne vais pas m'affaiblir et te faire perdre de l'argent ?

— Nous avons dépassé cela, tu ne crois pas ?

Il se dirigea vers la cheminée, sans doute pour rajouter une bûche et réchauffer la pièce. À la place, il jeta un seau d'eau sur le feu puis se tourna vers Matilda.

— Tu ne peux pas rester ici toute seule, déclara Nicholas. Tu vas venir vivre au manoir le reste de l'hiver. Il fait trop froid pour Julianna dans un cottage.

Matilda sortit de sa torpeur. Le soulagement qu'il lut dans son regard lui fit comprendre qu'il avait dit ce qu'il fallait.

Ils remontèrent en silence le chemin qui menait au manoir. Comme si ses paroles venaient de donner du sens au chaos de leurs vies.

C'était le froid qui l'avait poussée hors de chez elle. La cruauté de l'hiver, les tempêtes qui s'abattaient sur les planches fragiles et les fenêtres se raillaient du maigre feu à l'intérieur. Ce n'était que cela.

Nicholas tendit les bras.

— Donne-la-moi.

Matilda secoua doucement la tête et serra Julianna plus fort.

La peur. La douleur. Elle avait encore besoin d'être rassurée. Nicholas était capable de le faire avec ses mercenaires, mais que pouvait-il dire à cette femme qu'il avait autrefois aimée, qu'il aimait encore, alors qu'elle avait perdu l'homme qu'elle lui avait préféré ? Comment pouvait-il la rassurer ?

Puis il comprit.

— Je l'ai déjà prise dans mes bras, insista Nicholas. Le jour de son baptême. Je ne l'ai pas laissée tomber.

Bouche bée, elle se tourna vers lui. Il voulait la réconforter alors qu'il n'en avait pas le droit. Néanmoins, elle avait desserré son étreinte autour de l'enfant et il profita de cet instant pour la prendre délicatement dans ses bras.

— Pourquoi as-tu fait cela ? demanda-t-elle d'une voix rendue rauque par les larmes qu'elle retenait.

Il regarda par-dessus son épaule et vit une femme accablée par le chagrin. Il souffrait avec elle. Qu'importe ce qui s'était passé entre eux, il pleurait avec elle la perte qu'elle vivait et la sienne.

— Pourquoi as-tu porté le bébé jusqu'à l'église ce jour-là, au lieu de laisser Bess ou Rohesia le faire ? Pourquoi as-tu accepté d'être son parrain ?

— C'est généralement le rôle du lord du manoir.

Mais cela n'expliquait pas pourquoi ce n'était pas Bess ou Rohesia qui avaient amené l'enfant, alors que la coutume voulait qu'une femme porte le bébé si c'était une fille. Mais Matilda n'attendait pas de sa part des explications ou des justifications. Il décida donc de lui dire la vérité.

— Je l'ai fait parce que tu avais besoin de moi. Mais tu avais aussi besoin de moi avant, n'est-ce pas ? Et je n'ai pas été là. Tu as donc trouvé Roger. Et maintenant, tu l'as perdu, et rien de ce que je peux faire ou dire ne peut le changer. Je suis vraiment désolé, Matilda.

Ils continuèrent de marcher en silence pendant que Nicholas tenait Julianna étroitement dans ses bras.

— Je suis désolé pour ce jour-là, dit-il.

Au fond d'elle, Matilda se demanda si elle avait perdu le fil de la conversation.

— De quel jour parles-tu ?

— Ce n'est pas de ta faute si j'ai reçu cette lettre à ce moment-là. Tu l'avais envoyée un mois plus tôt mais nous étions en voyage et elle a mis du temps à me parvenir. Je l'ai reçue le jour où j'ai été blessé.

Elle était arrivée alors qu'il se trouvait à la porte de la mort. Le pire jour de sa vie avait été aggravé par cette lettre.

— Cette lettre t'a-t-elle donné des forces ? M'as-tu haïe ?

Il ne voulut pas lui mentir.

— Oui.

Cela faisait mal, mais il préférait cela à la douleur qui l'avait tellement fait souffrir qu'il ne voulait plus quitter son lit.

— Je suis navré, répéta-t-il.

Elle essaya de dédramatiser la situation.

— Je ne t'ai jamais entendu t'excuser autant.

— J'ai beaucoup de choses à me faire pardonner.

Et elle aussi. Mais…

— Tu le fais à cause de Roger ? Tu penses que je mérite ces excuses parce que je suis veuve ?

— Matilda, laisse un homme faire ce qu'il doit faire.

— Pour que tu puisses avoir la conscience tranquille parce que ton ami est mort ?

— J'ai eu tort de t'accuser ! grogna-t-il. Ce n'est de pas ta faute si tu es tombée amoureuse de lui. Je comprends mieux pourquoi cela est arrivé, maintenant. Et tu as bien fait de m'écrire pour me prévenir.

— Je suis heureuse que ta haine pour moi t'ait motivé pour te rétablir !

— Tu es la femme la plus impossible que je connaisse !

— Dans tous les merveilleux pays que tu as traversés ? J'en doute.

— Je t'assure qu'il n'y a rien de merveilleux dans cette vie, Matilda.

— C'est donc pour cette raison que tu es revenu ? demanda-t-elle.

— Rhain m'a demandé de le faire.

Elle haussa des sourcils étonnés.

— Tu obéis aux ordres ?

— Il ne m'a pas exactement dit de revenir ici, mais il m'a invité à affronter mon passé.

Le passé de Nicholas ne se trouvait pas à Mi Sol. Le domaine était peut-être important pour son père mais pour lui, le manoir ne se résumait qu'à un amas de pierres et de mortier… Quelque chose dont il ne voulait pas. Il n'y avait plus aucun fantôme à affronter… sauf elle.

Il était revenu pour affronter Matilda. Pendant tout ce temps, elle avait senti qu'il l'observait, qu'il attendait. Allait-il le faire maintenant ?

— Pourquoi pensait-il que tu avais besoin de réparer le passé ?

— Tu veux savoir pourquoi il me connaissait si bien ?

Elle secoua la tête.

— Tu as parlé de lui dans plusieurs de tes lettres.

— Celles que je t'ai écrites, dit Nicholas en regardant par-dessus son épaule. Je les avais presque oubliées.

Pas elle. Ces lettres qu'elle recevait presque chaque mois étaient tout ce qu'elle avait de lui pendant les premières années après son départ. Lorsqu'elle avait épousé Roger, elle les avait rassemblées et les avait rangées au fond de son coffre. Elle aurait dû comprendre ce que voulait dire cet acte – comprendre qu'une partie d'elle n'avait jamais cessé d'aimer Nicholas.

— Comment as-tu pu les oublier ? demanda-t-elle.

Il posa de nouveau son regard sur elle.

— Je n'ai jamais oublié mes sentiments pour toi. C'était tout ce qui me restait. Je n'avais pas de famille. Pas de foyer. Juste toi et les moments que nous avions partagés, les sentiments que nous avions l'un pour l'autre.

— Et pourtant, tu as cessé de m'écrire.

— Oui.

Elle sentit de nouveau son cœur se briser. Une partie d'elle était encore convaincue que si elle avait cessé d'aimer cet homme et si elle s'était donnée complètement à Roger, ce dernier n'aurait pas été dans les champs à tout moment. Peut-être qu'un amour plus vrai aurait fait d'eux des êtres épanouis. Ils n'auraient pas cherché le bonheur ailleurs.

Ailleurs ? Mais où aurait-elle pu le trouver ? Elle était chez elle à Mi Sol. Et elle avait beau prétendre le contraire, et lui aussi, Nicholas appartenait à cet endroit.

— Pourquoi es-tu revenu ? Quand tu as dit vouloir affronter ton passé, tu voulais dire m'affronter, moi. Est-ce pour cela que tu es revenu ?

Son expression devint implacable, comme s'il gardait pour lui un terrible secret, et cela la mit en colère. Roger était mort, sa mère était morte, et son père n'était présent que la moitié du temps.

— Pourquoi ne m'as-tu pas attendu ? demanda-t-il.

Je suis parti risquer ma vie pour gagner de l'argent pour toi. Pour te construire un…

— Non, ne dis pas cela, l'interrompit-elle vivement. Serais-tu en train de me comparer à Helena ? Quand ai-je émis le moindre souhait de vivre dans l'opulence ?

Il avait essayé de se convaincre que c'était le cas, mais il savait qu'il se trompait.

— Tu étais égoïste, comme elle. Tu prenais toujours tes plaisirs là où tu pouvais.

S'il l'avait frappée, elle aurait été moins surprise.

— Je n'ai jamais été égoïste, se défendit Matilda.

— Tu t'es mariée derrière mon dos, répliqua durement Nicholas.

— Tu avais brisé ma confiance ! protesta-t-elle. Tu es parti alors que je t'ai supplié de ne pas le faire. Tu m'as écrit presque tous les mois et soudain, plus rien !

Elle agita les bras et lui tourna le dos.

— Tu m'as expliqué pourquoi tu l'avais fait mais nous savons tous les deux que tu aurais pu écrire quelque chose pour moi dans les courriers que tu envoyais à Louve. Pourtant tu ne l'as pas fait. Rien… Pas un mot.

Elle posa un doigt sur son cœur.

— Et tu oses me comparer à Helena ? continua-t-elle. Moi, qui suis restée et qui ai pris soin de tous les métayers que tu as abandonnés. Moi qui m'inquiète pour mon père, pour Agnes et au moins pour…

Juste à cet instant, elle se brisa. Il avait fait bien plus que briser sa confiance. Il avait aussi mis en pièces sa fierté. Elle l'avait supplié devant tout le monde de ne pas partir. Les regards de pitié l'avaient suivie pendant des années.

Mais elle ne pouvait pas le lui dire. Le peu de fierté

qui lui restait s'y refusait. Elle aussi était vulnérable, et Nicholas le savait, car il tendit une main vers elle, comme pour l'aider.

— Non ! prévint-elle en décidant de ne lui dire que ce qui était vraiment nécessaire. Tout est de ta faute, avec tes promesses aussi vides que celles de ton père. Tu m'as dit que tu resterais mais tu es parti la même année. Tu m'as dit que tu reviendrais mais les années ont passé sans que tu le fasses. Tu as dit que tu m'écrirais puis tu as cessé de le faire. Tu as brisé quelque chose en moi avec tes actes. Comment pourrais-je de nouveau te faire confiance ?

Nicholas berça Julianna, qui venait de s'agiter dans ses bras, certainement dérangée par ces cris au-dessus de sa tête. Il baissa la voix et tenta désespérément de refréner les émotions qui tendaient ses paroles.

— Tous mes choix étaient destinés à tenir la promesse que je t'ai faite. Te donner un foyer, une famille et une vie ici. Nous n'aurions pas pu l'avoir si je n'avais pas gagné d'argent. Je te suis resté fidèle pendant toutes ces années, alors que nous passions de nombreuses nuits dans des auberges remplies de femmes. Même si j'ai voyagé dans des pays lointains, avec des coutumes différentes en matière de mariage. Cela m'a pris des années pour revenir, mais je t'ai dit que je gagnerais de l'argent et que je reviendrais vers toi, et c'est ce que j'ai fait.

Il souffla longuement et se massa la nuque d'une main, le bébé en équilibre sur son autre bras.

— Il est vrai que mon père n'a jamais tenu ses promesses, continua-t-il. Je n'ai donc jamais appris la confiance. Ni de la part de mon père, ni de ma belle-mère, qui est revenue sur sa promesse dès l'instant où son regard s'est posé sur ce morceau de terre. Je te faisais confiance. Je t'ai donné mon cœur, tout ce que j'étais, et tu ne m'as pas cru. Et j'ai beau essayer, je ne comprends pas.

Matilda se détourna de la souffrance qui brillait dans son regard. Cela faisait deux ans qu'elle lui avait envoyé cette lettre lui annonçant qu'elle allait en épouser un autre. Comment lui expliquer ce qui lui était arrivé à ce moment-là ?

Elle avait l'impression d'être faible. Vulnérable. Elle se sentit devenir toute petite en écoutant les paroles de Nicholas. Mais si elle lui révélait ses faiblesses, elle ne serait qu'encore plus affaiblie. Et le peu de fierté qui lui restait disparaîtrait.

Nicholas lui avait tout pris – elle ne lui donnerait pas cela en plus. Elle garda donc le dos tourné et ne répondit rien.

Nicholas émit un soupir rauque, comme s'il était en colère.

— Je dépendais de toi, Matilda. Les choses n'avaient de la valeur que si je les vivais avec toi.

Elle l'entendit s'éloigner et poursuivre d'une voix plus forte.

— Mon cœur. Mon âme. J'ai tout misé sur ta confiance. Toi qui en avais eu toute ta vie. Toi qui savais ce que c'était et à quel point la confiance pouvait donner de la force. J'ai joué ma vie sur ta confiance. Et pour quoi faire ?

— Je t'ai été fidèle, tout comme toi, se défendit Matilda. Pendant toute ton absence, je t'ai écrit et j'ai gardé précieusement les lettres que tu m'envoyais. Puis j'ai été surprise de voir que tu ne m'écrivais plus, alors que Louve continuait de recevoir de tes nouvelles. Ensuite, ma mère est décédée… et mon père a commencé à ne plus bien se porter. Moi non plus, je n'allais pas bien.

Nicholas grogna de nouveau. Il était en train de se briser, tout comme elle. Elle en comprenait aussi la raison, car tout ce qu'elle disait était la vérité.

Il n'avait pas eu tort de placer sa confiance en elle mais elle avait été faible. Et à ce moment-là de sa vie, elle ne se faisait plus confiance. Si elle l'avait fait, elle aurait compris que Nicholas devait avoir une bonne raison de ne plus lui écrire. Il lui aurait suffi de se raccrocher à cette certitude. De se fier à lui.

À la place, elle avait laissé parler sa fierté. Il est vrai qu'elle n'avait jamais été soumise à pareille épreuve – jamais elle n'avait été poussée aussi loin. Elle n'avait plus de soutien. Mais n'étaient-ce pas des excuses que tout cela ? Au premier obstacle, elle avait trébuché.

Penaude, honteuse, elle s'était enveloppée dans sa fierté sans jamais laisser personne s'approcher assez près d'elle pour voir les faiblesses qu'elle dissimulait.

Elle avait commis une erreur – et elle avait blessé tant de personnes. Roger. Nicholas. Son père. Elle-même.

Oui, elle s'était fait du mal. C'était pour cette raison qu'elle avait eu envie de changer. Pas parce que Nicholas était parti, mais parce qu'elle voulait oublier qui elle était.

Elle marchait devant lui, mais elle sentait le regard de Nicholas peser sur elle. Il y avait tant de douleur entre eux. Tant d'erreurs à corriger. Et toutes n'appartenaient pas qu'au passé. Il faudrait bien d'autres mots. Ceux qu'elle avait essayé de dire un peu plus tôt et ceux qu'il était encore nécessaire de prononcer.

— J'ai pris soin de Roger du mieux que je pouvais, dit-elle. Je suis restée près de lui, mais cela n'a pas suffi. Rien de ce que j'ai fait ou continué de faire, rien de ce que j'étais ou que je suis toujours ne suffit !

Sans rien ajouter d'autre, elle prit sa fille des bras de Nicholas et s'éloigna vers le seul regret auquel elle pouvait remédier.

Chapitre 12

Combien de temps avait-il devant lui ? Nicholas fit passer les portes du domaine à son cheval. Personne n'avait vu Matilda depuis qu'elle était revenue au manoir. Bess lui avait dit que Matilda avait nourri Julianna avant de partir se promener.

Pourquoi l'avait-il laissée partir ?

Lorsqu'il l'avait vue s'en aller avec l'enfant dans les bras, il avait compris que les choses n'étaient pas réglées entre eux. Mais il voulait lui accorder plus de temps. Matilda avait alors réussi à entrer dans les écuries, à seller l'une des juments et à s'en aller.

Il s'était écoulé plusieurs heures depuis qu'ils avaient eu cette discussion. Des heures pendant lesquelles il l'avait laissée seule – parce qu'elle paraissait perdue, parce que ses paroles l'avaient dévasté, parce qu'il ne savait pas quoi dire.

Il ne pouvait pas pousser son cheval à galoper plus vite. Il maudit alors sa taille, son poids, ce qui n'était pas la première fois. À pied, l'épée à la main, il avait tout conquis, mais il se sentait beaucoup moins à l'aise lorsqu'il s'agissait de guider un cheval sensible au moindre de ses mouvements. À cette vitesse, sa vision périphérique était limitée. Il pouvait très bien passer devant Matilda sans même la voir.

Il continua de se maudire et traversa un terrain qui ne lui était plus familier. Pourtant, sans comprendre comment, il pressentait que Matilda était passée à travers ces champs, à travers ces taillis clairsemés en direction des bois. Il connaissait bien cet endroit, même si cela faisait des années qu'il n'était pas venu.

Lorsqu'ils étaient jeunes, ils chevauchaient ici à bride abattue, en direction de ces arbustes bas et de ces murs en pierre qui parsemaient ces terres. Une partie était des champs ouverts et l'autre partie était clôturée. Seuls les cavaliers les plus aguerris pouvaient guider un cheval sur un tel terrain. Du temps de leur jeunesse, ils faisaient souvent la course, et sautaient les murs en direction du champ ouvert.

Aujourd'hui, les taillis n'étaient plus aussi bas et l'herbe était plus haute. Les murs en pierre étaient partiellement cachés. C'est alors qu'il la vit ! Son cheval avançait moins vite que le sien, mais Nicholas n'en éprouva aucun soulagement.

Matilda était en train de se lever de la selle, le corps penché en avant.

S'apprêtait-elle à sauter ? Matilda lui avait avoué ne pas avoir chevauché depuis des années. Son corps avait changé, de même que le terrain. C'était trop dangereux.

— Matilda ! cria-t-il.

Surprise, elle tira vivement sur les rênes vers la gauche en regardant par-dessus son épaule. Le cheval dérapa sur le côté mais elle reprit le contrôle de sa monture et s'élança vers l'avant. Plus vite cette fois.

*
* *

Matilda n'entendait rien de ce que disait Nicholas derrière elle. Elle ne percevait que le souffle court de son cheval, sa propre respiration haletante ainsi que le martellement des sabots qui écrasaient l'herbe. Le terrain était accidenté et elle dut esquiver des buissons et des ornières.

Elle ne voulait pas que Nicholas la poursuive et l'accule vers les hautes haies qu'ils avaient l'habitude de sauter. Peut-être qu'à cette vitesse, elle pouvait réussir. Cela faisait si longtemps qu'elle n'était pas montée à cheval. Pourquoi avait-elle arrêté de chevaucher ?

Elle aperçut un mouvement à sa droite : c'était la tête du cheval de Nicholas. Il était beaucoup trop près.

Le cœur battant encore plus vite, elle se pencha en avant et se prépara à sauter. Le cheval de Nicholas la rattrapa et la poussa sur le côté. Son cheval commença à ralentir et elle serra les genoux plus fort.

Mais Nicholas l'obligea à bifurquer.

Elle ne pourrait pas sauter mais elle refusait de s'arrêter. Elle fit claquer les rênes et poussa un cri afin que sa monture s'élance de nouveau. Nicholas émit un bruit similaire, mais cette fois elle prit la tête et bifurqua vers les bois. Sa monture, plus petite, était capable de se faufiler avec agilité à travers les arbres, mais pas celle de Nicholas.

Un sifflement fort et aigu résonna, et aussitôt son cheval y répondit.

Aucun mot, aucun claquement de rêne ne pouvait rien changer. Le cheval avait écouté et reconnu un ordre. Elle eut beau l'encourager à avancer, il se mit à trottiner. Un autre sifflement et il tourna brusquement la tête pour échapper à son contrôle avant de s'arrêter.

Matilda s'accrocha à la selle tandis que Nicholas descendait de son cheval. Son expression était sombre et menaçante, mêlant épuisement et rage. La cicatrice blanche ressemblait à un éclair traversant son visage.

Réprimant un juron, elle sentit l'ivresse de la chevauchée et de la poursuite l'envahir, ainsi que la certitude qu'elle avait été sur le point de chuter. Son cheval était trop petit pour sauter. Nicholas le savait, mais pas elle.

Néanmoins, elle refusait de descendre de sa monture bien que Nicholas la domine de sa carrure imposante. Il la souleva de ses mains fortes et puissantes.

Lorsqu'il la posa au sol, Matilda eut l'impression qu'il rêvait de la remettre en selle afin qu'elle puisse courir vers sa mort. Même ainsi, pour la première fois depuis très longtemps, elle se sentait vivante.

— Pourquoi as-tu fait cela ? demanda-t-il sur un ton mordant. Pourquoi as-tu pris ce risque ? Ce cheval est trop petit pour sauter un obstacle. Et à cette vitesse, une flaque de boue aurait pu te tuer !

Matilda avait les jambes qui tremblaient, mais une force inconnue l'aidait à tenir debout.

— Je chevauchais mon cheval.

Il pointa la main vers elle.

— Tu n'as jamais chevauché de cette façon ! s'écria-t-il. La selle était-elle bien attachée ? Je t'ai vue glisser sur le côté.

Elle écarta la main accusatrice pointée vers elle.

— Ce n'était pas à cause de la selle mais du terrain. Crois-tu que tu n'étais pas plus penché en avant que moi ? J'étais à pleine vitesse et, en obligeant mon cheval à partir sur le côté, nos montures auraient pu se heurter. Nous nous serions percutés.

— Je t'ai forcée à bifurquer pour te rattraper, mais à ma grande surprise tu as foncé vers les bois.

— Tu n'es pas responsable de moi, protesta Matilda. Tu es parti.

Elle n'avait pas besoin de cela. Pas maintenant, alors qu'elle avait presque réussi à rassembler les morceaux épars de son être.

Elle avait failli tomber. Elle en avait acquis la certitude lorsque son cheval avait commencé à s'écarter de l'obstacle alors qu'elle s'apprêtait à sauter, juste avant que Nicholas l'oblige à changer de direction.

Pourtant, jusqu'à cet instant – pendant le court temps où elle avait été sur le point d'être catapultée en avant – tout en elle avait formé une unité, de nouveau.

Elle n'avait plus ressenti une telle plénitude depuis quatre ans.

En chevauchant de manière imprudente, elle s'était sentie libre et avait éprouvé un sentiment merveilleux. Elle voulait bien être maudite si elle laissait cet homme menaçant gâcher ce bonheur nouveau.

Elle tourna les talons et se dirigea vers son cheval.

Il bondit pour venir se mettre à côté d'elle.

— Maintenant, tu m'ignores ? l'interpella Nicholas.

Son cheval fit un écart quand elle s'approcha, ce qui ne fit qu'exacerber sa colère.

— Je t'ignorais déjà avant. C'est toi qui es venu me chercher !

— Si je ne l'avais pas fait, où serais-tu, maintenant ? Tu serais dans l'autre monde ! Ce cheval est boiteux.

— Ce cheval va très bien, riposta-t-elle. Écarte-toi pour me laisser rejoindre ma jument.

— Elle est agitée parce qu'elle a plus de bon sens que toi.

— Tu es ridicule. Va-t'en. Je suis en vie. Ce cheval n'est pas boiteux. Tu peux rentrer chez toi, maintenant et aller croiser l'épée avec Louve.

— Pas alors que tu as failli causer ta propre mort, dit Nicholas en reculant d'un pas et en passant la main dans ses cheveux. Tu as envie de mourir ?

Elle fit volte-face.

— Bien sûr que non ! C'est ce que tu crois ?

Elle se délectait de voir Nicholas reculer. C'était elle, la bête sauvage, à présent. Elle était libre et tout ce qu'il y avait en elle pouvait sortir.

— Au début, quand tu es parti, ajouta-t-elle, j'ai continué de monter à cheval mais personne ne m'accompagnait. Ton absence pesait lourd et j'ai cessé de sauter des obstacles. J'ai cessé de lâcher la bride de mon cheval et de me sentir libre. J'étais incapable de ressentir cette légèreté et j'ai forcé ma monture à tempérer ses ardeurs.

Après quatre années de culpabilité elle venait seulement de comprendre que la faute incombait à Nicholas.

— Tu es parti parce que tu étais impétueux et plein de fougue, conclut-elle.

— J'ai quitté le manoir parce que…

— Non ! Avoue. Quelque chose en toi frémissait de joie à l'idée de laisser Mi Sol derrière toi.

Il souffla durement.

— Je reconnais que je suis parti de mon plein gré.

C'était une victoire mais elle n'était pas suffisante. Il ne s'en sortirait pas, cette fois.

— Pourquoi étais-tu aussi impatient de partir, Nicholas ? Pourquoi ? Parce qu'il n'y avait rien ici pour toi ? Parce que tu n'avais pas trouvé ce dont tu avais besoin ?

— Je t'aimais, protesta-t-il.

— Pas assez.

Lorsqu'elle chevauchait à travers champs, le vent avait fouetté ses cheveux et lui avait brûlé les yeux. Elle volait mais les paroles de Nicholas l'avaient retenue pour l'écraser au sol.

— Je ne représentais pas assez de choses pour toi, continua-t-elle. Je me suis donc reconstruite. J'ai cessé de monter à cheval. J'ai pris soin de mon père et ai appris à Agnes à dessiner. J'ai passé du temps avec Roger.

Elle plissa les yeux à l'évocation de ce souvenir cuisant.

— Il y avait quelque chose de paisible en lui, continua-t-elle. Il savait toujours quelle était sa place dans ce monde. Mais cette place ne suffisait pas. Et plus nous passions de temps ensemble, plus il arrivait à me faire croire que j'étais assez… pour lui. Même brisée comme je l'étais, il me voulait encore. Tu es parti et je me sentais inutile, mais Roger était prêt à m'accepter comme j'étais. Comment aurais-je pu ne pas vouloir de lui ?

— Matilda…

Elle leva la main pour l'interrompre. Elle ne voulait pas de ses excuses, de son chagrin. Ils étaient déjà contenus dans sa façon de prononcer son prénom.

— Il y a autre chose, dit-elle. Laisse-moi t'en parler.

Peut-être était-ce dû à ses paroles ou plus probablement à l'émotion contenue dans ses mots, mais le géant resta immobile devant elle, prêt à l'écouter. Les rayons du soleil couchant jouaient sur ses cheveux sombres et sur l'éclat impénétrable qui teintait son regard.

Nicholas attendait quelque chose d'elle. Et elle ne pouvait plus l'éviter. Il était revenu à Mi Sol dans ce seul but. Et elle avait attendu.

Mais maintenant, il ne pouvait plus contenir sa frustration. Il l'avait observée… patiemment. Elle avait dîné avec lui dans la grande salle, ils avaient pris ensemble des décisions pendant les réunions du conseil. Il lui avait tenu la main pendant qu'elle accouchait de sa fille. Pendant tous ces mois, il était resté à ses côtés.

Et elle était de nouveau tombée amoureuse de lui…

Cette fois, cela n'avait pas été simple du tout. Cette fois, cela faisait mal. Nicholas la regardait et attendait. Il voulait quelque chose d'elle et elle était prête à le lui offrir à cet instant.

— J'aimais Roger comme un ami et comme un mari. Il a été facile d'aller vivre avec lui. Il a rendu les choses si simples.

— Es-tu en train de me dire que tout ce que nous avons fait ensemble était difficile ?

Tout dans la vie de Matilda avait été facile. L'amour de sa famille… Tomber amoureuse de Nicholas. Puis les choses s'étaient compliquées. Helena était arrivée. Le père de Nicholas s'était mis au travail. Nicholas avait accepté l'âpreté de sa vie. Il avait mis Matilda au défi. Et maintenant, c'était elle qui le défiait à son tour. Rien n'avait jamais été difficile entre eux jusqu'au jour de son départ. Ensuite, chaque jour avait été un véritable calvaire.

À présent, il exigeait d'elle une réponse. Et elle était prête à lui donner bien plus que cela. Tellement plus. Une ivresse grisante s'empara d'elle. Comme si elle était au bord d'une crise d'hystérie.

— Tu veux une confession, Nicholas ? ironisa-t-elle. C'est pour cette raison que tu me suis à la trace comme un chien ? Que tu prends soin de moi, de Julianna, pendant que le corps de Roger refroidit dans sa tombe ?

Nicholas devint froid comme le marbre. Il n'aimait pas du tout cela, et Matilda résista à l'envie pressante de rire à nouveau.

— Je n'ai pas pris soin de toi ou de Julianna pour obtenir une confession ! protesta-t-il avec véhémence. Je l'ai fait parce que je me fais du souci pour toi.

— Du souci ? Je suis une femme adulte, Nicholas. Tu crois peut-être que je ne sais pas sentir le désir quand il est près de moi ? Tu crois que je ne reconnais pas le tien ? Il se frotte à ma peau et me coupe le souffle. Comme il l'a toujours fait. Ton désir… le mien. Je ne les connais que trop bien.

— Je veux prendre soin de toi. Tu en as besoin.

— Tu me l'as déjà montré. Ce qui fait que les choses sont plus faciles à dire. Et tu dois connaître la vérité. C'est ce que tu attends de moi.

— Je n'ai pas besoin de mots. Tu n'as pas besoin de me dire quoi que ce soit. J'en ai eu assez.

Il n'avait pas le droit de faire ce choix-là. Il n'y avait qu'elle pour savoir si elle en avait assez dit. Elle s'était contentée de peu depuis des années. À partir de maintenant, « assez » voudrait dire « tout ».

— Je n'ai jamais aimé Roger comme une amante l'aurait fait. Jamais.

— Non…, murmura-t-il. Ne me dis pas ça.

Elle eut envie de rire en sentant soudain le poids de la vérité s'envoler de sa poitrine.

— Il faut que tu écoutes l'horrible vérité. Chaque fois qu'il me tenait dans ses bras, je le comparais à toi. Nous nous embrassions rarement, nous ne nous tenions jamais par la main. Lorsque tu me serrais contre toi, j'avais à la fois l'impression d'être chez moi et de voyager dans des pays lointains. Il y avait dans tes baisers la promesse d'autre chose, de biens d'autres choses.

Il ferma les yeux, comme si ce souvenir le transperçait lui aussi.

— Il n'y a rien eu de plus avec Roger, murmura-t-elle. Tu veux savoir pourquoi nous n'avons pas eu d'enfant plus tôt ? Je vais te dire la vérité. Parce que nous étions plus amis qu'amants. J'ai partagé son lit, mais ce n'était pas toujours une couche nuptiale. Lorsque le besoin est devenu trop pressant, il était là. Il m'a défendue et protégée. Il savait que je n'étais pas assez pour lui. Qu'un morceau de mon cœur ne lui appartiendrait jamais, de même qu'il n'aurait pas l'intégralité de mon corps. Et même ainsi, il m'a tout de même demandée en mariage.

Nicholas ne paraissait pas soulagé par ses paroles. Il avait surtout l'air torturé. Comme si ce poids s'était envolé de sa poitrine pour peser sur la sienne. Mais pourquoi ? Ne devrait-il pas être heureux de savoir que Roger l'avait touchée avec tendresse sans jamais satisfaire ses désirs ? Pourtant, il semblait ne pas pouvoir le supporter. Souffrait-il pour elle ou pour son défunt ami ?

— Les chevaux, dit-il enfin. Tu en as dessiné partout.

Cherchait-il à éviter le sujet ? Ou peut-être un autre moyen de l'aborder ? Parce qu'elle savait ce qu'il voulait dire. Les chevaux faisaient partie de cette confession.

— Tu as vu juste. Je l'ai compris avant de seller ce cheval. Une partie de moi voulait retrouver sa liberté. Je l'ai donc laissée s'exprimer. Et puis…

Elle souffla longuement pour libérer ses tensions.

— Tu ne peux plus m'arrêter. Personne ne pourra le faire. Je ne le permettrai plus.

Elle était prête à le jurer sur son âme. Elle avait l'intention d'être là pour son père, pour sa fille et pour son foyer. Mais plus jamais elle ne s'abandonnerait. Et encore moins avec cet homme.

Matilda se tenait comme un flambeau au milieu de la nuit qui tombait. Ses cheveux flamboyants volaient sous la brise, rehaussés par les arbres verts derrière elle. Les bois étaient paisibles – mais pas Nicholas.

Son corps frémissait encore d'avoir arraché Matilda de sa monture. Il avait monté sans selle. Sans aucun autre support que l'intensité de son entraînement et sa force.

Mais à présent, il était comme vidé de son énergie. Il avait cru que Matilda voulait en finir. Or elle lui avait dit qu'elle voulait vivre et tout en lui exultait.

— Je n'ai pas envie de t'arrêter. Je n'ai pas envie de te refréner.

Elle cligna les yeux.

— Et que veux-tu alors, Nicholas ? Je t'ai tout dit à présent.

Non, pas complètement. Elle n'avait rien dit de l'amour qu'elle lui portait, n'avait évoqué ni mariage ni avenir ensemble. Même ainsi, il aspirait à chacune de ces choses. Seigneur, comme il les voulait ! Son cœur tambourinait dans sa poitrine à cette idée.

Mais il dut se retenir de la prendre dans ses bras. Certains mots n'avaient pas été prononcés. Grâce à Dieu, ils étaient simples.

— J'ai envie de toi.

Elle secoua la tête et fronça les sourcils.

— Tu n'as pas entendu ? continua-t-il.

Il ne disait pas ce qu'il fallait. Que pouvait-il dire pour qu'elle le croie ?

— Je ne désire pas la femme que tu étais. Je veux celle que tu es devenue.

— Tu n'as rien compris à ce que je t'ai dit, rétorqua-t-elle.

Il lui saisit le bras. Son étreinte était douce alors qu'il brûlait de l'écraser contre lui.

— Je ne te laisserai pas m'ignorer ou t'enfuir cette fois.

Elle se libéra et il la lâcha.

— Tu n'en as plus la possibilité maintenant, ajouta-t-il. J'ai bien entendu ce que tu m'as dit et maintenant, c'est à toi de m'écouter, même si je cherche mes mots.

— Je n'ai pas envie de les entendre.

Il pouffa.

— Tu m'as supplié de te les dire.

— Quand t'ai-je jamais supplié ?

Il désigna les chevaux.

— Lorsque tu as enfourché ce cheval et que tu as mis ta vie en péril. Lorsque tu m'as expliqué ce que tu as fait. Maintenant, tu vas m'écouter jusqu'à ce que tu entendes ce que j'ai à te dire.

Il s'interrompit quelques instants et prit le temps de bien réfléchir. Ce moment était important. Il fallait qu'il fasse comprendre à Matilda des choses qu'il avait lui-même du mal à saisir. Car tout ce qu'il croyait avait changé.

— Je te veux. Maintenant. Tellement plus qu'avant. Tu te sens coupable parce que tu n'as pas aimé assez Roger, mais pourtant, tu l'aimais. Tu as vécu, et moi aussi. Ce qui existe aujourd'hui entre nous est le résultat de ces années où nous avons été séparés. De ton mariage avec Roger et de la naissance de Julianna. De ta nostalgie pour les chevaux que tu as gravée dans la pierre. Tu es devenue plus sensible tout en restant espiègle.

Elle secoua la tête.

— Je n'ai pas l'intention de te refréner, continua-t-il, et je ne veux pas la Matilda que tu étais, mais celle que tu es aujourd'hui. Ce désir n'a fait que croître en moi en ta compagnie ces derniers mois.

— Je t'ai dit que je n'étais capable que de donner une partie de moi-même à un homme.

— Tu as dit que tu n'avais pas besoin d'un homme pour être toi-même.

Il désigna les chevaux, qui paissaient tranquillement.

— Tu as trouvé la plénitude avec eux, et avec tout ce qui était enfermé en toi et que tu as libéré.

Son regard… Ses prunelles noisette se teintèrent de

surprise. Mais Nicholas la préférait de loin à ce qu'il y avait lu avant. De l'incrédulité. De la douleur.

— Je t'ai écoutée, dit-il.

Il se dirigea vers son cheval, mais n'était pas pressé de rentrer au manoir. Il avait encore beaucoup d'autres choses à dire. Il avait besoin qu'ils se comprennent... Ils en avaient besoin tous les deux.

— Le fait que tu n'aies pas besoin de moi ne veut pas dire que tu n'as pas envie de moi, conclut-il.

Il ne voyait que son profil et sentait sa perplexité, mais il savait qu'il lui fallait du temps pour intégrer ce qu'il lui disait.

— Tu as dit que le désir se frottait à ta peau. Sache que ce que je ressens pour toi est bien plus profond qu'un simple frottement. C'est comme des griffes qui me déchirent les entrailles. Elles sont brûlantes, insistantes et ne me laissent aucun répit.

— Même maintenant ?

Il regarda par-dessus son épaule.

— Tu en doutes ?

Elle entrouvrit les lèvres et Nicholas savait que ce n'était pas de surprise cette fois. Elle avait besoin de reprendre son souffle.

— Tu as envie de moi malgré mes vergetures et mon ventre qui n'est plus plat, malgré mes seins qui ne seront plus jamais comme avant ? demanda Matilda.

Peut-être qu'il était plus simple de parler de leurs changements physiques que de leurs émotions. Même ainsi, il avait encore besoin d'ajouter quelque chose. Sans tarder, et vite. Bientôt, son désir pour elle l'empêcherait de tenir le moindre raisonnement.

Matilda venait de lui avouer qu'elle avait toujours envie de lui. Une envie de rugir s'empara de Nicholas.

Encore quelques mots, se raisonna-t-il. Juste quelques-uns.

— Te voir devenir mère…

Il prit une inspiration par se calmer, même si son corps était tendu et prêt pour elle.

— Je n'ai jamais rien vu d'aussi beau de toute ma vie, avoua-t-il.

— Et le fait que le bébé soit de Roger ?

— Vous voir toutes les deux me remplit le cœur, d'une certaine manière. Le fait de savoir que c'est la fille de Roger suscite en moi des émotions inénarrables. Je n'ai jamais été très doué pour les discours mais j'aimerais pouvoir te dire ce que je ressens. Roger et moi étions dans le plus pur sens du terme des frères. Je ne peux pas t'en vouloir d'être tombée amoureuse de lui. Il était si facile de l'aimer. J'avais tort de croire que tu resterais seule pendant que… je n'étais pas là. Quand…

Il déglutit péniblement, mais Matilda devait elle aussi connaître la vérité.

— Quand moi non plus, je n'étais pas seul. Je suis resté fidèle au début, je te le promets. Mais après avoir reçu ta lettre, et une fois ma blessure guérie, j'ai partagé la couche d'autres femmes.

Matilda émit un bruit qu'il ne réussit pas à interpréter.

— Je n'espérais pas que tu sois resté seul.

Non, il n'était pas seul, mais il avait enduré les affres de la solitude.

— Aucune de ces femmes n'était comme toi.

— J'étais mariée, intervint Matilda.

— Tu étais heureuse.

Il les imaginait ensemble. Roger, si calme, et Matilda, si sûre d'elle. Ils auraient vécu un bon mariage. Mais il ne pouvait penser à Roger en train de l'embrasser, de la prendre dans ses bras. Il ne pouvait imaginer Matilda lui répondre. Car malgré ce qu'il ressentait pour eux, malgré les aveux de Matilda à propos de leur mariage, la jalousie le tenaillait toujours. Il enviait les moments qu'ils avaient passés ensemble, et voyait encore les traces de leur bonheur.

— À quoi rime tout cela, Nicholas ? demanda-t-elle. Qu'essaies-tu de me dire ?

— Je n'ai jamais souhaité sa mort. Je m'étais fait à l'idée de vous savoir ensemble. Je veux que tu le comprennes avant de…

Il fallait qu'il trouve les mots justes.

— Moi aussi, je dois te dire la vérité, Matilda. Je n'arrive pas à me sentir désolé. Je ne peux pas complètement m'abandonner au chagrin parce qu'un grand homme – un homme meilleur que moi – est mort. Je n'y arrive pas.

— Pourquoi cela ?

Soudain, tout devint plus facile parce que les mots étaient simples.

— Parce que je t'aime.

Chapitre 13

Matilda se détourna pour échapper à ses paroles, à l'éclat de son regard. Ce même regard capable de sonder son âme si elle le laissait faire.

Il l'aimait.

Son cœur bondit dans sa poitrine. Non, ce n'était pas possible. Il ne pouvait pas dire vrai.

— Qu'as-tu dit ? demanda-t-elle à voix basse.

— Tu m'as très bien entendu.

La voix de Nicholas lui fit l'effet d'une caresse – ce qui indiquait à quel point il était proche d'elle. Soudain, elle sentit les mains de Nicholas sur ses épaules et ses doigts la serrer doucement.

Son corps était tellement plus grand que le sien, tellement plus redoutable. Immense. Formidable. Puissant. Nicholas se trouvait juste derrière elle. Elle sentait ses jambes, ainsi que sa chaleur, sa force, sa résistance.

Le temps paraissait suspendu.

— Même après que… ? dit-elle en détournant le regard.

— Après, avant et pour toujours, répondit Nicholas. J'ai essayé de ne pas t'aimer. Je voulais te détester. Ta lettre m'a fait plus souffrir que mes blessures physiques. Mais aucun acte, aucune parole, n'a pu venir à bout de l'amour que je ressens pour toi. Rien. Je suis revenu dans l'espoir qu'en te voyant avec Roger je serais enfin capable de regarder la réalité en face. Que je cesserais de m'obstiner pour tourner vraiment le dos au passé.

— Mais Roger n'était pas là.

— Non, il n'était pas là. Au début, j'ai cru que cela changerait tout. Que ma colère à l'égard de tous les deux rejaillirait sur toi.

Qu'est-ce qui avait bien pu le retenir ?

— Tu ne pouvais peut-être pas être en colère après une femme enceinte.

— Je ne pouvais pas être en colère alors que tu portais un enfant, sans mari à tes côtés. Je ne pouvais m'empêcher de tout aimer en toi…

Elle ne pouvait pas le voir mais elle sentait qu'il disait la vérité. Elle était là, tapie dans l'emphase de chaque mot, dans l'irrégularité de son souffle, comme si son cœur battait trop vite.

Elle ne pouvait pas le supporter. C'en était trop. Tous ses sentiments jaillissaient beaucoup trop violemment, après sa folle chevauchée et la peur qui l'avait assaillie quand Nicholas avait détourné son cheval dans une autre direction.

Elle avait le sentiment que Nicholas lui faisait prendre, elle aussi, une autre voie. Depuis ce moment incroyable où il l'avait soulevée de la selle, enveloppée et serrée dans ses bras.

Elle était sous son emprise à présent. Elle se sentait en sécurité. Et pourtant, tous les sentiments qu'elle avait éprouvés avec lui l'envahissaient à présent. La joie. La fierté. La mélancolie. L'angoisse. La détermination

Puis vint une nouvelle émotion : elle prit conscience

d'une chose qui l'atterra et la libéra à la fois. Leur séparation n'avait jamais tourné autour de lui, mais d'elle.

Elle avait brisé son propre cœur.

— J'ignorais que je t'aimais, mais j'aurais dû le savoir.

Il garda les mains sur ses épaules mais ne la fit pas pivoter vers lui et Matilda ne se tourna pas non plus. C'était comme s'ils avaient besoin d'éprouver par le contact et les sons, les paroles qu'ils devaient se dire.

— Tu dois m'avoir détestée.

— Je t'ai détestée quand j'ai reçu cette lettre, avoua Nicholas. Et je t'ai haïe pendant toutes ces années. Mais tout cela a changé.

— Je ne comprends pas.

Elle tenta de se tourner vers lui mais Nicholas fit glisser sa main droite pour bloquer son mouvement tandis que sa main gauche se posait sur sa taille. Il l'envahissait avec son corps, l'enveloppait avec son réconfort. Il semblait refuser de l'affronter mais il fallait qu'elle entende ce qu'il avait à lui dire. Il l'attira contre lui afin qu'aucun mot ne lui échappe.

— Ce n'était pas juste pour moi, dit-il, mais ça l'était pour toi. Comment aurais-je pu en douter ? Te voir heureuse. Assister à la naissance de Julianna. C'était juste pour toi, et je suis heureux que tu l'aies fait.

C'était pour cette raison qu'il la tenait ainsi contre lui. Lorsque ses paroles firent leur chemin et qu'elle vacilla, il la retint et la serra plus près encore.

— Je ne l'aurais pas fait si j'avais su, murmura-t-elle.

Il pencha la tête vers elle et posa la joue contre la sienne. Elle sentit son souffle sur son cou. Sentit ses paroles vibrer le long de son dos et au fond de son cœur.

— Je suis heureux que tu l'aies fait, répéta-t-il en la serrant plus étroitement contre lui. Tu comprends ? Pour toi, pour lui. Pour le bébé.

Elle ne comprenait pas. C'était impossible. Ce revirement était trop important. Elle était partie avec ce cheval pour échapper à la vérité et elle savait maintenant que la réalité était tout autre que celle qu'elle avait crue.

— Parce que tu m'aimes, dit-elle.

— Parce que tu le mérites. Vous le méritiez tous. Mon amour pour toi vient… en plus.

Elle ne pouvait plus tenir sur ses jambes. Elle s'agrippa au poignet de Nicholas et enroula le bras autour de lui. Elle se colla à lui aussi étroitement qu'elle le put. Bientôt, chaque partie de son corps épousa le sien.

Le souffle de Nicholas changea, puis s'apaisa très vite. Mais Matilda avait du mal à respirer. Il l'aimait et le lui avait montré de toutes les façons qui comptaient. Sous le poids de ses bras, contre la chaleur de son corps, elle avait du mal à reprendre son souffle.

Elle devait le dire.

Tandis que le danger de ce qui pouvait arriver ébranlait son corps, l'importance de la confession de Nicholas résonnait dans son esprit.

Elle devait le dire.

Mais quelque chose l'empêchait de lui avouer qu'elle l'aimait aussi.

Cela aurait été trop simple de le dire – comme si les mots avaient toujours été là, affleurant sous la surface. Les paroles qu'elle voulait dire à Nicholas ne pouvaient pas être simples. Son amour pour lui aurait dû disparaître après son mariage avec Roger.

Sa culpabilité la retenait. La honte de ne pas avoir

aimé suffisamment son mari. Pourtant, elle se sentait joyeuse car elle croyait chaque mot que Nicholas avait prononcé. Elle aimait sa façon de la tenir. Cette tension nouvelle entre eux qui la retenait étroitement à lui. Les mots n'étaient plus nécessaires.

Le besoin. Le désir. L'heure de la confession était venue, non pas celle du cœur, mais des corps. Ce désir était là. Il n'était jamais parti.

Elle avait beau avoir beaucoup aimé son mari, ce qui existait entre Nicholas et elle n'était jamais mort. Ses caresses, ses regards, son odeur et sa présence. Elle ne l'avait jamais oublié tout au long de ces années.

Même enceinte, elle avait une conscience aiguë de Nicholas depuis son retour. Quand il restait assis à côté d'elle pendant des heures, pendant qu'il siégeait au conseil. Sa proximité.

Elle ne pouvait pas le lui dire mais son corps parlait pour elle. Elle se servit de son bras autour de sa taille et de son poignet sur sa gorge pour se redresser et se blottir contre lui.

Nicholas retint son souffle. Elle sentit son étreinte se desserrer comme s'il voulait s'écarter. Elle s'agrippa à sa main et à son bras et le garda contre elle.

— Matilda..., dit-il d'une voix rauque.

— Tu m'aimes ? demanda-t-elle.

— Oui.

— Alors prouve-le.

Il émit un grognement étranglé.

— Tu sais ce que tu me demandes ? À moi ? À nous ?

— J'en ai envie. Je te veux. Je t'ai toujours désiré.

Elle sentit sa main se serrer.

— Cela fait si longtemps, soupira-t-il.

Elle refusa de penser aux autres femmes qu'il avait ainsi tenues contre lui.

Il se pencha de nouveau vers elle et pressa les lèvres sur son décolleté. Sur son cou.

— Cela fait si longtemps que je ne t'ai pas tenue dans mes bras, ajouta-t-il. Que je ne t'ai pas embrassée.

Non, il ne pensait pas aux autres mais à elle. Rien qu'à elle.

— Nous ne pourrons pas revenir en arrière après cela, Matilda.

Ils n'étaient plus des enfants. Ils connaissaient tous les deux la vie et ses conséquences. Le tenir ainsi dans ses bras aurait un impact.

Elle ne pouvait peut-être pas le lui dire mais elle ne voulait pas reculer. Le passé ne contenait plus rien pour elle.

— Je le sais.

Nicholas frémit en entendant sa réponse. Elle avait eu un mari et savait à quoi s'attendre. Sauf qu'il s'agissait de lui. La situation était tout autre.

Il le savait à sa façon de se tenir encore derrière elle. Comme s'il attendait quelque chose d'elle. Sauf que cette attente contenait une multitude de désirs.

Elle sentit des frissons dans le bas de son dos. Sa peau se couvrit d'une fine pellicule de sueur. Ses mains moites glissaient sur Nicholas. Leur respiration changea avant de se mettre au diapason. Comme si quelque chose d'insensé et de dangereux était sur le point d'arriver.

C'était en effet dangereux. Car même s'il s'agissait de Nicholas, même si elle l'avait désiré depuis toutes ces années et depuis son retour, elle n'était pas certaine qu'il allait rester.

Nicholas avait tout d'un guerrier. Elle le percevait dans sa fébrilité, dans la façon dont son corps était bâti. Rien n'était de trop chez lui. Chaque os, chaque tendon, chaque muscle, toute sa force, étaient visibles, nécessaires pour parer à une menace ou offrir sa protection.

Pendant toutes ces années, il s'était entraîné loin d'elle et avait continué à le faire depuis son retour. Nicholas était un mercenaire plus que tout autre chose. À sa façon de se tenir, comme un prédateur prêt à frapper. Redoutable et dangereux.

Il était à elle.

Elle brûlait de sentir cette puissance, cette force, cette détermination.

— S'il te plaît, l'implora-t-elle.

Le désir l'étreignit au point qu'elle eut l'impression de se briser. Elle tenta de nouveau de se tourner mais il l'immobilisa encore contre son torse dur et rigide. Elle sentit les muscles de ses bras se tendre autour d'elle.

— Attends, dit-il.

— Non, je…

— Comme ceci, dit-il en relâchant son étreinte.

Il garda sa main gauche fermement ancrée sur sa hanche. Puis, à l'aide de sa main, de ses doigts, de sa paume pour la garder immobile, il suivit le contour de son décolleté et remonta le long de son cou. Puis il releva sa tête à l'aide d'une caresse de son pouce sur sa joue.

Elle sentit sa peau rugueuse sur sa peau fine, juste sous son oreille, la douceur de sa main chaude qui la tenait délicatement juste avant d'effleurer sa pommette. Puis il écarta ses cheveux de son cou. Il se pencha un peu plus vers elle et effleura de ses lèvres son oreille.

Son souffle était doux et chaud quand sa langue traça de délicates courbes. Matilda se sentit anéantie. Tandis que la respiration de Nicholas devenait saccadée, Matilda sentit le plaisir envahir son ventre et s'insinuer entre ses cuisses. Elle s'appuya contre sa main ferme posée sur sa hanche et sur son corps fort et rassurant.

Elle essaya de nouveau de se tourner mais Nicholas resserra son étreinte.

— Non.

— Je veux te voir.

Elle le sentit se détendre un peu, assez pour lui donner la permission de le faire et elle profita de l'occasion.

Nicholas la dévorait du regard, comme s'il ne l'avait jamais vue de sa vie. Elle savait qu'elle le dévisageait avec la même intensité.

— Je veux te voir, répéta-t-elle.

Elle le sentit trembler légèrement puis il ferma les yeux, avant de se pencher un peu plus vers elle. Elle repoussa alors la mèche de cheveux qui couvrait la moitié de son visage.

Avant de le découvrir, elle s'imprégna de tous ses traits. De la petite ride entre ses sourcils à la fermeté de sa mâchoire. Elle avait l'impression de le faire souffrir. Mais elle voyait aussi à la douceur de ses lèvres avec quelle confiance il attendait.

Elle effleura sa bouche, assez pour le goûter et le remercier de la laisser faire. Il prit une inspiration tremblante, comme si elle l'avait vraiment apaisé. Puis elle écarta complètement sa mèche.

Elle la maintint de sa main gauche et garda l'autre sur son torse avant de prendre la pleine mesure de sa blessure.

Il la laissa faire, les yeux toujours clos. Il la laissa contempler sa cicatrice en échappant à son regard scrutateur. Il lui offrit la symétrie de son visage même si les deux côtés ne seraient plus jamais identiques.

La cicatrice était fine et légère. Elle fendait sa paupière et son sourcil et descendait le long de sa joue.

À sa grande surprise, la paupière était intacte. Comme si la lame n'avait fait que l'effleurer. Elle s'attendait à quelque chose de plus profond, de plus sombre. Mais la cicatrice se contentait de traverser sa paupière comme un vent fort.

— Pourquoi couvres-tu ton visage ? demanda-t-elle.

— C'est répugnant.

Le mot était très éloigné de la réalité.

— Ce n'est qu'une entaille.

— Une entaille ?

Il souffla doucement, comme si ce simple mot l'avait touché. Elle comprit qu'il l'avait fait car il ouvrit les yeux et posa sur elle un regard adouci.

— Je n'ai jamais vraiment caché ma cicatrice, seulement quand elle était en train de guérir. Dans mon métier, ma blessure était un atout.

— Parce qu'elle te donne l'air plus effrayant ?

Un sourire satisfait étira ses lèvres.

— Parce que mes adversaires me sous-estiment. Ils la voient comme une faiblesse.

Matilda ne comprenait pas. Elle ne voyait rien de faible chez Nicholas. Un éclair traversa soudain son visage.

— Mais toi, tu ne me vois pas ainsi, conclut-il.

Elle haussa les épaules. La première fois qu'elle avait vu sa cicatrice, elle n'avait songé qu'à sa douleur, aux épreuves qu'il avait endurées sans elle. Mais penser que cet homme était faible dépassait son entendement.

Nicholas sourit de nouveau, et elle lui répondit par un autre haussement d'épaules.

— C'est simple, mais je ne comprends pas, avoua-t-elle. Il faut que tu le saches.

Elle ressentit le besoin de s'expliquer.

— Regarde-toi.

Elle désigna de la main la largeur de ses épaules, sa haute taille et ses bras capables de diriger un attelage de bœuf à travers un champ parsemé de pierres. Des bras capables de serrer très fort une femme.

— Que vois-tu ? insista-t-il.

Nicholas ne montrait pas la moindre trace d'amusement à contempler ses gestes vagues. Il désirait vraiment savoir ce qu'elle voyait en lui.

Elle posa une main sur sa joue et la ligne fine de sa cicatrice. Elle était si douce sur sa joue mal rasée.

— Si j'étais un mercenaire et que je te rencontrais sur un champ de bataille…

Elle l'imaginait brandissant son épée de toutes ses forces, le regard sombre et menaçant.

— Je pense que je te prendrais pour un ennemi dangereux.

Il immobilisa sa main et la tendresse de son geste fit battre son cœur plus vite.

— Je peux difficilement m'imaginer la vie que tu as vécue…

Elle haussa encore les épaules.

— Comme c'est moi, continua-t-elle, je ne vois que toi, Nicholas. Pendant tous ces mois, j'ai voulu voir plus loin. Je déteste cette mèche qui couvre ton visage. Je ne veux plus que tu le fasses. Plus jamais. Ni ici ni ailleurs.

Les traits de Nicholas se teintèrent d'espoir avant de s'assombrir de nouveau.

— Ailleurs, les choses sont pires. La cicatrice... La blessure... Elles sont bien pires. C'est une blessure qui part du bas vers le haut.

Matilda ne pouvait rien imaginer de pire, ni les souffrances qu'il avait subies. Elle souffrait en songeant à la douleur qu'il éprouvait encore aujourd'hui, à chaque fois que les autres le traitaient différemment avant de mieux le connaître.

S'armant de courage, et sachant à quel point elle risquait de souffrir pour lui en découvrant ce qu'elle allait voir, elle hocha la tête.

Elle désirait cet instant parce que c'était Nicholas. Et s'il avait assez de bravoure pour lui dévoiler ce qu'il répugnait à montrer, il fallait qu'elle soit assez vaillante pour le voir.

Il regarda à gauche puis à droite avant de s'emparer du bas de sa tunique et de la retirer en soufflant.

Matilda laissa échapper un cri étouffé.

Aucun mot ne pouvait décrire la cicatrice qui creusait son abdomen et qui devenait plus mince en remontant sur son torse. Elle était profonde et déchiquetée. Comme si une personne l'avait creusée.

Elle ne correspondait pas à la cicatrice sur son visage. Ni en profondeur, ni en largeur, ni même dans la direction. Ce n'était pas un coup net de bas en haut, comme il l'avait suggéré, qui l'avait frappé. C'était comme si l'épée l'avait transpercé et que Nicholas s'était tourné pour échapper à sa lame acérée.

Mais elle s'était enfoncée profondément. Et lorsque Nicholas avait pivoté… Matilda leva les yeux pour suivre la cicatrice.

Lorsque Nicholas s'était tourné, l'épée avait entaillé son corps. Elle avait creusé un large sillon irrégulier, amenant avec elle une douleur atroce.

Ses oreilles bourdonnaient furieusement lorsqu'elle suivit le chemin de la cicatrice sur son corps. Soudain, elle était là, avec lui. Juste à côté de Nicholas pendant qu'il fendait ses ennemis sur le champ de bataille.

Elle sentait presque la brume lourde et froide qui n'apaisait en rien sa peur et la force qui déferlait dans ses membres. Elle entendait le tintement du métal, les hennissements des chevaux, et les cris des hommes victorieux ou mourants.

Ce qu'elle voyait n'était pas une blessure. Quelque chose dont un homme – un corps – pouvait guérir. C'était quelque chose de permanent. Une douleur infinie.

Comment un homme, même de sa taille, avait-il pu la supporter ? Une personne plus faible n'y aurait pas résisté. À l'endroit où la cicatrice passait sur son cœur, elle scindait son torse aussi sûrement que l'aurait fait un boucher.

Nicholas avait été massacré sur le champ de bataille. C'était comme si elle avait été là, qu'elle l'avait senti et entendu.

Nicholas entoura son bras de sa grande main et la secoua jusqu'à ce qu'elle lève les yeux vers lui. Son regard était intense, ses lèvres bougeaient, mais elle ne pouvait rien entendre hormis la bataille qui faisait rage dans son esprit jusqu'à ce qu'elle prenne conscience d'autres cris de douleur.

Elle tremblait de tous ses membres… Mais rien ne ressemblait à cet instant où son cheval avait glissé et où elle avait cru tomber au sol. Ce moment de terreur.

Nicholas l'attira vers lui et la serra dans ses bras.

Se sentant en sécurité, elle perçut des battements de cœur régulier sur sa poitrine. Ceux de Nicholas. Puis elle entendit sa voix. Des fragments de mots. Son prénom. Des excuses. De doux murmures qui la réconfortèrent jusqu'à ce qu'elle se laisse aller contre lui.

Le cœur de Nicholas battait plus fort à présent. Les bruits de la bataille étaient en train de s'atténuer. Elle posa la main sur son torse. Sentit qu'il était vivant sous sa blessure cicatrisée. Il était vivant !

— Te revoilà, souffla Nicholas.

Du bout du doigt, il releva son menton et plongea son regard dans le sien.

Un regard tendre. Inquiet.

— Je suis désolée, murmura-t-elle.

Elle avait conscience d'être serrée contre le torse nu de cet homme. Conscience qu'ils s'étaient embrassés. Il l'étreignit plus fort et elle sentit l'ampleur de son désir.

Elle le désirait plus encore.

Ce désir était toujours là, vibrant sous sa peau tendue par les émotions qu'elle ne pouvait plus contenir. Toucher Nicholas l'aida à revenir à l'instant présent et à ses baisers. À la façon dont sa langue la caressait délicatement et dont son souffle effleurait son oreille.

— Cela fait deux fois que tu me fais peur, murmura-t-il. Je suis un mercenaire, Matilda. Si jamais cela s'ébruite…

Elle caressa de nouveau son torse pour le sentir et il retint son souffle en suivant sa main du regard.

— Que désires-tu ? demanda-t-il d'une voix qui ressemblait à un grognement.

Elle aimait sentir les poils de son torse sous sa main, ainsi que son corps dur en dessous. Sa chaleur dans l'air frais. Ce contact l'apaisait. C'était l'effet que lui faisait Nicholas en étant vivant.

— Je suis désolée. Je ne sais pas ce qui s'est passé. J'étais là et puis…

Elle secoua la tête.

— Ensuite, j'étais là-bas, avec toi, continua-t-elle. En Espagne. J'étais à côté de toi et j'ai vu ce qui s'était passé.

Il écarta les lèvres. Un éclair de douleur et de désir traversa son visage, puis il hocha lentement la tête.

— Tu étais là ?

Il n'y avait plus aucun réconfort dans sa voix à présent. Aucun.

Elle était présente dans ses pensées quand son ennemi l'avait transpercé. Dans ses pensées lorsqu'il avait reçu cette lettre où elle lui annonçait qu'elle allait en épouser un autre. Il avait reçu cette blessure et elle l'avait blessé de nouveau. Comment pouvait-il lui pardonner ? Comment pouvait-il la désirer ?

Elle ôta sa main et voulut s'écarter.

Il s'empara de son coude et la retint fermement. Puis il pencha la tête afin qu'elle puisse voir tout ce qu'il ressentait. Il y avait tellement de sentiments dans son regard…

— Non, ne fais pas cela, dit-il.

Elle secoua la tête, le regard lançant des éclairs.

— Ne pense pas à cela, pas maintenant.

Il secoua légèrement son coude lorsqu'elle essaya de se dégager.

— Il y a déjà trop de choses qui nous séparent. Inutile d'en rajouter.

— Mais…

— Tu veux encore de moi ? demanda-t-il. Comme je suis ? Avec ça ?

Si elle voulait de lui, de sa force et de sa détermination ? De l'odeur et de la chaleur enivrante de son corps ?

Il fouilla son regard. Elle vit la cicatrice qui entaillait tout ce qu'il était. Nicholas était là et il la tenait dans ses bras. Cette cicatrice, c'était lui.

Voulait-elle de lui ?

— Désespérément, dit-elle dans un souffle.

Il posa sa main rugueuse sur sa joue et leva son menton. Puis il effleura ses lèvres. Les siennes étaient sèches, fermes. Il lui donna un autre baiser. Plus profond. Plus fort. Plus insistant tandis que ses bras l'enlaçaient. Il suivit avec ses lèvres les contours de sa mâchoire, descendit le long de son cou, derrière l'oreille, vers ce point si sensible.

Elle retint son souffle et il poussa un petit rire rauque. Puis se fut à son tour de jouer avec lui et de le caresser partout où elle le voulait.

Son désir de le sentir était grand.

Cette fois, ce fut différent. Elle ne se contenta pas de la cicatrice mais de ce qui se trouvait dessous. Malgré son entraînement et son adoubement en tant que chevalier, il n'était pas taillé de cette manière avant de partir. Son corps était différent. Ses muscles et ses tendons étaient saillants et dessinaient le corps d'un guerrier. Sa peau était tannée par toutes ces années passées sous le soleil. Toutes ces années et toute son expérience avaient façonné un homme supérieur à ce qu'il était quatre ans plus tôt.

Tellement supérieur.

Ses yeux ne pouvaient se repaître de ce spectacle. Elle finit par les lever vers lui et croisa son expression amusée, comme s'il n'arrivait pas à croire à sa bonne fortune.

— Tu es différent, dit-elle.

— Plus tu feras cela, et plus je changerai.

Elle effleura de sa main et de ses doigts son torse comme s'il y avait un chemin à suivre. Elle sentait la chaleur de son cœur et son souffle saccadé.

La tension entre eux montait.

La peau de Matilda devint chaude, non parce qu'elle était gênée mais parce qu'elle savait ce que Nicholas voulait dire.

— Oh ! et tu trouves cela drôle ? demanda-t-il d'une voix encore plus grave.

Avait-elle souri ? Peut-être un peu. Le corps de Nicholas avait beau être marqué, il était aussi affûté qu'une épée. Elle ne savait pas ce qu'elle trouverait sous ses autres vêtements. Elle l'avait vu transporter des planches pour construire des maisons, labourer les champs, s'entraîner avec son épée et son bouclier, sans jamais rien lui dévoiler de son corps.

— Je ne souris pas parce que je suis amusée, dit-elle en découvrant sans surprise que sa voix était devenue rauque.

L'air frais la fit frissonner, mais ce n'était pas à cause de lui que sa peau était soudain plus sensible. C'était la vue de Nicholas. Elle comprenait maintenant pourquoi il bougeait avec tant d'aisance – pourquoi son arsenal était une extension de lui-même. Parce que son corps était une arme.

— Pourquoi souris-tu, alors ?

Elle sentit le bout de son doigt glisser le long de sa joue vers ses lèvres.

À présent, elle le voyait avec les yeux d'une femme. Comment pouvait-elle ne pas le gratifier d'un sourire appréciateur ?

Elle continua de le toucher. Du plat de la main, elle caressa ses épaules puis son torse. Elle l'explora. Elle remarqua la rugosité de ses poils ainsi que la peau sensible en dessous. Les muscles sculptés de son ventre. Les voir se tendre et se détendre sous ses doigts.

— J'aime beaucoup ça, dit-elle.

— Moi aussi, beaucoup trop, d'ailleurs. À mon tour.

Matilda avait déjà commencé à défaire les rubans qui retenaient sa robe sur les côtés lorsqu'il s'empara du tissu. Elle leva les bras en l'air avant qu'il le passe au-dessus de sa tête. Puis il l'envoya sur le tronc d'un arbre mort.

Elle ne portait plus que sa fine chemise. Elle garda les bras en l'air pour aider Nicholas à lui ôter également ce vêtement.

Mais il saisit l'étoffe à pleines mains et la leva sur ses hanches avant de passer une cuisse entre ses jambes.

Tandis qu'il la pressait langoureusement contre lui, elle renversa la tête en arrière et s'agrippa à ses épaules. Elle voulait plus de caresses. Elle rêvait qu'il déchire sa chemise.

— J'ai envie de te sentir, murmura-t-elle.

— Moi aussi. Sauf que nous sommes en plein air et qu'il fait froid.

— Je ne sens pas le froid, protesta-t-elle.

Nicholas se renfrogna.

— Je ne veux pas que l'on nous voie ensemble. Je ne veux pas te partager.

Elle prit son visage en coupe pour lui faire entendre raison.

— As-tu vu quelqu'un près d'ici ?

— Je n'entends rien, ne vois rien à part toi.

Elle avait chevauché vite et loin, et il l'avait suivie. Dans la profondeur de ces bois, il n'y avait personne pour chasser à une heure aussi tardive de la journée en cette saison de l'année.

Nicholas prit doucement son visage entre ses grandes mains et attira ses lèvres vers lui. Il les effleura puis lui donna un baiser plus ferme. Il mordit ses lèvres et suivit leur contour du bout de la langue.

— Je ne veux pas réfléchir. Je ne veux pas attendre. Je veux te prendre comme ça, en plein air. Et pas doucement. Je suis fou de toi, Matilda.

Il fit remonter ses mains le long de ses côtes et passa le bout des doigts sur ses seins. Il joua avec leur pointe.

— Je brûle de…

Il fit rouler ses hanches contre les siennes.

— Oui ! s'écria Matilda.

Elle aussi brûlait de désir. Elle ôta sa chemise et Nicholas tomba à genoux devant elle. Il l'attira vers lui et posa la tête sur son ventre. Il encercla sa taille. Le goût de Matilda sur ses lèvres l'excitait autant que la sentir contre lui.

— S'il te plaît…, l'implora-t-elle.

Nicholas se redressa et profita des lèvres entrouvertes de Matilda pour s'emparer de sa bouche. Leurs langues s'emmêlèrent, leurs hanches roulèrent l'une contre l'autre, se cherchaient, se trouvaient. Puis, il s'enfonça en elle avec un grognement rauque.

Plus rien n'existait hormis les gémissements de Matilda, ses mains serrées sur ses hanches, ses cuisses qui frottaient contre les siennes. Nicholas frémit, se retira et se tint immobile jusqu'à ce que Matilda ouvre les yeux.

Il ne voulait plus que ce moment s'arrête. Il brûlait qu'elle s'agrippe de nouveau à lui, encore et encore, avant que leur étreinte prenne fin.

Matilda le transperça de son regard fascinant, chargé de désir. Nicholas ne ferma pas les yeux pour mieux saisir tout ce qu'elle ressentait. Il la pénétra de nouveau, encore et encore.

— Nicholas…

Matilda se cambra sous son corps. Elle était tendue comme un arc. Combien de fois avait-il imaginé ceci ? Les boucles de ses cheveux sur l'herbe humide. Sa peau rougie par le désir. Ses seins dressés et rouges de ses baisers, pointés vers lui pour en demander plus.

Mais sentir son corps contre lui… Ce corps mince et souple, tendu à l'extrême. Il n'avait jamais envisagé cela. Car Matilda était bien plus encore et il sentait qu'il se préparait et qu'il se contractait pour elle.

Il était encore trop tôt.

C'était à cause de la façon dont elle lui répondait. La vision de Matilda sous lui. Il planta les ongles dans ses paumes et se mordit les joues. Mais la douleur n'arrêta pas ce qu'ils avaient commencé, ce que son corps exigeait de terminer.

Oui, il était trop tôt.

— Ne bouge plus, dit-il.

Elle ouvrit les yeux et comprit qu'il perdait le contrôle. Une fine pellicule de sueur couvrait son front. Son souffle était haché. Le passé était révolu. Tous ses sens étaient tournés vers elle. Ses hanches brûlaient d'un dernier coup de reins puissant.

Le regard de Matilda s'obscurcit. Sa peau scintillait comme de l'or. Ses lèvres étaient ouvertes et son souffle de plus en plus saccadé. Ses pieds grattaient le sol avec impatience en glissant inexorablement.

Il fallait qu'elle bouge.

Quand Nicholas s'empara de ses hanches pour l'immobiliser, elle sentit ses entrailles frémir et se contracter.

— Non, capitula Nicholas, la tête penchée en avant, tout en luttant pour ne pas céder.

— S'il te plaît…

Elle caressa ses épaules, ses bras, descendit vers sa main puis remonta de nouveau. Il fallait qu'il bouge de nouveau.

— Matilda, prévint-il d'une voix rauque. Je ne peux pas…

Ses mains enserraient son corps mais ses membres étaient libres. Elle continua de caresser avec ferveur ses omoplates et son dos. Elle avait réussi à caler ses pieds à plat sur le sol, si bien qu'elle put relever ses genoux vers lui pour le serrer très fort.

Ses coups de reins gagnèrent en puissance.

Nicholas avait attendu Matilda si longtemps. Il ne voulait plus que cet instant se termine.

— Attends…, supplia-t-il.

— Non, maintenant ! ordonna-t-elle.

Elle savait de quoi elle avait besoin. De quoi ils avaient besoin tous les deux. Elle planta ses ongles dans le dos de Nicholas et se redressa avant de crier son plaisir tout en attirant Nicholas au plus profond de son être.

Il était perdu. Il s'empara de sa cuisse, s'enfonça très loin en elle et se cambra en gémissant son nom.

Quelques instants plus tard, ils reprirent leur souffle. Leurs corps étaient nus, offerts aux éléments, à la brise froide et aux oiseaux dans les arbres. L'herbe était encore humide de la rosée du matin et le soleil n'était pas assez puissant pour réchauffer la terre sur laquelle ils étaient étendus.

Malgré les bras de Nicholas autour d'elle, Matilda avait froid. Elle se blottit tout contre lui. Elle se délecta de son expiration et du bruit proche du contentement qu'il émit. Son corps était endolori, mais jamais elle ne s'était sentie ainsi auparavant. Rassasiée. Détendue. Épanouie. Après tout le vide ressenti, elle avait l'impression d'être de nouveau entière.

Pourtant, il y avait quelque chose qui frémissait en elle à chaque battement de son cœur et à chaque souffle. Qui s'insinuait dans ses pensées quand elle songeait à la façon dont Nicholas lui avait fait l'amour.

Des paroles qu'elle avait entendues de nombreuses années en arrière.

Sentir son corps aurait dû faire éclater la vérité. Pourtant, ce qu'ils avaient partagé n'avait pas un goût de vérité. Et elle choisit de suivre le fil de cette pensée plus que celles qui l'apaisaient. Elle suivit les aiguillons et les piques de sa conscience.

Maintenant qu'ils avaient échangé des baisers et des caresses, elle se souvenait pourquoi elle n'avait pas dit à Nicholas qu'elle l'aimait.

Elle l'avait compris trop tard car elle lui avait déjà avoué trop de choses dans sa façon de le serrer contre elle et de l'embrasser. Sa façon de lui faire l'amour.

Elle savait que, malgré tout ce qu'ils avaient partagé, il restait encore une chose à régler. Une chose qu'ils ne partageaient pas encore. Qui les avait déchirés des années plus tôt. Nicholas était parti parce qu'il ne tenait pas en place. Parce que Mi Sol ne lui suffisait pas.

Cet état de fait n'avait pas changé. Mi Sol se résumait toujours à une ferme et à un manoir. Nicholas était toujours un chevalier. Qu'importait le nombre de baisers, de caresses et de mots d'amour. Il n'y avait rien ici qui lui donne envie de rester.

Cette idée lui transperça l'esprit mais elle refusa de s'y pencher. Pas maintenant, alors que les caresses de Nicholas déclenchaient des frissons le long de ses cuisses. Alors qu'elle lui offrait son cou pour accueillir ses baisers et l'attirer vers elle.

Chapitre 14

Nicholas bougea sur place pour soulager le tiraillement familier dans ses muscles après son entraînement. Il savait que le lendemain il aurait des courbatures dans le dos à force de brandir et de balancer son épée, et de nouveaux bleus apparaîtraient sur son corps. Même ainsi, la journée avait été bonne. Ses mains ne s'étaient pas craquelées et il n'avait souffert d'aucune blessure.

La journée avait également été bonne pour ses hommes, qui avaient ri en comptant les points. Ils s'étaient tapés dans le dos après leurs rares victoires, et s'étaient rapprochés après leurs nombreuses défaites.

Mi Sol avait beau être un domaine agricole, au fil des années, il s'était enrichi. Nicholas y avait donc envoyé de nombreux hommes pour s'entraîner et protéger la propriété. Des hommes qui avaient transporté son argent et ses messages à Louve. Qui étaient restés à Mi Sol, le temps de payer une dette en échange de leur protection ou de gagner leur propre l'argent.

Une fois ce délai écoulé, certains d'entre eux avaient choisi de demeurer ici et Louve avait continué de les entraîner… quand ce n'était pas eux qui lui apprenaient leurs techniques de combat.

Louve roula son épaule gauche et Nicholas lui sourit.

— Il a bien failli m'arracher le bras, grommela Louve d'un air admiratif.

Il était rare que quelqu'un ait le dessus sur lui.

— C'est de ta faute. Tu t'es tourné alors qu'il tenait son épée comme ceci.

— J'ai saisi ma chance, rétorqua Louve.

— De te disloquer l'épaule ?

— D'infliger à ce bâtard d'Espagnol plus de douleur que moi demain.

— Ah, Graviel n'a jamais joué franc-jeu, convint Nicholas avec un sourire discret.

— C'est toujours le cas.

— S'il a combattu aussi longtemps avec toi, c'est que tu l'as bien entraîné. Il voulait devenir mercenaire, mais il n'avait pas assez d'expérience.

— Tu l'as donc envoyé ici pour me briser le bras ?

— Il fallait bien que quelqu'un le fasse.

Nicholas était heureux de savoir qu'il y avait des hommes pour protéger Mi Sol. Ils n'étaient pas assez nombreux – mais encore une fois, le domaine n'était pas le grand château dont rêvait son grand-père.

C'était une simple ferme, avec de bonnes terres, capables non seulement de le rendre riche, mais aussi d'améliorer le sort de ceux qui la travaillaient. De ce point de vue, cela valait mieux que les ambitions de ses aïeux. Mi Sol ne se résumait pas à un simple outil destiné à satisfaire la vanité d'une famille.

Nicholas leva les yeux vers le ciel. Bientôt, il allait devoir sonner la fin de l'entraînement et remplir ses autres obligations à l'égard du domaine. Mais ce qu'il voulait surtout, c'était rejoindre la couche de Matilda et y rester des jours entiers.

Il ne pouvait s'empêcher de songer à ce qu'elle devait faire, ou à comment se portait Julianna. Le printemps venait d'arriver mais les journées étaient encore froides. Néanmoins, les vents soufflaient un air plus chaud, et dans quelques semaines Matilda et lui se verraient dans les champs.

Jamais il n'avait pris autant soin de sa terre. Désormais, ses journées étaient remplies par les métayers qui demandaient à s'entretenir avec lui autour de pichets de bière.

Nicholas avait peut-être assez d'argent pour acheter toutes les fournitures nécessaires, mais l'avenir de Mi Sol dépendait de la richesse des récoltes à venir. L'avenir de Matilda et de Julianna dépendait du manoir.

Était-ce provisoire ? Rien de ce qu'il avait fait depuis que Matilda était partie à cheval pour sauter cet obstacle ne l'avait été. Il s'était écoulé quinze jours depuis ce moment dans les champs.

Depuis, ses journées et ses nuits étaient remplies de regards à la dérobée. Ils se volaient des baisers dans les escaliers et contre les portes. Nicholas en voulait plus et ne ratait jamais une occasion de satisfaire ses désirs. Leurs appartements se trouvaient à l'écart du reste du manoir, ce qui était idéal la nuit. Matilda venait toujours le retrouver dans sa chambre avant de s'en aller.

Cela faisait deux semaines qu'il essayait de retenir son attention dans la grande salle ou dans le village, mais systématiquement elle lui tournait le dos.

Le plus souvent, il la laissait faire, mais cela lui était arrivé de la retenir en lui prenant le poignet ou en touchant son bras. Il lui avait demandé si elle allait bien, si tout cela n'était pas trop pour elle et si elle voulait mettre un terme à leur relation.

Même si son regard était toujours rempli d'émotions conflictuelles passées sous silence, ses paroles et ses actes étaient toujours les mêmes. Des mots d'acceptation et d'encouragement. Un sourire et une lueur dans le regard qui indiquaient à quel point elle tenait à leur relation. À quel point elle la désirait.

Nicholas ne demandait qu'à la croire mais entre eux planait le fait que malgré sa déclaration d'amour Matilda ne lui avait jamais dit qu'elle l'aimait.

Il lui avait parlé des saisons à venir, et de ce qu'il voulait pour elle, pour Julianna et pour Mi Sol, mais Matilda avait gardé le silence.

Il essaya de se convaincre qu'elle avait besoin de temps. Roger était mort depuis moins d'un an et elle devait s'occuper de sa fille. Elle manquait encore de sommeil. Et à présent, elle dormait encore moins car jamais il ne la repoussait quand elle venait le rejoindre dans son lit.

Maintenant qu'il pouvait l'embrasser, lui parler au beau milieu de la nuit pendant qu'elle nourrissait Julianna, sentir ses cheveux sur son épaule et ses longues jambes contre les siennes, il avait faim d'elle, même si elle ne restait pas toute la nuit à ses côtés. Son besoin d'être près d'elle était si grand qu'il passait outre son envie de connaître la vérité.

Il ne la pressait jamais. Il la laissait donner le rythme de leur relation. La laissait garder le secret sur eux.

— Ah, te revoilà ! s'écria Louve en riant.

Nicholas sortit avec réticence de ses rêveries.

— Où étais-je donc parti ? s'étonna Nicholas.

— Tu n’as donc rien entendu de ce que j’ai dit, répondit Louve en secouant la tête. Les hommes amoureux ne sont plus bons à rien. Tous autant que vous êtes. Pas étonnant que tu aies laissé une telle ouverture et que tu aies reçu ce coup dans les côtes.

Les hommes amoureux ? Était-il donc si transparent ?

— Tu crois que je ne reconnais pas les signes ? demanda Louve. Tu scrutes le sol quand tu n’es pas occupé. Tu la cherches du regard tous les jours, tout comme je cherche Mary.

Louve lui avait avoué son amour pour la jeune veuve, mais, à part quand il entrait chez elle, Nicholas n’avait constaté aucun amour entre eux. Il n’y avait que ce qui se passait derrière les portes closes. Un secret là encore. Sauf que tout le monde à Mi Sol savait que Louve allait rendre visite à Mary, et qu’il n’y avait rien d’autre entre eux. Pas de fiançailles en perspective, pas de promesses, pas même de tendres sourires.

— Elle n’est pas assez bien pour toi, dit Nicholas.

Louve haussa les sourcils.

— Ne devrais-je pas être mieux placé que toi pour le savoir ?

— Pas dans ce cas de figure.

Voyant le regard interrogateur de Louve, Nicholas poursuivit :

— Je sais reconnaître la vérité.

Il avait gagné cette faculté grâce aux épreuves que Matilda et lui avaient traversées. Ils s’étaient aimés par le passé et ils s’aimaient encore aujourd’hui. Il connaissait toutes les facettes de cette émotion, et il en apprendrait sans aucun doute encore.

— Tu as sûrement raison, avança Louve, mais…

— Et tu es mon ami, l'interrompit Nicholas.

— Je le serai toujours – même si tu le sais depuis des mois et que tu n'as rien dit avant ce jour.

Parce qu'il n'était là que temporairement. Il était censé repartir. Le printemps était arrivé et il avait prévu de s'en aller après l'hiver.

Il avait dit à Matilda qu'il l'aimait mais elle ne lui avait pas répondu en retour. Ne valait-il pas mieux que Louve ?

— Tu peux faire mieux que cela, insista-t-il.

Louve le regardait d'un œil attentif.

— Tu l'aimes vraiment, continua-t-il. Qu'aurais-tu fait si Roger n'était pas mort ?

— J'aurais continué à l'aimer et j'aurais tiré de la joie de savoir qu'elle avait choisi le meilleur d'entre nous.

— Lui as-tu tout dit ?

— Non, il est encore trop tôt.

Il était peut-être incapable de s'empêcher de la toucher et il savait qu'elle avait des sentiments pour lui, mais était-ce de l'amour ? Elle pleurait encore la perte de Roger et venait tout juste de donner naissance à leur fille.

Lui en demander plus ne serait pas correct. Il préférait donc respecter Matilda et lui donner ce dont elle avait besoin. S'il lui fallait du temps, ou si elle ressentait le besoin de garder leur relation secrète, il la laisserait faire. Il lui devait bien cela.

La situation de Mary était différente car son mari était mort depuis des années.

— Il n'est pas trop tard pour toi, dit Nicholas.

Les traits de Louve se détendirent.

— Cela ne l'a jamais été.

— Dans ce cas, pourquoi…

Un bruit sourd de sabots et de tintement de métal leur parvint, suivi de cris et d'échos étouffés de voix. Elles étaient nombreuses.

Nicholas et Louve se tournèrent vers les barrières.

— Qui peut bien… ? commença Louve en s'élançant à grandes enjambées à côté de Nicholas.

Ils hâtèrent le pas tandis que le bruit s'amplifiait. Les voix étaient plus fortes à présent, ainsi que le martellement caractéristique des chevaux et le craquement du cuir.

Ils atteignirent très vite les portes du domaine mais Nicholas n'aperçut pas tout de suite l'homme entouré par dix autres.

Il s'efforça de distinguer la bannière dressée dans le vent.

Reynold de la famille Warstone était là.

Chapitre 15

— Asseyez-vous ici, père, dit Matilda en aidant son père à traverser la petite pièce pour l'installer doucement dans un fauteuil.

— Pourquoi y a-t-il du feu ? demanda le vieil homme.

— Le printemps n'est pas encore arrivé, expliqua calmement Matilda. Il n'y a pas beaucoup de feux à l'extérieur, seulement dans les maisons, et nous avons besoin de celui-ci pour cuisiner. Il faut le laisser brûler. As-tu faim ?

— C'est une bonne enfant, répondit Holgar.

Julianna était réveillée et observait avec concentration tout ce qui l'entourait. Elle avait les cheveux et les yeux de Roger, et Matilda sentit son cœur se serrer en constatant cette ressemblance avant d'en éprouver de la joie.

Matilda contempla son père qui ne la regardait plus, ni elle ni le bébé, mais qui avait de nouveau reporté son attention sur le feu. Elle ignorait où l'esprit de son père l'emmenait, mais parfois il lui arrivait presque de le comprendre.

Lorsqu'elle s'absorbait dans la contemplation du feu, ses pensées la conduisaient aussi à sa mère, avec sa frêle silhouette, ses mains constamment froides, toujours tournées vers les flammes pour se réchauffer.

Sa mère lui manquait beaucoup mais ces souvenirs étaient heureux.

— Tu étais une bonne enfant, toi aussi, dit son père.

Matilda sentit ses paupières picoter.

— Vraiment ?

Il tourna son regard vers elle et son cœur manqua un battement. Puis il se détourna.

— Il n'y a pas assez de feux dehors.

— C'est presque le printemps, murmura-t-elle.

— Alors tout va bien, dit son père en hochant la tête.

Matilda n'arrivait pas à apaiser les battements de son cœur. Elle avait l'impression qu'un poing s'était refermé sur lui quand son père l'avait regardée. Il ne l'étreignait plus aussi fort à présent mais l'impression de chaleur et de joie était toujours là. L'amour de son père pour elle était là, sous-jacent.

— Oui, tout va bien, répondit-elle.

Un coup sec à la porte la fit sursauter.

— C'est moi ! lança Bess en entrant dans le cottage. Je me suis dit que je te trouverai là puisque tu n'étais pas au manoir.

Matilda pencha la tête sur le côté.

— Père continue de venir ici.

Bess balaya la pièce du regard ainsi que le feu qui se consumait doucement dans la cheminée.

— Cela va être difficile tant que le printemps n'est pas vraiment là.

Leur maison était assez éloignée de celles des autres. Roger était toujours dehors dans les champs avec ses compagnons et le soir, il était heureux de trouver un peu d'intimité. Sauf qu'une maison trop isolée, chauffée avec du feu, impliquait que son père ne pouvait pas être en sécurité.

— J'aime le savoir ici, répondit Matilda.

Cette maison contenait des souvenirs heureux – un bonheur nouveau et frais les entourait comme un vent chaud et la promesse de jours plus longs. Comme l'amour d'un père et d'une fille.

Bess répondit comme à son habitude par un hochement sec de la tête.

— Nous veillerons à ce qu'il y ait quelqu'un avec lui, alors.

Le père de Matilda était en vie, dans sa maison, et bénéficierait de soins. Elle ne pouvait pas demander mieux. Mais cela n'expliquait pas pourquoi la main de son amie s'était serrée si fermement sur elle.

— Qu'est-ce qui t'amène ici ? demanda Matilda, soudain alarmée par cette visite.

— Nous avons des ennuis.

Matilda regarda son père à la dérobée. Ce dernier contemplait toujours le feu, immobile.

— Que se passe-t-il ?

— Des hommes viennent d'arriver aux portes du manoir, déclara Bess.

Matilda se leva et s'élança vers Julianna.

— De quel domaine viennent-ils ?

— D'aucun domaine. Je ne les ai jamais vus avant, mais Nicholas semble les connaître. Il les a accueillis et se dirige actuellement avec leur chef dans la grande salle.

— Nous avons de la visite, dit Matilda, soudain fébrile. Ils vont avoir besoin de nourriture.

Cela faisait partie des obligations dont elle aimait se charger. Déjà, son esprit était occupé à savoir comment les recevoir au mieux tout en cherchant de quelle sorte d'amis il s'agissait.

— J'ignore de quelle manière ils souhaitent que nous leur offrions l'hospitalité, dit Bess en tendant les bras pour prendre Julianna. Mais ils ont l'air d'amener avec eux des ennuis.

— Je viens de la nourrir, dit Matilda en lui donnant l'enfant. Si ces hommes sont des connaissances de Nicholas et s'ils sont venus lui rendre visite, comment pourraient-ils nous créer des ennuis ?

— Lorsque tu verras l'expression de Nicholas, tu comprendras.

Dès que Matilda pénétra dans la grande salle silencieuse, tout devint limpide.

Elle s'était changée et avait tressé ses cheveux. Plus rien dans sa tenue n'indiquait qu'elle avait passé la matinée à s'occuper de son père et de Julianna. Matilda n'était pas une femme futile qui ne se souciait que de son apparence. Mais d'après les dires de Bess, elle avait compris qu'elle devait présenter l'image d'une personne solide, sans faiblesses.

Il lui avait fallu un peu de temps pour se préparer. Elle s'attendait donc à ce que la bière coule à flots et que les conversations soient animées. Mais lorsque les portes de la grande salle se refermèrent derrière elle, elle fut navrée d'avoir tardé autant car, même si Nicholas connaissait ces hommes, il était évident qu'ils n'étaient pas ses amis.

Une dizaine d'hommes se tenaient debout tandis

qu'un autre était assis avec Nicholas près de la cheminée à l'autre bout de la salle. Ils étaient propres sur eux, avec des vêtements beaucoup plus raffinés que ceux de Matilda. Ils semblaient avoir remporté toutes les batailles qu'ils avaient menées. À l'exception de l'homme avec Nicholas, ils se tenaient tous plantés, en silence, étrangement immobiles même si leurs yeux balayaient la salle, son contenu et ses occupants.

Pourtant, ces regards apparemment innocents semblaient cacher autre chose. Comme si chaque homme voulait analyser comment tuer toutes les personnes dans cette pièce et quels biens ils pourraient voler.

Leur attitude rappela à Matilda l'allure de Nicholas lorsqu'il était entré pour la première fois à Mi Sol. Ces hommes étaient de dangereux mercenaires. Cela faisait six mois que Nicholas était revenu, et elle avait presque oublié son côté sombre. Depuis son arrivée, Nicholas s'était adouci, comme si quelque chose avait cédé en lui.

Ce n'était pas le cas de ce chef qui parlait paisiblement avec Nicholas. Cet homme dégageait quelque chose de formidable.

Son corps était détendu, et ses manières raffinées et civilisées. Il était occupé à raconter une histoire avec force gestes. Ce qu'il disait paraissait l'amuser, de même que Nicholas, car il répondit au rire de l'homme par un sourire pincé.

L'homme était habillé tout en noir. Il était brun, avec une peau tannée par le soleil. Il n'affichait pas de fausse assurance, mais l'air indifférent d'une personne qui avait déjà tout vu.

Pour cette raison, il avait l'air d'être le plus dangereux

de tous. Un homme entouré de guerriers surentraînés était capable de massacrer tous les habitants de Mi Sol avant de trancher la gorge de ses propres soldats.

Matilda avança d'un pas lent mais assuré vers Nicholas, qui se tourna pour l'accueillir en affichant une expression neutre. Son regard ne trahissait aucune de ses pensées.

L'homme riait toujours en se tournant également vers elle, puis prit un air curieux.

— Et qui est cette dame ? demanda-t-il.

— Voici Matilda, déclara Nicholas. C'est elle qui s'est occupée de mon manoir et de mon garde-manger en mon absence.

L'homme leva sa coupe vers elle.

— Dans ce cas, je dois la remercier pour cette très bonne bière.

— En effet.

Nicholas désigna l'homme à ses côtés.

— Reynold, de la famille Warstone, et ses hommes sont venus me rendre visite.

Il n'y eut pas de présentations, juste un échange de noms. Matilda comprit que Nicholas voulait qu'elle sache qui était cet homme. Son nom ne lui disait rien et elle ne l'avait jamais vu auparavant. Toutefois, le silence dans la salle ainsi que les regards que les soldats s'échangeaient pendant cette brève conversation étaient autant d'indices.

Nicholas évita de la regarder. Comprenant le message, elle se contenta de les saluer d'un signe de tête poli.

— Aurez-vous besoin d'un repas ? demanda-t-elle calmement.

— Oui.

Le ton froid de Nicholas la glaça. Ces hommes n'étaient pas du tout des amis. Elle garda une expression neutre et demanda :

— Et de chambres ?

Nicholas se tourna vers Reynold et l'interrogea du regard.

Reynold esquissa un sourire. Il ressemblait à un renard tenant déjà la poule dans sa gueule.

— Évidemment.

Nicholas sursauta légèrement, desserra la main près de sa hanche, et Matilda comprit qu'il n'accueillait pas avec joie cette nouvelle. Le mouvement était léger, mais suffisant pour libérer l'épée qu'il portait à la taille – comme s'il pouvait en avoir besoin à tout moment ou qu'il envisageait de l'utiliser d'une seconde à l'autre.

Matilda garda les yeux posés sur Reynold de Warstone et hocha la tête.

— Très bien. Dans ce cas, si vous le permettez, je vais m'occuper de tout cela…

Toujours sans un regard pour elle, Nicholas agita la main. Il ne souffla même pas. Il ne montrerait aucun signe de faiblesse, et Matilda était son plus grand point faible.

Tous les domestiques et toutes les personnes qui comptaient pour lui étaient désormais partis. Louve pourrait se charger de préparer les hommes, le cas échéant.

Louve n'avait pas apprécié d'être renvoyé. Mais Nicholas n'avait pas eu le temps de prendre d'autres mesures préventives. Il allait devoir affronter Reynold seul.

Si Reynold voulait le voir mort, il avait d'autres moyens de le faire que de venir le rencontrer sur son propre territoire. Reynold était ici pour d'autres raisons.

Il devait simplement découvrir lesquelles.

— Je ne t'attendais pas si tôt.

Reynold saisit la cruche pour remplir de nouveau sa coupe.

— Pourtant, tu t'attendais à ma visite.

— Tu as laissé partir Rhain avec une invitation ouverte.

— Ne doit-on pas comprendre que c'est Rhain qui devait s'attendre à me voir ? demanda Reynold.

Nicholas fit tourner la coupe dans sa main alors qu'il rêvait plutôt de se lever. Mais chacun de ses mouvements était scruté à la loupe par les hommes de main de Reynold. Au moins, dans cette partie reculée de la grande salle, personne ne pouvait entendre leur conversation.

— C'est ce qu'a prétendu Rhain, dit Nicholas, mais nous savons qu'il a toujours eu un sens aigu de sa propre valeur.

Nicholas était heureux de constater qu'il avait eu raison et que son ami s'était trompé. Reynold était venu le trouver en premier pour assouvir sa vengeance. Nicholas allait enfin affronter l'homme qui avait menacé ses amis. Rhain s'était toujours posé en protecteur alors qu'en réalité cette tâche incombait à Nicholas. En effet, Rhain le surpassait en tant qu'homme et de par sa noblesse.

— Et que lui avez-vous opposé ?

— Qu'il avait Helissent et que vous ne lui feriez aucun mal.

— Vous croyez vraiment que je vais cesser de menacer le mercenaire qui a tué mon frère ? Cette servante effarouchée ne vaut rien aux yeux de la famille Warstone. Elle ne possède aucun bien, aucune relation.

— Vous oubliez que j'ai voyagé avec elle. Elle vaut bien plus que la famille Warstone… et vous le savez.

— Il est vrai que ses gâteaux sont délicieux.

Reynold but une gorgée de bière.

— Vous n'avez donc pas rendu visite à Rhain depuis que nous sommes partis ? demanda Nicholas.

— J'ai été trop occupé avec la mort de mon frère, et tout ce qui s'est ensuivi.

Reynold pouvait jouer avec lui autant qu'il le voulait – à condition qu'il se contente de lui. Qu'il ne touche jamais à Matilda. Combien de temps avait-il devant lui pendant qu'elle préparait le repas et qu'elle s'occupait des chambres ? Pas assez longtemps. Elle allait bientôt revenir. Reynold l'avait vue et s'attendait à ce qu'elle apparaisse de nouveau.

— Elle est très séduisante, dit brusquement Reynold.

Nicholas se tourna vers son ennemi.

— Helissent est mariée à Rhain.

Reynold leva son index pour indiquer qu'il voulait insister sur un point.

— Je parlais de votre… domestique. Matilda.

Nicholas s'efforça d'afficher un air neutre, même s'il bouillonnait de l'intérieur. Il savait qu'il n'avait donné aucun indice de son inquiétude pour elle, mais il avait pensé à elle. Un simple regard avait-il suffi à le trahir ?

— Elle est veuve de fraîche date et vient d'avoir un bébé.

— Quel âge a l'enfant ?

Nicholas n'aimait pas la tournure que prenait cette conversation.

Reynold n'avait aucune raison de se soucier de l'âge de Julianna, sauf si l'enfant était un nouveau-né et que la mère ne pouvait pas servir à un homme. Si Reynold passait la nuit au manoir, il finirait par découvrir la vérité.

— Je crois qu'elle a quatre mois.

— Ah.

Reynold paraissait beaucoup trop satisfait par sa réponse. Nicholas ne pouvait pas laisser les choses en l'état. Il fallait lui donner un avertissement.

— Son défunt mari était l'un de mes plus proches amis.

— Vous êtes donc dans une situation délicate.

— Il aurait aimé que je vous mette en garde.

— Et me voilà prévenu. En avez-vous fait de même avant de consommer avec elle ?

Ainsi, Reynold avait des espions chez lui. Non, c'était impossible, pas ici. Il n'avait pas pu venir à Mi Sol avant lui. Mais comment aurait-il pu être au courant de sa relation avec Matilda ?

À l'exception des messagers qui avaient amené son argent et ses instructions à Louve, Nicholas avait grandi avec tous les métayers du domaine. Qui pouvait envoyer des messages à Reynold et pourquoi ?

Mieux valait faire taire ses pensées. La famille Warstone ne pouvait pas s'intéresser à lui ou à sa famille. Un chevalier sans le sou avec un manoir en ruine n'était d'aucune utilité à Reynold.

Reynold éclata de rire.

— Malgré votre cicatrice et cette mèche sur votre

visage, vous êtes incapable de cacher vos pensées. Je n'ai pas d'espions chez vous. Il m'a suffi d'observer comment vous vous comportiez. Vous avez trop ménagé cette femme. Votre ami Rhain faisait la même chose avec Helissent. Franchement, personne ne peut égaler mon immoralité. Qui sait mentir correctement de nos jours ?

— Vous pourriez peut-être regarder du côté de votre propre famille.

— Guy était un balourd doublé d'un idiot trop gâté.

— Vous avez d'autres frères.

— Deux frères, aussi subtils qu'un bélier d'assaut.

— Un bélier très puissant.

Reynold se leva et pointa son doigt vers Nicholas.

— C'est peut-être vous qui m'espionnez ?

Tous ceux qui avaient été éduqués à la cour du roi Édouard connaissaient la famille Warstone. Rares étaient les familles qui avaient l'oreille, la richesse et la puissance d'un roi sans posséder de pays. Mais la famille Warstone avait tout cela. Elle bénéficiait de la loyauté du roi et il ne fallait jamais au grand jamais s'attirer ses foudres.

Reynold n'avait pas une idée démesurée de sa valeur. Il savait exactement qui il était. Il était intelligent et avait bâti sa propre fortune. Si la rumeur disait vrai, il était aussi dangereux que le chevalier légendaire Roger le Noir, qui était le bras droit du roi Édouard depuis de nombreuses années.

En d'autres termes, mieux valait ne pas le contrarier, ni même le connaître.

Nicholas avait un poignard rangé dans sa ceinture et il connaissait la portée du bras de Reynold. Sa grande taille jouait pour lui. Il pouvait frapper son ennemi bien avant qu'il tente quelque chose.

— Que faites-vous ici, Reynold ? demanda Nicholas.

L'homme contempla les nuages dans le ciel puis les champs qui s'étendaient à l'horizon.

— Cela faisait très longtemps que je n'étais pas venu dans cet endroit du pays et j'ai cru bon de venir le visiter.

— Vous n'êtes jamais venu ici, riposta Nicholas.

— C'est vrai, mais je voulais le faire depuis longtemps. Cet endroit me paraît très beau… et aussi très vide.

Combien de temps lui restait-il avant que Reynold passe à l'attaque ? Si son ennemi voulait agir, il fallait le faire vite car les domestiques ne tarderaient pas à apporter le repas. Il percevait déjà l'odeur des plats et le tintement de la vaisselle.

— Prenez votre vengeance, ou tout ce que vous jugerez nécessaire, déclara Nicholas.

— Ne pouvons-nous pas dîner d'abord ? demanda Reynold.

— Est-ce pour cette raison que vous êtes venu ? Parce que vous avez faim ? Dans ce cas, je vais vous donner à manger et vous pourrez repartir.

— J'ai fait un long voyage.

Nicholas se retint de lui répondre. Reynold jouait.

— Alors, vous passerez ici la nuit, proposa Nicholas. Mais dites-moi d'abord la raison de votre venue pendant que nous nous trouvons encore à l'abri des oreilles indiscrètes.

Reynold esquissa un sourire sardonique.

— Est-ce à cause de cette femme ?

— Parce que je suis occupé, riposta Nicholas.

— Vous voudriez que je parte à l'aube, alors que j'ai prévu de rester une semaine ?

Nicholas n'avait pas de temps pour plaisanter. La gestion de Mi Sol était toujours aussi prenante que dans ses souvenirs et il ne comprenait toujours pas le trouble qui hantait le regard de Matilda.

Si Reynold venait à rester, il ne tarderait pas à découvrir à quel point il avait peu de prise sur son domaine et sur la femme qu'il aimait. Reynold et ses petits passe-temps pouvaient creuser un gouffre entre lui et ce qu'il prévoyait de faire ici à l'avenir.

Il pouvait toujours essayer, mais Nicholas le tuerait bien avant qu'il puisse faire des mécontents sous son propre toit.

— Vous avez l'intention de rester une semaine ? demanda Nicholas. Quelle bonne surprise.

La nuit était déjà bien avancée quand Matilda entendit le pas lourd de Nicholas dans l'escalier et dans le couloir, puis le bruit de la porte qui s'ouvrit puis se ferma en craquant de manière caractéristique. L'heure où elle allait le retrouver habituellement dans sa chambre.

Ne sachant que faire ce soir, elle ne se rendit pas immédiatement dans sa chambre, même si Julianna dormait paisiblement dans son berceau. Elle resta debout, indécise et détestant ce sentiment. Cela faisait des années qu'elle était son propre maître et voilà à quoi elle en était réduite : tourner en rond comme si elle ne savait pas ce qu'elle devait faire. Pourtant, elle le savait. Elle voulait Nicholas.

Doucement, même si personne ne pouvait l'entendre,

elle pénétra dans la chambre de Nicholas. Au lieu d'être en train de se déshabiller pour la nuit, elle le trouva assis sur le lit, la tête entre les mains.

— Tu ne devrais pas être ici ce soir, dit-il sans lever la tête.

Elle n'avait pas besoin d'écouter ses propos tranchants. Elle n'en avait cure.

— Je veux être ici.

— Reynold finira par découvrir que tu es là.

— Il doit certainement déjà savoir que mes appartements sont mitoyens aux tiens, et il a dû comprendre.

Nicholas posa les coudes sur les genoux. Ses cheveux étaient détachés et pendaient sur son visage. Même après une dure journée de travail, elle ne l'avait jamais vu aussi épuisé.

— Reynold n'a rien compris. Il est au courant parce que je le lui ai accidentellement dit.

Il se leva avec impatience et balaya la chambre du regard comme pour chercher quelque chose à faire.

— Il est au courant de tout. Il l'a toujours su. Ce n'est pas que sa richesse qui le rend dangereux.

Matilda n'avait jamais vu Nicholas aussi peu sûr de lui. Même quand il était agité, nerveux, il était invincible. Confiant.

— Tu as dit que Rhain et toi, vous vous étiez sauvés de justesse. Je suppose que c'était suite à un combat.

Il secoua lentement la tête.

— Tu es mort avant même de voir Reynold tirer son épée.

La vérité la heurta dans toute sa crudité. Nicholas avait joué un rôle dans la mort du frère de Reynold. Ce dernier n'avait pas assouvi sa vengeance et maintenant, il était ici. De plus, il était au courant de sa relation avec Nicholas.

— Est-il capable de faire du mal à Julianna ?

Nicholas s'immobilisa et se tourna vers elle, presque violemment.

— Non, il n'en fera rien, pas plus qu'il ne te touchera.

— Pourtant, tu dis qu'il est capable de tuer avant même de dégainer son épée. Tu ne le verras pas prendre sa décision ou donner ses ordres. Au beau milieu de la nuit, il peut…

Nicholas lui prit le bras et l'attira vers lui. Il dégageait tant de puissance, tant de force, tant de réconfort, qu'elle s'en imprégna.

— Un homme comme Reynold aime mieux jouer qu'exécuter ou tuer des enfants, répondit-il.

— Et une fois qu'il aura fini de jouer ?

— Rien ni personne ne vous fera du mal à toi ou à Julianna, la rassura Nicholas.

Il se pencha vers elle et plongea son regard dans le sien.

— Je te le jure, dit-il avec plus de véhémence que pour prêter un serment.

Chapitre 16

Il était trop poli. C'était la première pensée qui vint à l'esprit de Nicholas le lendemain, lorsqu'il fit visiter le domaine à Reynold.

Ils chevauchaient ensemble comme de bons voisins. Seules les allées et venues des hommes de Reynold, qui s'étaient dispersés plus loin, troublaient cette scène bucolique. Ils ne protégeaient plus leur chef mais parcouraient la totalité du domaine, des frontières extérieures aux domiciles des métayers.

Si jamais ils endommageaient des récoltes ou salissaient des cuisines avec leurs bottes, Nicholas ne manquerait pas de l'apprendre.

À condition d'être encore en vie.

— L'air est meilleur ici qu'à Londres, remarqua Reynold avec désinvolture.

Il lui parlait du temps mais Nicholas savait reconnaître une menace.

— Vous venez de Londres ? demanda-t-il d'une voix aussi neutre que possible.

— Évidemment. Je vous suivais, Rhain et vous.

— Vous auriez dû chevaucher avec nous et nous tenir compagnie, alors, ironisa Nicholas.

Reynold pouffa doucement.

— Cela aurait été assez amusant.

Nicholas et Rhain savaient que Reynold les tenait à l'œil et avaient continué à s'entraîner durement en chemin. Le bâtard devait certainement le savoir.

— J'aurais pu vous divertir avec ma pratique de l'épée.

— Cela fait si longtemps que je ne me suis pas entraîné..., soupira Reynold.

— Je pourrais vous embrocher accidentellement, plaisanta Nicholas.

— Ou bien moi.

Pas si Matilda et Julianna étaient en danger. Il était leur bouclier à présent. Si Reynold ne restait pas à sa place, il serait leur épée également.

— Dites-moi ce que vous pensez de mon humble demeure ? demanda Nicholas.

— Vous désirez connaître mon avis ?

— Nous pouvons parler du temps si vous préférez, ou d'une séance d'entraînement entre nous qui n'aura jamais lieu.

— Vous aimez votre domaine ? demanda Reynold.

— Et aussi les gens qui y habitent.

— Je pourrais vous dire que je ne représente aucune menace pour eux, mais je ne ferais que vous mentir.

— Au moins, vous vous efforcez d'être honnête.

— Je vous ai menti en prétendant vous avoir suivis depuis Londres.

Nicholas secoua la tête et talonna son cheval. Reynold le rattrapa.

— Je suis venu uniquement pour vous rendre visite... pour l'instant, déclara Reynold.

— Et ensuite ? Que ferez-vous ?

— Si je ne suis pas en visite ? Que pourrais-je faire d'autre ici, au milieu de nulle part ?

Une fois de plus, Reynold ne lui répondait pas franchement mais la vérité sautait aux yeux : Reynold avait l'intention de rester et il avait une idée derrière la tête. Mais si tel était le cas, Nicholas pouvait également tirer parti de la puissance de cet homme.

— Vous et vos hommes désirez peut-être nous aider dans les champs ?

— Et vous laisser m'approcher avec une charrue ?

— Vous en auriez une, également.

— Mais vous savez en faire usage, riposta Reynold en désignant les vastes étendues. Parmi tout ce que j'avais imaginé, ce n'était pas ainsi que je me représentais votre demeure.

Sa demeure. Mi Sol. Nicholas commençait à peine à la considérer ainsi.

— Et qu'imaginiez-vous ?

— Vous connaissant aussi effrayé et torturé, j'imaginais quelque chose de sombre. De sinistre. À la place, je trouve un lieu confortable et chaleureux.

Si Reynold n'avait pas prononcé cette phrase d'un air songeur, Nicholas aurait pu croire qu'il méprisait sa demeure.

Le reste de la journée se déroula de manière presque agréable. Reynold insista pour visiter chaque recoin du domaine et du manoir, et Nicholas préféra ne rien lui cacher. Si Reynold désirait voir comment il vivait et où, mieux valait lui donner satisfaction.

Reynold passa tout en revue, toucha tout ce qui était à sa portée, des barrières aux charrues, aux barreaux des cellules dans le sous-sol du manoir. Il paraissait fasciné par tout ce qu'il voyait.

Pour la première fois, Nicholas comprenait presque son intérêt. Maintenant que Mi Sol ne tombait plus en ruine, lui aussi commençait à apprécier les escaliers en colimaçon, les étranges extensions, les couloirs sinueux et les cagibis biscornus.

Lorsqu'ils revinrent dans la cour du manoir, ils furent accueillis par Bess qui portait Julianna sur la hanche et Agnes qui décrivait des cercles autour d'elles. Matilda tenait un bâton et dessinait quelque chose dans l'air. Des chevaux, sans aucun doute.

La beauté de leur bonheur le saisit, et il sentit vibrer au fond de sa poitrine une émotion qu'il ne put masquer.

Lorsqu'il se risqua à jeter un regard vers Reynold, il comprit qu'il était trop tard pour cacher sa joie. L'homme avait tout vu.

Plutôt que de faire un commentaire, Reynold déclara :

— Je pense que je vais aller me reposer avant le dîner. Me permettez-vous de me retirer ?

Il lui demandait la permission ? Reynold n'avait fait que donner des ordres depuis son arrivée. Rien d'assez manifeste pour l'offenser, mais de suffisamment catégorique pour qu'il obéisse. Nicholas ne s'était pas opposé à lui à cause de tout ce qui était en jeu. En combat singulier, Nicholas pouvait battre Reynold. L'homme n'était pas un tendre, mais il n'était pas aussi bien entraîné que lui… et il n'avait pas la protection de tous ses gens.

Néanmoins, il était stupéfait que Reynold demande son autorisation. Son expression ne révélait rien.

Était-ce une forme de respect, une ruse ? Une façon de se divertir ?

Quoi qu'il en soit, Reynold ne l'avait jamais fait avant et à cet instant, Nicholas se surprit presque à l'admirer.

Il hocha la tête et Reynold dirigea son cheval vers les écuries.

Tandis qu'elle donnait le sein à Julianna au beau milieu de la nuit, Matilda entendit un bruit de chevaux et de matériel mêlé à des murmures d'hommes. Son enfant dans les bras, elle regarda par la fenêtre. Reynold et ses hommes étaient habillés. Leurs bagages étaient prêts et ils paraissaient sur le départ.

Quelques métayers se tenaient autour d'eux, et l'un des hommes de Nicholas était posté aux portes. Le soleil n'avait pas encore pointé à l'horizon, et la nuit était encore noire. Matilda n'avait pas entendu de mouvement dans la chambre d'à côté. Elle savait que Nicholas dormait.

Elle posa l'enfant, ajusta sa robe et se précipita dans la pièce attenante.

— Réveille-toi ! dit-elle en le secouant.

Nicholas bondit du lit, complètement nu, à l'exception de son épée. Il traversa la pièce, poussa Matilda sur le côté et balaya le couloir.

— On peut dire que tu me protèges, dit Matilda. C'est moi qui dois te réveiller !

Nicholas se tourna vers elle sans comprendre.

— Que se passe-t-il ?

Matilda ignorait si elle devait se sentir amusée ou inquiète de la situation. Elle préféra en rire.

— Qu'y a-t-il de drôle ? grogna Nicholas en posant son épée sur le lit pour enfiler sa tunique.

— Rien, sauf que…

Elle pointa un doigt vers lui en contenant son rire.

— Reynold s'apprête à partir, ajouta-t-elle.

Nicholas s'empara de ses braies.

— Il n'est resté que quatre jours.

— Qu'est-ce que cela veut dire ? demanda Matilda.

— Je n'en sais rien mais je vais bientôt le découvrir.

Il termina de mettre sa culotte et ses bottes et se dirigea vers le couloir.

Matilda serra Julianna dans ses bras. Pourquoi Reynold agissait-il ainsi sans prévenir Nicholas ? Ce dernier paraissait aussi surpris qu'elle, mais cela ne voulait rien dire.

Matilda retourna dans sa chambre pour regarder par la fenêtre. Elle cala Julianna sur sa hanche et contempla les hommes dans la cour. À cette distance, elle les distinguait à peine et entendait encore moins ce qui se disait. Impossible de savoir ce qui se tramait.

Elle parvint tout de même à voir Nicholas qui s'entretenait avec Reynold. Dans un coin, elle aperçut Louve qui amenait vers eux deux chevaux. L'un était sellé et l'autre chargé de sacoches.

— C'est donc ainsi qu'il s'en va, dit-elle à Julianna. Au petit matin, sans même dire au revoir. Au moins, cela semble cohérent. La dernière fois, il a agi de même.

Des larmes lui brûlèrent les yeux et elle posa la tête dans le cou chaud de sa fille pour humer sa douce odeur. Mais cela ne suffit pas à apaiser son cœur.

Son départ était différent, cette fois. Il était encore plus douloureux alors que Nicholas n'avait même pas franchi les portes. Peut-être le vivait-elle encore plus mal maintenant qu'elle savait à quel point il était difficile de vivre sans Nicholas, à quel point il lui avait manqué.

Peut-être était-ce dû au fait qu'elle l'aimait. Non pas avec l'insouciance d'une jeune fille qui ne connaissait pas le prix de la trahison et de l'amour déçu.

Elle l'aimait comme une femme qui connaissait l'amour à travers la naissance et la mort, les orages et les pluies chaudes.

Lorsque Nicholas passerait de nouveau les portes pour retourner à sa vie de mercenaire, elle savait qu'elle serait incapable de le surmonter.

Il n'y aurait pas de retour en arrière possible.

Tout était de sa faute. Rien de tout cela ne serait arrivé sans son incapacité à comprendre Nicholas. Sans son manque de confiance en lui.

Elle serra Julianna dans ses bras pour sentir le souffle apaisant de l'enfant et ses petits doigts contre sa peau, puis prit une inspiration entrecoupée de sanglots. Elle tâcha de se souvenir que Nicholas et elle avaient dissipé leurs malentendus. C'était la vérité. Leur confiance était certes fragile, mais réelle.

Malheureusement, elle n'avait pas suffi à venir à bout du caractère naturellement impétueux de cet homme. Contrairement à elle, il n'appartenait pas à Mi Sol. Elle n'avait pas pesé assez lourd dans la balance pour le retenir par le passé, tout comme elle n'avait aucune garantie à cet instant.

Elle s'écarta de la fenêtre et se dirigea vers le lit. Elle n'était plus une jeune fille, mais une femme qui savait ce qu'elle voulait. Cette fois, elle ne laisserait pas Nicholas s'en aller sans lui faire ses adieux.

Elle desserra doucement les doigts de sa fille accrochés à sa robe et s'interrompit. Que se passerait-il si elle dévalait l'escalier et qu'elle passait la porte avec Julianna dans ses bras ? Il n'y aurait personne pour la porter, elle. Elle tiendrait son précieux bébé contre elle lorsqu'elle affronterait un homme qu'elle savait dangereux, et Nicholas, qui pouvait très bien la rejeter.

Indécise, elle hésita. L'ancienne Matilda aurait descendu en courant l'escalier sans se soucier du danger. Mais ces années passées loin de Nicholas et son mariage avec Roger lui avaient appris d'autres méthodes de confrontation.

Se précipiter dans la cour ne serait pas sans conséquences. Si Nicholas partait maintenant, sous la menace ou sous la coupe de son impétuosité, de son côté, elle ne pouvait pas mettre Julianna en danger. Il fallait qu'elle reste là. Et lorsque Nicholas passerait ces portes, elle demeurerait ici tandis que son cœur se briserait, tout en sachant qu'elle ne lui avait pas encore dit qu'elle l'aimait.

Quatre jours. En dévalant les marches deux par deux, Nicholas ne cessait de ressasser cette pensée. Reynold était resté quatre jours sans jamais dévoiler les raisons de sa venue ou de son séjour. Sans jamais lui dire pourquoi il avait parcouru son domaine avec ses hommes comme pour l'étudier.

Reynold n'avait proféré aucune menace. Ses manières étaient cordiales, presque amicales. Son attitude avait tout de celle d'un parent de passage.

Le voir s'en aller furtivement au beau milieu de la nuit contredisait son comportement.

Nicholas entendit le craquement du cuir et les bruits des chevaux qui martelaient le sol lorsqu'il traversa la grande salle. Il ne percevait aucune agitation et aucune épée n'était tirée. Même ses hommes n'avaient pas sonné l'alarme. Le départ de Reynold était tout aussi cordial que son arrivée.

Dans ce cas, pourquoi avait-il choisi de partir à une heure aussi matinale, trois jours plus tôt que prévu ?

Il sortit du manoir et les trouva dans la cour. Reynold avait déjà enfourché son cheval. Il avait empoigné les rênes et faisait décrire des cercles à sa monture.

Il s'apprêtait vraiment à partir. Nicholas avait failli manquer son départ et sans Matilda, il ne se serait aperçu de rien.

Reynold se tourna complètement vers lui. L'espace d'un instant, Nicholas crut distinguer une certaine lassitude sur ses traits, vite remplacée par le masque doux qu'il avait affiché pendant tout son séjour.

— Que vous êtes aimable de venir nous dire au revoir.

Les hommes de Reynold étaient tous à cheval et entouraient leur chef. Ils surveillaient les alentours, comme ils l'avaient fait depuis leur arrivée. Cette fois, la plupart avaient la main sur le pommeau de leur épée.

Tout était calme. Même Louve n'était pas encore réveillé. Ce départ était trop matinal, même pour des paysans.

Quelque chose n'était pas en ordre.

Nicholas était presque arrivé à côté de Reynold qu'il s'arrêta. Il se tenait à portée de son épée. Un coup rapide de la part de Reynold pouvait le blesser. Mais il ne s'attendait pas à un châtiment physique de sa part. Cela ne lui ressemblerait pas.

Pour souligner ce point, Reynold conserva tout son calme, ce qui mit Nicholas très en colère, surtout depuis qu'il avait compris que l'homme s'apprêtait à s'en aller subrepticement, comme une personne venant de commettre un crime.

— Vous a-t-on mal traité dans mon manoir ? demanda Nicholas.

— Pas maintenant que…

Reynold s'interrompit avant de reprendre.

— Il est beaucoup trop tôt pour une attaque, comme vous le savez. Je ne souhaiterais à aucun de mes ennemis de se battre à une heure pareille.

Nicholas s'efforça de garder son calme et Reynold soutint son regard avec la même sérénité. Il s'attendait à voir danser l'éclat amusé qui brillait habituellement dans les prunelles de son ennemi, mais il n'en vit aucun.

Nicholas le crut. Le départ de Reynold et la vigilance de ses hommes signifiaient quelque chose qu'il était bien décidé à découvrir. Il se trouvait sur ses terres, avec ses gens. C'était la vie qu'il avait choisie. Il se fichait que Reynold soit un homme dangereux ou que sa famille soit puissante. S'il existait une menace, il devait la connaître et l'éliminer.

— Vous a-t-on fait du mal ? demanda Nicholas.

L'espace d'une seconde, l'homme parut surpris puis se ressaisit.

— Non. Je viens tout simplement d'être informé que ma visite devait être écourtée.

Si Reynold était la cible d'un danger, ce dernier pouvait également menacer Matilda et Julianna. Pourtant, Nicholas avait posé la question tant pour la sécurité de sa famille que pour celle de Reynold.

Dans ce cas, il ne le laisserait pas s'en aller sans avoir répondu à ses questions.

— Qui vous a informé ?

— Vous êtes l'homme le plus intelligent que je connaisse et vous me posez cette question ?

Reynold avait d'autres hommes qui sillonnaient le pays et qui espionnaient pour son compte. Les doutes de Nicholas étaient maintenant confirmés mais il avait besoin qu'il réponde à ses questions sans détours. Car tous ces espions et ces échanges d'informations impliquaient plus de menaces et de dangers.

Nicholas saisit la bride du cheval de Reynold et croisa son regard redoutable. Il lui répondit avec la même hargne.

— À quoi dois-je me préparer, Reynold. Qu'êtes-vous sur le point de laisser sur mes terres, au milieu de mes gens ?

Reynold soupira.

— J'ai laissé dans mes confortables appartements tout ce que vous devez savoir.

Nicholas tira sèchement sur les rênes.

— Quels ennuis m'avez-vous attirés ?

Reynold contempla ses hommes et entendit les grincements de la porte.

— N'avez-vous donc aucun sens de la circonspection ?

— J'ai bloqué une épée à l'aide de mon visage et de mon corps et vous osez me poser la question ?

Il raillait les propos de Reynold. Sa cicatrice n'était que le témoignage flagrant de son manque de prudence. Ses propos étaient directs et ses actes encore plus tranchants.

— Ceci est ma demeure, ajouta Nicholas. Je ne tolérerai pas de secrets.

Le masque de Reynold finit par tomber.

— J'envie votre demeure et votre honnêteté mais, hélas, je me dois d'en tirer profit.

Nicholas entendit un bruit de pas familier et Louve apparut dans son champ de vision. Il arrivait avec deux chevaux : le sien, déjà sellé, et un autre chargé de bagages.

Il contempla Louve avant de reporter son attention vers Reynold.

— Il semblerait que vous tiriez profit de mes amis, également.

Reynold se pencha sur son cheval. Le geste était désinvolte mais il les mit à l'abri des oreilles indiscrètes. Nicholas ne chercha pas à savoir pourquoi Reynold n'était pas simplement descendu de selle pour lui parler. L'homme était un stratège, et sur son cheval il avait l'avantage.

— Je n'ai profité de personne, seulement des circonstances. Je vais vous permettre de discuter avec Louve avant de partir. Je vous ai laissé une lettre ainsi que des sacoches d'argent dans mes appartements. *Mon* argent. Le roi Édouard est loin de se douter que j'en possède autant, mais cette somme est bien inférieure à celle que j'ai laissée en d'autres endroits.

Parmi toutes les menaces possibles, Nicholas n'avait pas imaginé celle-ci.

— Vous avez laissé votre argent ici ?

— Avec de l'or… et quelques pierres précieuses. Vous trouverez aussi une ou deux couronnes.

— Pour quelle raison ?

Le regard de Reynold se durcit.

— Vous avez une dette envers moi.

Nicholas n'était pas du genre à se laisser intimider par un simple regard.

— Je n'ai pas tué votre frère, riposta-t-il.

— Vous avez aidé à le faire.

C'était vrai.

— Rhain a une dette encore plus grande avec moi, continua Reynold. Je vous demande seulement de garder mon argent à l'abri, bien caché, et de garder ce secret.

Nicholas savait que Reynold disait vrai en prétendant avoir laissé de quoi payer la rançon d'un roi dans sa demeure. L'homme n'était pas très bavard et ses propos pouvaient souvent être interprétés de plusieurs façons mais lorsqu'il était aussi direct, il disait la vérité. Comme lorsqu'il avait menacé de le tuer par exemple… ou qu'il lui avait rappelé la dette qu'il avait envers lui.

Reynold voulait que Nicholas protège ses richesses, et qu'il les cache d'une certaine personne. Mais Mi Sol ne présentait aucun avantage pour abriter une telle fortune.

— Ma demeure n'est pas une forteresse. Nous ne possédons pas d'hommes suffisamment entraînés pour protéger un tel bien. Et vous et moi, nous sommes ennemis.

Reynold lui sourit.

— Exactement.

Sa requête était simple et beaucoup trop facile pour payer la mort d'un frère. Mais Reynold ne portait pas vraiment son frère dans son cœur. Cette demande était donc stratégique. Vue sous cet angle, elle était à la fois brillante et risquée. Personne ne se douterait jamais que ce domaine abritait une telle somme.

Mais l'idée avait beau être simple et brillante… elle représentait toujours une menace.

— Qui est susceptible de chercher cet argent ?

— Personne pour l'heure, et c'est d'ailleurs pour cette raison que j'ai décidé de partir plus tôt que prévu.

Nicholas se tourna ostensiblement vers Louve, qui le regardait calmement. Son ami s'apprêtait à partir avec Reynold. Il s'efforça de reporter son attention vers l'homme qui le fixait et qui avait remis son masque.

— Toutefois, je ne peux pas vous assurer que cet argent ne vous attirera aucun ennui, continua Reynold.

— De la part du roi ?

Aucune ruse, aucune supplique, ne pourrait suffire si jamais le roi Édouard prenait d'assaut son domaine.

Le regard de Reynold devint distant.

— De la part de n'importe qui.

« N'importe qui » était un mot dangereux qui impliquait beaucoup trop de troubles. La seule solution sensée était de refuser ce marché, mais ensuite ? Nicholas avait encore une dette envers cet homme redoutable, sans compter tous ceux qui soutenaient la famille Warstone. Y compris le roi.

Il ignorait quel serait le châtiment. Reynold n'était pas du genre à se contenter de le tuer. Les rumeurs sur sa cruauté le précédaient. Et maintenant que Nicholas avait passé du temps avec lui, il ne pouvait que leur prêter foi. Mais avant d'accepter, il avait une condition à poser.

— Sachez que je ne prendrai pas le risque de mettre la vie de Matilda en danger.

Reynold haussa les sourcils.

— Moi non plus.

Nicholas fit une pause. Que voulait-il dire ? Qu'il ne mettrait pas la vie de Matilda en danger ou bien qu'à la place de Nicholas, il ne le ferait pas ? Qu'importe. Le résultat était le même. Mais Nicholas croyait ce bâtard : Matilda ne serait pas en danger. Pourtant…

— Je ne laisserai pas vos trésors où ils sont, déclara Nicholas. Je n'ai pas assez d'argent pour construire une forteresse mais je sais où je pourrai les cacher.

— Ne me le dites pas.

— Je n'en avais pas l'intention.

— Vous ne les garderez pas non plus.

Nicholas faillit éclater de rire.

— Je veux vivre comme n'importe quel homme, et je paye aussi mes dettes, déclara-t-il. Cela suffira-t-il pour me libérer de celle que j'ai envers vous ?

Nicholas se sentirait soulagé de ne plus avoir à regarder sans cesse derrière lui.

Reynold haussa les sourcils.

— Je ne peux pas vous le garantir non plus. Je me permets en effet de profiter des circonstances. Si ce n'est pas moi, d'autres le feront.

Il se pouvait qu'il existe encore des dangers à Mi Sol capables de menacer Matilda et Julianna. Reynold ne lui offrait aucune garantie. Mais Nicholas n'avait pas vraiment le choix. Il ferait simplement tout ce qui était en son pouvoir pour les protéger. Il devrait apporter quelques changements, des changements subtils, afin que personne n'en sache rien.

Reynold pencha la tête sur le côté.

— Vous le ferez ? demanda-t-il.

— Oui.

— Pour moi ?

— Pour Rhain.

— Ah, la loyauté, l'amitié ! Je vous envie cela aussi.

Puis il gloussa doucement.

— Votre demeure contient désormais des secrets.

En effet.

— Quand reviendrez-vous ? demanda Nicholas d'un ton sec.

Il n'aimait pas les mensonges et n'appréciait pas cette façon de régler sa dette. Sans garantie… Son obligation ne serait pas vraiment payée. Reynold ne lui proposait rien d'autre que des risques. Mais il n'avait pas le choix. Il devait accepter.

Guy, le frère de Reynold, méritait de mourir. Mais pas Matilda et Julianna.

Personne à Mi Sol ne méritait ce sort.

— Il se peut que je ne revienne jamais, dit Reynold.

Nicholas ne chercha pas à cacher sa surprise. Reynold n'avouait jamais ses faiblesses, mais il venait de le faire.

Il était en train de diviser ses richesses et de les distribuer à l'insu du roi. Il le faisait pour les protéger, afin de pouvoir les conserver. S'il ne revenait pas les chercher, cela voulait dire qu'il était dans l'incapacité de le faire parce qu'il était mort.

Ce qu'il faisait était dangereux, et il comptait sur les hommes qui l'entouraient… et maintenant sur lui. L'homme qui avait participé au meurtre de son frère. Reynold était-il désespéré ? Ou vraiment intelligent ? Peu importait. La vérité était au cœur de l'action.

— Vous avez confiance en moi ? demanda Nicholas.

— Évidemment. Je sais où vous vivez et…

Reynold leva les yeux et Nicholas suivit son regard. Matilda se tenait à la fenêtre, avec Julianna dans les bras. À cette distance, elle ne pouvait pas les entendre et elle devait être fatiguée. Il aurait dû lui dire de dormir et la rassurer sur le fait qu'il lui dirait tout le lendemain matin.

Reynold se tourna alors vers lui.

— Et à cause d'elle, je sais que vous resterez ici.

C'était une menace mais Nicholas sentait que ce n'était pas pour cette raison que Reynold faisait tout cela. Après quatre jours passés avec lui, était-il devenu l'ami de cet homme énigmatique ? Dans ce cas, il ne pouvait pas en avoir beaucoup de la sorte. Une amitié avec Reynold était une chose difficilement avouable.

Encore des secrets.

Louve semblait en avoir, lui aussi.

Nicholas jeta un coup d'œil vers son plus vieil ami. Il n'y avait ni satisfaction ni inquiétude dans son regard. Rien n'indiquait pourquoi il se tenait là, prêt à partir. Avait-il été menacé ?

Reynold se redressa et secoua la tête.

— Je vois que vous vous inquiétez pour lui. Soyez rassuré, il part en homme libre. Il a choisi de s'en aller avec moi, et cela n'a rien à voir avec les coffres que je vous laisse.

Nicholas n'avait pas d'autre choix que de le croire, là encore.

— En avons-nous terminé ? demanda Reynold.

— Comme vous voudrez.

Reynold amena son cheval près des portes, et ses gardes le suivirent. Louve s'avança lentement et prit sa place, face à Nicholas.

— Tu m'as conseillé de quitter cet endroit, déclara Louve à voix basse.

C'étaient des paroles insensées, songea aussitôt Nicholas.

— Dis-moi pourquoi tu choisis de partir maintenant.

Louve haussa les épaules.

— L'heure est venue. Toi et moi le savons.

— Si tu dis vrai, pourquoi t'es-tu toujours dressé contre moi et m'as-tu demandé de rester ?

— Parce que c'est dans ma nature, répondit Louve avec un sourire en coin. En plus, cet endroit est ennuyeux à mourir.

Nicholas serra le poing. Il était prêt à le frapper pour obtenir des réponses.

Louve aperçut son geste et haussa les sourcils.

— Encore ?

— Si tu m'y obliges.

Louve hocha brièvement la tête.

— Je n'ai pas l'intention de quitter mon foyer pour toujours avec un bleu pour ternir ma beauté.

— Donc ?

— Je ne pouvais pas partir avant parce que toi, Nicholas, lord de Mi Sol, tu avais de nouveau l'intention de t'en aller. Malgré ton récent retour. Même si tu prétendais que c'était ton foyer, je savais que tu n'avais jamais eu l'intention de demeurer ici. Tant que je n'avais pas acquis la certitude que tu allais rester, je ne pouvais pas partir.

— Je n'ai jamais dit que je voulais partir.

Louve poussa un grognement.

— Chacune de tes actions, chaque mot soigneusement choisi témoignait du contraire.

Était-il aussi transparent, après tout ce temps ? Cela ne plaidait pas pour lui s'il était voué à cacher une petite fortune à l'ennemi inconnu de Reynold. Il espérait seulement qu'il ne s'agisse pas du roi.

— Tu me connais trop bien, avoua Nicholas.

— J'ai également compris avant toi à quel moment tu as décidé de rester. Je suis heureux que tu l'aies découvert.

— Je ne le lui ai pas encore dit.

— Tu ferais mieux de te dépêcher. Elle n'est plus à la fenêtre et Dieu seul sait quelles conclusions elle a tirées.

— Tu aurais pu partir seul.

— Ce ne serait pas aussi amusant.

— Reynold n'est pas un homme amusant, répliqua Nicholas.

— Tu as pourtant ri de ses histoires, comme nous tous.

Il s'était étranglé de rire, surpris de constater que Reynold pouvait être aussi drôle que Louve.

— Il n'est pas ton ami.

— Pas plus que mon ennemi.

— Il est manipulateur, corrompu, et il tue sans arrière-pensée.

— Dans ce cas, riposta Louve, aucun risque que je m'ennuie. Et j'aurais des milliers d'autres distractions.

Nicholas savait que Louve parlait de remplacer Mary, qui avait refusé de lui donner son cœur.

— Il y a d'autres femmes, proposa Nicholas.

— Mais aucune autre comme elle.

— Donc, tu t'en vas pour en trouver une autre ?

— Je m'en vais parce que l'heure est venue, et parce

que Reynold me paiera bien. Tu m'as formé et il peut compléter mon savoir. C'est un homme compliqué et je sais que l'on peut me trancher la gorge à tout moment. Mais le savoir ne fera que décupler mes talents.

— Tu as envie de devenir un mercenaire ? Va trouver Rhain, dans ce cas.

— Il n'échange que des renseignements. Cela ne me suffit pas.

Louve avait soif d'aventure, et ce à quoi il aspirait ne se trouvait plus ici. Mais cela ne voulait pas dire que son départ était bien accepté.

— Tu vas nous manquer, dit Nicholas.

— Très certainement.

Nicholas pouffa. Inutile d'échanger d'autres paroles, ou de lui demander s'il lui écrirait pour leur dire où il vivait. Louve le lui dirait, ou pas, selon les circonstances. Nicholas le comprenait mieux que quiconque.

Il tapota les flancs de son cheval.

— Bon voyage, mon ami.

Louve hocha la tête, enfourcha son cheval et partit rejoindre les autres.

Le soleil pointait à l'horizon maintenant. À travers la brume résonna le bruit des volets qui s'ouvraient. Bientôt, les habitants du manoir commencèrent à remplir la cour.

Impatient de prendre la route, Reynold pressa ses hommes et passa la porte.

Nicholas ressentait aussi cette même impatience. Il n'était pas pressé de partir mais plutôt de monter au plus vite l'escalier pour rejoindre la femme qu'il aimait.

Il le ferait sans tarder.

Chapitre 17

— Tu n'es pas parti.

Nicholas s'immobilisa sur le seuil de la porte. Il s'attendait à tout, sauf à trouver Matilda debout au milieu de la pièce, à moitié gelée. Julianna dormait paisiblement dans son berceau, allongée sur le dos. Elle suçait son pouce, et ses paupières étaient à moitié fermées.

— Que veux-tu dire ?

— Les troupes de Reynold ne sont-elles pas en train de passer les portes ?

Elle n'était pas surprise de l'attitude de Reynold, mais de la sienne.

— Et tu croyais que j'allais partir avec eux ? s'insurgea Nicholas.

Elle haussa les épaules.

— Tu as parlé de…

— De quoi ? demanda-t-il en vibrant d'indignation.

Matilda peinait à garder son calme. Elle le mettait sur le compte de la personne qu'elle était autrefois. Impulsive. Impétueuse.

— Tu as parlé des dangers que représentait Reynold et de ta vie de mercenaire. Nous savons tous les deux que tu aurais préféré partir avec eux.

— Je n'ai jamais dit cela, protesta Nicholas en avançant d'un pas. D'ailleurs, tout ce que j'ai dit, et fait, indiquait plutôt que j'allais rester.

— Rester et le vouloir sont deux choses différentes.

Il secoua la tête, une fois puis deux.

— Tu penses que je vais de nouveau m'en aller ?

— Peux-tu m'en vouloir ?

— Sans aucun doute, surtout après notre conversation lorsque tu as essayé de te tuer à cheval.

— Je n'ai pas essayé de me tuer, s'indigna Matilda.

— Allons-nous continuer à nous disputer à ce sujet, Matilda.

— Et qu'est-ce que cette conversation a à voir avec ton départ ?

— Tout !

Il avait espéré qu'elle comprendrait la vigueur de sa réponse, mais il n'en était rien.

Après l'incident du cheval, ils s'étaient disputés. Il lui avait dit des choses qui l'avaient aidée à comprendre que les sentiments qu'elle éprouvait pour lui étaient partagés. Puis Reynold était arrivé.

Les choses n'étaient pas réglées entre eux. Pas après quelques mots et quelques moments volés dans les bras l'un de l'autre. Pourtant, Nicholas se comportait comme si c'était le cas.

Était-ce un autre signe de l'incapacité de Matilda à lui faire de nouveau confiance ?

Elle ferma les yeux. Elle ne voulait pas voir l'expression de Nicholas lorsqu'elle lui annoncerait qu'elle était brisée. Brisée à tout jamais, et totalement incapable de le croire.

— Cela ne fonctionnera jamais entre nous, déclara Matilda. Je n'arriverai jamais à te faire confiance.

Le visage de Nicholas ne reflétait ni lassitude ni douleur. Il n'y avait ni colère ni déception dans son regard, mais une douce chaleur. Une gentillesse dont elle le croyait incapable.

— Je le sais.

— Alors quoi ? demanda-t-elle sans savoir quoi ajouter.

Son cœur était en train de se briser.

— Je sais que tu te bats pour faire confiance parce que j'ai ressenti la même chose, avoua Nicholas. Je n'avais confiance en personne. Mais ensuite, j'ai appris à placer ma confiance en toi.

— Et je t'ai trahi.

— Je t'ai renouvelé ma confiance, Matilda. Au moment où je t'ai prise dans mes bras, où je t'ai fait l'amour. Lorsque tu t'es offerte à moi, toute ma confiance s'est renouvelée.

Matilda le croyait à moitié, elle avait peur de le faire. Elle poussa un petit cri étranglé.

— Regarde où cela t'a mené ! s'écria-t-elle. J'ai bien cru que tu allais partir.

— Et tu le penses toujours ?

Elle cligna les yeux et sonda son cœur.

— Oui…

— Pourtant, tu es encore là, à attendre mes explications. Mets ta confiance et ta foi là-dedans. Une partie de toi veut apprendre la confiance. Laisse-la faire.

Les larmes de Matilda roulèrent sur ses joues. Elle les essuya du revers de la main.

— Je me sens… brisée.

— Pas brisée. Différente. Et ce sont ces changements qui me font te désirer encore plus. Avant, tu me faisais une confiance aveugle. Aujourd'hui, tu sais que la confiance a un prix. Tu t'en méfies. Moi aussi, mais j'ai compris qu'à présent ma conviction est encore plus forte car, malgré tout, je l'ai retrouvée.

Cette conversation était tellement différente de celles qu'ils avaient eues du temps où ils étaient de jeunes amoureux insouciants. Aujourd'hui, ils partageaient autre chose. Une chose qui avait été cassée et qu'ils étaient en train de réparer. Matilda avait au moins foi en cela.

Elle hocha la tête.

Puis elle esquissa un bref sourire. Triomphant. Presque aveuglant.

— Parfait, dit Nicholas. Mais tu ignores pourquoi ?

Il avait toujours eu cette capacité à lire en elle comme dans un livre.

— Cette conversation n'a aucun sens pour moi, avoua-t-elle. Le fait que tu ne sois pas parti avec Reynold n'a aucun sens. Je remets tout en question.

— C'est parce que tu as changé, Matilda. Et je viens de te dire que je t'aimais à cause de ces changements. Ne peux-tu pas accepter que moi aussi j'aie pu changer ?

Changer ? Physiquement, Nicholas était plus grand et imposant que jamais. Il s'entraînait toujours, comme il le faisait par le passé. Il avait développé des aptitudes qu'elle n'aurait jamais pu imaginer.

— Je ne le vois pas, répondit-elle avec franchise.

— Même si c'est gravé sur mon visage ?

— Ce sont des signes physiques. Moi aussi, j'ai changé physiquement.

Les paupières de Nicholas s'affaissèrent.

— Je sais…

Matilda poussa un soupir exaspéré.

— Mais depuis, je n'ai reçu aucune autre cicatrice, Matilda. Que dis-tu de cela ?

— Parce que tu as cessé de te battre ?

Nicholas éclata de rire.

— Pas du tout ! C'est parce que je n'ai pas répété cette manœuvre insensée.

— Tu l'as fait pour sauver Rhain.

— Maintenant, je comprends surtout que j'ai été aveuglé par l'émotion. Si j'avais été plus sensé, j'aurais tué cet homme sans utiliser mon corps comme bouclier.

Il était à moitié aveuglé parce qu'il aimait son ami. Il avait essayé de le protéger. Il était prêt à tout pour le sauver, avait-il compris.

— Tu es donc devenu meilleur au maniement de l'épée ?

Nicholas secoua la tête.

— Je suis devenu meilleur au fond de moi. J'ai changé par rapport à lorsque nous étions jeunes.

— Ne viens-tu pas de dire que tu étais sensé ? demanda-t-elle en haussant les sourcils.

— Je n'ai rien de sensé et ce, pour de nombreuses raisons. Je viens de conclure un marché avec Reynold de Warstone. Un homme ne devrait jamais le faire avec des hommes comme lui. Beaucoup en sont incapables. Même le roi doit négocier avec cette famille, et souvent à son désavantage.

— Qu'as-tu fait ?

— La même chose que lorsque je suis parti quatre ans plus tôt, alors que ma maison tombait en ruine.

J'ai essayé de me contrôler du mieux que j'ai pu et j'ai fait mon maximum. Une fois, il m'est arrivé d'avoir de la chance et j'ai pu gagner assez d'argent pour que ma maison reste debout et que mes métayers puissent profiter de tous les outils nécessaires. La fois suivante, j'ai sacrifié une partie de mon corps et de mon visage…

Il regarda par-dessus son épaule.

— Cet arrangement avec Reynold est à mi-chemin entre les deux, continua-t-il. J'ai joué un rôle dans la mort de son frère. Reynold ne m'a pas tué à cause de cela mais j'ai une dette envers lui. Il m'a demandé de faire quelque chose pour lui et je le ferai – mais à ma façon. Avec un peu de chance, nos enfants vivront dans la prospérité. Sinon, nous y laisserons nos vies.

— Le risque est beaucoup trop grand, surtout si nous ne connaissons pas les enjeux, intervint Matilda.

— Parfois, le risque est aussi amusant. Tu ne t'en souviens pas ?

— J'ai beaucoup perdu en prenant des risques, dit tristement Matilda.

Nicholas agita les bras.

— Regarde-moi, Matilda. Je suis plus grand que tous les hommes. J'ai été entraîné pour être un guerrier. Ma taille et ma force sont sans pareilles. Je porte les cicatrices de nombreux combats. J'ai été défiguré en me jetant sur une épée destinée à un autre homme. Je suis l'homme le moins judicieux que tu connaisses. Ton esprit têtu devrait enfin comprendre que j'ai l'intention de rester. Dans cette maison. *Notre* maison.

Nicholas n'était pas un homme sensé. Sa vie était trop emplie de risques. Elle l'avait compris en le voyant avec Reynold et jouer avec Agnes.

Toutefois, l'ancien Nicholas n'aurait jamais eu la patience de montrer à une petite fille comment construire des choses. Il n'aurait pas épluché des légumes chez son père. Même Bess avait fait des éloges sur lui, non pas parce qu'il lui apportait son aide mais parce qu'il était différent. Plus calme.

Il ne deviendrait jamais un fermier comme Roger. Il aimait la terre mais elle ne faisait pas partie de lui. Et malgré cela, il était en train de lui dire qu'il allait rester ?

Impossible. Il n'était là qu'à cause de Reynold. Parce que les risques avaient été amenés sur le seuil de sa porte et qu'il les avait affrontés.

— Dis-moi la vérité, dit-elle. C'est le fait de savoir que le danger plane au-dessus de Mi Sol qui t'incite à rester.

— Pas dans le sens où tu le crois. J'aime l'idée d'être ici, d'entraîner d'autres hommes et de les préparer si jamais Reynold attire un conflit dans ma maison. Je suis fait pour ça. Et j'aime l'idée que mes aptitudes puissent avoir leur utilité ici. Je peux rester plus facilement car j'ai un but, mais il n'a pas pesé dans ma décision. Même si Reynold n'avait pas amené avec lui une menace, je sais que je suis fait pour rester ici. Je suis fait pour toi. Mi Sol n'a jamais été mon foyer mais toi, tu es mon port d'attache. Je t'ai déjà montré comment j'avais changé. Je ne suis pas aussi naïf pour croire que je ne changerai pas de nouveau, mais j'ai tout fait dans ce sens. J'ai forgé le métal qui était en moi afin d'appartenir à ce lieu bien avant de revenir. Bien avant qu'il me confie ses secrets.

— Je n'ai pas envie que tu te forces, intervint Matilda en tremblant légèrement.

— Je ne me force pas. Sans toi, je suis comme une épée brisée. Mais en restant ici, je me fonds et je me forge pour me transformer et devenir meilleur. Pour devenir plus fort et plus digne de toi.

— Mais tu aimes voyager, protesta Matilda. Tu aimes être entouré de belles choses.

— Nous sommes d'accord. Des belles choses comme toi. Je te prie de me croire. C'est toi. Ça l'a toujours été, et j'ai été stupide de ne pas le voir plus tôt. Je le comprends maintenant. Pas toi ?

Face à son silence, il passa une main nerveuse dans ses cheveux.

— Je vois que tu ne comprends pas. Laisse-moi t'expliquer… Même si Reynold ne m'avait pas laissé le choix et m'avait demandé de payer ma dette en partant, je ne l'aurais pas fait. Cette fois, je ne pourrai pas survivre sans toi. Ce n'est pas ce que je veux.

Matilda comprenait qu'il avait changé pendant toutes ces années d'absence. S'il était prêt à accueillir et à aimer les changements qui étaient en elle, pourquoi ne pouvait-elle pas en faire de même avec lui ? Les accepter.

Il avait dit que Mi Sol n'était pas son foyer. Que son port d'attache, c'était elle. Mais elle devinait que c'était bien plus que cela. Les gens qui habitaient ici l'étaient également.

Nicholas avait changé non pas parce que cette terre l'exigeait, mais grâce à ses gens. Il se comportait de manière différente avec ses métayers. Il existait une certaine camaraderie entre eux à présent.

Nicholas fit un pas vers elle.

— Je trouverai une personne pour soigner ton père. Il existe de nombreux guérisseurs à Londres. Nous en trouverons un qui aime la vie à la campagne. Les jours où ton père se sentira bien, il ne saura même pas que ce guérisseur est là mais pendant les jours de crise, il sera avec lui.

— Rohesia a en effet demandé à être aidée…

— Tout va pour le mieux, alors.

Il fit encore un pas vers elle.

— Et nous trouverons un moyen pour qu'Agnes apprenne à construire et à dessiner autant qu'elle le désire. J'ai rencontré de nombreux artistes au cours de mes voyages. La plupart sont sans le sou et cherchent un lieu de résidence. Nous en ferons venir un pour elle.

— Ce n'est qu'une petite fille.

Nicholas esquissa un sourire.

— Je n'en parlerai pas à l'artiste sans le sou, et si jamais il s'insurge d'enseigner son art à une fille, nous laisserons Julianna le terroriser pour se divertir.

Les deux solutions lui paraissaient effectivement merveilleuses. Mais…

— Cela ne va pas aider Mi Sol à remplir ses coffres, objecta Matilda.

— Nos coffres seront toujours remplis. J'ai écrit à Helena lorsque tu as donné naissance à Julianna et je lui ai demandé de nous libérer de sa dette.

— Pourquoi as-tu fait cela ? Tu es parti pendant toutes ces années, ton père est mort et Louve a continué de lui envoyer de l'argent. Tout cela pour rien ?

— Ce n'est jamais pour rien car j'en ai tiré une

leçon. J'ai compris ce que mon grand-père et mon père n'ont pas su voir. Tu avais raison. Mi Sol ne se résume pas à un tas de pierres et un bout de terre. Ce sont les personnes qui y habitent qui importent. Julianna et toi, vous me l'avez appris. Je comprends à présent ce que tu m'as dit avant que je parte. « Peu importe que le manoir s'écroule si nous pouvons compter l'un sur l'autre. » Sache que ce manoir est important pour moi. Mais dis-moi une chose. Ai-je appris cette leçon trop tard ?

Il fit un autre pas, mais il était loin. Comment pouvait-elle encore douter ?

— Est-ce trop tard pour toi ? insista Nicholas.

— Si j'étais encore mariée à Roger, ça le serait.

— C'est faux. Ce serait trop tard même si tu n'avais pas épousé Roger et si je n'étais pas devenu un mercenaire. Nous avons aimé, mais il a fallu quelque chose de plus fort pour faire de nous ce que nous sommes aujourd'hui.

— Il y a eu tant de changements que je peux à peine les assimiler.

Il hocha la tête d'un air solennel.

— Cela te paraît brutal parce que nous avons été séparés pendant toutes ces années. Mais tous ces changements nous ont conduits ici. Néanmoins, cela ne veut rien dire si tu ne les acceptes pas. S'il te plaît, Matilda, dis-moi que tu les acceptes.

Le regard de Nicholas était rivé sur elle, comme à son habitude, mais il contenait tant d'autres choses. La chaleur n'avait pas quitté ses prunelles, mais elle était assortie de ce désir d'amour. Matilda y vit briller une vulnérabilité nouvelle.

— De plus, ajouta-t-il d'une voix grave, chargée de promesses, à quoi me servirait-il de conclure un marché avec Reynold si je n'en tire pas profit ?

Il était sincère. Une lueur amusée et espiègle brillait dans son regard. Une lueur qui l'attirait. L'humour. Le risque. Et un foyer.

Parcourant les derniers mètres qui le séparaient d'elle, elle se blottit dans la chaleur de ses bras. Elle ressentit alors une émotion nouvelle. Quelque chose d'inédit, de bon et d'immuable. Et elle sut au fond de son cœur de quoi il s'agissait.

— Je t'aime, murmura-t-elle.

Elle entendit Nicholas souffler de soulagement et se réjouit en entendant soudain les battements de son cœur s'accélérer.

— Je t'ai toujours aimé, continua-t-elle. Mais ce que je ressens au fond de moi à présent…

Elle avait tant de choses à lui dire et ne savait pas comment le faire. À tout moment, Julianna pouvait se réveiller. Il fallait qu'elle trouve les mots mais ils lui échappaient complètement. Elle était envahie par les émotions.

— Matilda, dit Nicholas, j'aime beaucoup cette chambre.

Son cœur était tellement plein qu'elle n'était pas prête à entendre cette trace d'humour. Elle lâcha un rire.

— J'apprécie que tu aies eu l'idée de faire fabriquer des chaises et un lit assez grand pour moi, pour toi et pour Julianna, confessa Nicholas. Et pour Bess, Agnes, ton père et Rohesia aussi.

Nicholas faisait encore preuve d'espièglerie. Elle aussi en était capable et il devait le savoir. Maintenant qu'elle avait retrouvé tout cela, elle ne voulait plus le perdre. Plus jamais elle ne renoncerait à ce qu'elle était, pour personne.

— Je pensais à Louve, le taquina-t-elle.

Il grogna doucement.

— Les rumeurs sont donc fondées ? Roger et Louve te poursuivaient tous les deux de leurs assiduités ?

— Regarde-moi et dis-moi ce que tu en penses ?

Il observa attentivement son visage comme s'il le voyait pour la première fois.

— Ils auraient été fous de ne pas le faire. Je suis heureux que Louve soit parti.

— Louve est parti ? s'étonna Matilda.

— Avec Reynold. L'heure était venue.

— Il voulait le faire depuis longtemps.

Matilda le serra plus fort contre elle, comme si l'idée qu'il puisse s'en aller l'incitait à le retenir. Elle savoura sa chaleur, et il l'étreignit en retour.

— Les choses sont différentes, n'est-ce pas ? dit-il. *Nous* sommes différents, cette fois.

Elle hocha la tête contre son torse.

— Et c'est très bien comme ça, soupira-t-elle.

— Oui, très bien, répéta-t-il avec une promesse dans la voix qu'elle reconnut aussitôt.

Nicholas allait rester. Ils allaient faire pousser de l'orge et des navets, et ils élèveraient des chevaux.

Julianna suivrait les pas d'Agnes, qui lui apprendrait le dessin. Son père aurait une personne pour prendre soin de lui et Rohesia allait enfin jouir d'un repos bien mérité.

Après toutes ces années, tous ces changements et tous ces malheurs, Nicholas et elle s'étaient enfin retrouvés. Ils avaient su mettre leur fierté de côté et avaient misé sur la confiance.

— C'est parfait, dit-elle à son tour en levant la tête vers lui pour lui offrir ses lèvres.

Retrouvez en avril 2020, dans votre collection

LES HISTORIQUES

Le frisson d'une Saxonne, de Harper St. George - N°869

SÉRIE : LIÉES À UN VIKING - TOME 1

Northumbrie du Nord, Écosse, 872

Les Danois ont tout pris à Elswyth, à commencer par la vie de sa mère ! Aussi n'éprouve-t-elle que peu de scrupules à remplir la mission d'espionnage que son père lui a confiée. Peu de scrupules jusqu'à sa rencontre avec l'imposant Rolfe, guerrier viking aux yeux de glace, qui met à mal toutes ses résolutions. Pourtant, ce malaise ne peut être que passager, car de sa détermination dépendent les futures conquêtes du clan saxon qui l'a vue naître.

Perdue au cœur des Highlands, d'Elisabeth Hobbes - N°870

Écosse, XVIe siècle

Contrevenir à la loi et prendre la fuite pour ne pas épouser le brutal Duncan McCrieff auquel elle est promise, passe encore, se rassure la jeune Marguerite. Mais s'installer dans le convoi d'un inconnu – Ewan du clan Lochmore, si elle en croit les présentations – est pure folie pour cette jeune Française qui ignore tout de cet homme, de son clan, mais aussi des Highlands qui l'encerclent...

Le chevalier au rubis, de Meriel Fuller - N°871

Pays de Galles, 1322

Lorsque Lord Gibert, au service du roi Édouard, se présente à la porte du château de Lady Katherine – l'amie qui lui offre un refuge –, Eva panique. Car le mystérieux chevalier qui accompagne Lord Gibert ressemble en tout point à l'homme qui a mis son château à sac et l'a violentée, la poussant à fuir jusqu'ici. Se pourrait-il que ce troublant chevalier puisse la contraindre à les suivre et à lui révéler le secret du trésor des Striguil, qu'elle dissimule à tous ?

LES HISTORIQUES

L'envol des convenances, d'Amanda McCabe - N°872

SÉRIE : TROIS DÉBUTANTES À PARIS - TOME 2

Londres et Paris, XIXe siècle

Malcom… En apercevant l'homme avec qui elle aimait courir la lande durant ses plus tendres années, Lady Alexandra sent son cœur s'embraser. Que fait ce fils de métayer au beau milieu d'une garden-party londonienne, et pourquoi semble-t-il magnétisé par sa présence ? Alexandra doit s'éloigner au plus vite de cet homme, qui a préféré courtiser Mairie McGrégor alors qu'elle s'apprêtait à lui dévoiler ses sentiments six ans plus tôt. Avant que son père, qui exige pour elle les partis les plus dignes, s'encolère de la voir ainsi troublée.

L'Orient dans son regard, de Bronwyn Scott - N°873

SÉRIE : DENTELLES & TRAHISONS - TOME 2

Angleterre, 1855

Ruinée ! Le père de Pavia refuse de la comprendre. Quant à sa mère, elle n'ose s'opposer à son époux. Pour la jeune héritière de l'empire du thé, l'avenir s'annonce bien sombre. Elle, qui voulait perdre son innocence avant que son père arrange un mariage avec le noble vieillard auquel il la destine, se retrouve désormais reniée pour avoir fauté. Peut-elle encore retrouver cet amant d'une nuit pour lui demander secours ou doit-elle se résigner à regagner le palais de son oncle en Inde ?

À la merci du chevalier, de Margaret Moore - N°874

Angleterre, XIIIe siècle

La vie au château de son oncle est bien morne pour Lady Thomasina, aussi est-elle transportée de joie quand elle voit apparaître Sir Rheged. En dépit de sa réputation terrible, elle a passé auprès de lui des moments merveilleux quand il a participé au tournoi organisé au château, quelques jours plus tôt. Néanmoins, elle comprend rapidement qu'il n'est pas revenu pour elle, mais parce qu'il n'a pas reçu la récompense promise pour sa victoire. Avant de pouvoir se défendre, Thomasina se retrouve jetée sur le cheval de Rheged comme otage et emmenée au triple galop à travers la forêt.

Seigneur et maître, de Margo Maguire - N°875

Écosse, 1300

Immobile devant une haute fenêtre en ogive, le sire Adam Sutton contemplait sombrement la mer. Pourquoi avait-il cédé aux prières de son sénéchal et consenti à se fiancer avec Christiane Mac Diubh avant même de la rencontrer ? Certes, il lui fallait songer à se remarier. Mais de là à convoler, lui, un Anglais de pure souche, avec une Écossaise…